詩 _ 감상과 창작을 한 번에 깨우치는

우리 시 이야기

詩 감상과 창작을 한 번에 깨우치는

우리 시 이야기

정진명 지음

학민사
Hakmin Publishers

책 머 리 에

저는 처음 세상에 시인으로 나섰습니다. 1987년에 이른바 시로 등단을 한 것입니다. 그리고 뒤이어 사범대를 나온 까닭으로 교사가 되었고, 자연스레 학생들에게 시를 가르치는 일에 익숙해졌습니다.

쓰는 것과 가르치는 것은 전혀 다른 일입니다. 쓰는 것은 혼돈 속에서 새 길을 찾는 것이지만, 가르치는 것은 이미 찾은 길을 안내하는 것입니다. 가르치는 것에 익숙해지면 쓰는 것으로부터 저절로 멀어진다는 점을 평생 경계하고 살았지만, 제가 경계한 그 만큼 성과를 내지는 못한 것 같습니다. 제 시보다 잡글이 더 사람들의 관심을 끌곤 했기 때문입니다. 그렇다면 제 본래 자리는 시가 아닌지도 모르겠습니다. 이제 와서 후회하기에는 너무 늦었지만, 그래도 시인으로 보낸 평생을 헛된 것이라고 생각지는 않습니다. 그 덕에 한창 자라는 젊은 아이들과 평생을 즐겁게 호흡했기 때문입니다.

여기에 정리한 것은 제가 평생 학생들과 어울리며 느끼고 생각한 내용들입니다. 문예이론이 서구에서 흘러든 것들이 자리 잡은 현실에서 우리의 시각으로 시를 새롭게 본다는 것은 결코 쉬운 일이 아닙니다. 그리고 보려고 한다고 해서 보이는 것이 아닙니다. 그렇지만,

쓰는 방법을 누군가에게 전달하려고 하다 보니 뜻하지도 않게 그런 기회가 저에게 찾아왔습니다. 그것을 글로 정리한 것입니다.

모든 사람들에게 시가 편하게 다가갔으면 좋겠습니다. 학교에서 개구리 해부하듯이 시를 배우고 나면 그 시는 우리에게서 멀어집니다. 우리가 시를 버릴 뿐, 시는 우리를 버리지 않습니다. 처음부터 시가 쉽게 쓰이고 쉽게 읽히고 하는 것이 우리에게는 그렇게 어렵단 말인가! 그렇지 않다는 한 마디를 하려고 이렇게 긴 말을 하게 되었습니다.

이 글을 책으로 엮어준 학민사에게 고마움을 전합니다.

용박골에서

정진명 삼가 쓰다.

C⬤NTENTS 차례

우리 시 이야기

言 *Poet* 詩

서정시는 영어로 'lyric'이라고 ㅎ
나오는 악기입니다. 서정시라는

PART 01

시와 시론

은 악기를 뜻합니다. 굳이 나누자면 손으로 들 수 있는 작은 하프 같은 악기인데, 그리스 신화에 신들이 자주 들고

나 연유한 것입니다.

시

제가 하려는 이야기는 '시'입니다.

01

시와 시론

시라면 어릴 적부터 학교에서 배워서 지 긋지긋한데, 이제 뭐 더 배울 게 있나요? 이런 의문이 저절로 떠오르 겠지요? 고등학교 고학년이 된 분들은 시에 진절머리가 나서 생각 하기조차 싫을 수도 있습니다.

그렇지만 이렇게 비싼 돈 들여서 책을 만들려고 할 때는 여러분 들이 미처 생각지 않은 어떤 내용이 있지 않을까, 하는 생각을 잠시 해보는 것은 어떨까요? 지금부터 제가 하려는 시 이야기는 지금까 지 여러분들이 배우고 들어온 것과는 다른 내용입니다. 그러니 속는 셈치고 한 번 들어보시기 바랍니다.

지금부터 제가 하려는 얘기는 '시'입니다. 왜 군이 '시'라고 얘기 하느냐면, 지금까지 여러분들이 접해온 것은 '시'가 아니라 '시론'이 었다는 것을 말하려 함입니다. 시와 시론은 다릅니다. 시는 시이지 만, 시론은 시에 '관한' 이야기입니다. 전혀 다른 얘기입니다. '수박' 과 '수박 론'이 다른 것과 같습니다. 수박에 대해 알아보려면 그냥 먹 어보면 됩니다. 그러면 될 것을 수박 맛이 어떻고 저떻고 떠드는 것이 수박론이라는 말입니다. 시와 시론의 관계가 꼭 이렇습니다.

　잘 생각해보십시오. 여러분이 알고 배운 시는 '시'가 아니라 '시에 관한 것'이었습니다. 밑줄치고 비유 따지고 이미지 파악하고 주제 요약하고……, 하는 이런 행위들이 바로 시가 아니라 시론입니다. 시론의 목적은 시를 제대로, 또는 더욱 잘 이해하기 위한 것입니다. 그래서 여러분은 수업시간에 학교에서 시를 좀 더 잘 이해하기 위한 방편으로 시에 관한 여러 가지 정보와 이론을 배우는 것입니다.

　그 결과는 어떻습니까? 그 시론을 배우면서 시가 더 어려워졌죠? 제 말이 틀렸나요? 아마도 맞을 겁니다. 저도 지난 30년간 학교에서 국어를 가르쳤거든요. 그러니 국어시간에 배우는 시의 실상을 누구보다도 더 잘 압니다. 학년이 올라갈수록 시를 점점 더 모르게 되고, 점점 더 갈피를 잡지 못하게 되었을 것입니다. 결국은 시험을 잘 치르기 위해서 자습서의 내용을 달달 외우는 것으로 시와 적당히 타협했을 것입니다. 대한민국의 국어교사를 대표해서 제가 사과드립니다. 근데 참 내가 대한민국의 교사를 대표할 자격이 있기는 한 건가? 하하하.

　여러분이 시론의 왕일지는 몰라도 시의 실패자라는 것은, 여러분들의 짧은 삶을 돌이켜보면 압니다. 초등학교 때는 시를 써오라면 1분 내로 써서 냈을 것입니다. 1분도 깁니다. 30초면 시 한 편 뚝딱 써냈을 것입니다. 제 딸아이도 숙제로 한 달에 시를 30편 써낸 적이 있습니다. 초등학교 2학년 때의 일인데, 담임 선생님이 어디 백일장에 내보내려고 학생들에게 단체로 시를 쓰게 했다가 우리 딸아이가 써낸 작품을 보고서는 한 달 동안 집중교육을 한 결과입니다. 그 아이는 지금 이렇게 되었을까요? ㄱ 뒤로 시에 물려서 시라면 원고개를 치고 지금은 시와는 상관없는 길을 가며 살고 있습니다. 이게 제도권 시 교육의 폐해입니다. 그때 억지로 써낸 시들을 읽어보면 상상력과 이미지가 정말 반짝반짝합니다. 이런 재주를 하나씩 죽이면서 고학년으로 올라가는 겁니다.

초등학생들만 해도 시 써오라고 하면 금방 써옵니다. 중학생들은 매우 버거워합니다. 고등학생들은 좀처럼 시를 쓰지 않습니다. 수행평가로 시 써오라고 하면 비명을 지릅니다. 억지로 써내기는 하지만 그게 좀 그렇습니다. 고등학교를 졸업할 때쯤이면 아예 시는 사라지고 시론만 남습니다. 그리고 졸업하면 시로부터 영원히 떠납니다. 우리나라 교육을 받은 사람들은 나이를 먹어갈수록 시를 어려워합니다. 이거 당연한 결과 아닌가요? 시를 가르쳐야 할 시간에 '시론'을 가르치니 그런 것 아닐까요? 잘 생각해 보십시오. 여러분이 학교에서 배운 것이 시인가, 시론인가? 시론이 맞을 겁니다. 시론으로 시를 뜯어 맞추다가 12년 반짝이는 세월을 허송한 겁니다.

왜 이 지경이 됐을까요? 그 이유는 삼척동자도 아는 사실이죠. 시험 때문에 그렇게 된 겁니다. 그러면 시험은 왜 보나요? 대학 가기 위해서 보죠. 대학은 왜 가나요? 꿈을 실현하기 위해서 가죠. 무슨 꿈? 내 인생의 꿈. 이렇게 말하면 고등학생들은 엄청 부담스러워합니다. 요즘 고등학생들은 꿈이 없거든요. 지금 이런 논리는 모두 기성세대, 즉 엄마 아빠들의 얘기입니다. 어쩌다 먹고 살기 어려운 시대에 태어나서 좌충우돌하다 보니 그 자리에 이른 것인데, 마치 자신들이 처음부터 계획해서 꿈을 짜서 이룬 것처럼 여러분들에게 말하죠. 그러니 여러분의 하루하루가 얼마나 고단하겠어요? 이해합니다.

시를 제대로 배우는 길은 학교 교육을 정상화하는 길이고, 학교 교육을 정상화하는 길은 대학 개혁밖에 없는데, 대학 개혁은 정말 힘든 일인 모양입니다. 선거철마다 대단한 공약을 내걸었던 역대 그 수많은 정권들이 대학을 제대로 개혁하지 못했으니 말입니다. 여러분이 시를 제대로 모르게 되는 것은 여러분들 탓이 아니라 어른들이 그렇게 만들어놓은 이 사회 제도의 탓이 큽니다.

그렇지만 못난 기성세대를 욕하고만 있을 수는 없습니다. 현실이 그렇더라도 시를 시의 본래 자리로 돌려놓으려는 노력이 있어야 합니다. 그래서 제가 여러분에게 삭막한 시론으로부터 벗어나서 '시' 쪽으로 한 발 다가가게 하려고 이 글을 쓰기 시작한 것입니다.

그러면 여기서 말하는 시와, 우리가 지금까지 접해온 시론은 뭐가 다를까요? 시론은, 시를 완성품으로 놓고서 논리를 전개합니다. 이른바 유기체론이 그것입니다. 시인은 신이어서 신의 손을 떠난 작품은 그것 자체로 완전하다는 것입니다. 그래서 그 시가 잘 됐는지 잘못 됐는지를 따지지 않습니다. 교과서에 실렸으니 잘 됐겠거니 하고 논리를 전개시킵니다. 그러니까 션찮은 시가 교과서에 실려도 그 것을 완벽한 것으로 설명합니다. 그래서 시가 어려워지는 것입니다. 심하게 말하면 시론이 시의 감상을 방해하고 시의 본 모습을 어지럽히는 것이지요.

그러면 시론과 다른, 저의 '시 이야기'는 어떻게 해야 할까요? 그것은 시인과 독자 사이에서 시인 쪽으로 바짝 더 가까이 다가가는 것입니다. 시인 쪽으로 다가간다는 것은 시인이 어떻게 그 시를 쓸 생각을 했을까, 하는 짐을 먼저 생각하는 것입니다. 즉 시의 발상을 들여다보는 것입니다. 이것이 일반 시론과, 제가 지금 말하고자 하는 시 이야기의 다른 점입니다.

앞서 말했듯이 보통의 시론은, 시가 완전하다는 것을 전제로 하고서 짜 맞추기 식으로 설명을 합니다. 그렇지만 세상에 완벽한 시가 어디 있습니까? 신이 아닌 한 완벽이란 존재할 수 없습니다. 그런데 완벽한 것으로 전제를 해놓고서 시를 설명하자니 시가 그렇게 된 까닭만 잔뜩 늘어놓게 되고, 시를 합리화하는 쪽으로 설명이 되곤 하는 것입니다. 해설자의 설명을 따라가다 보면 내가 읽어야 할 것을 정작 놓치고 말죠.

그렇지만 시의 발상을 찾아가면 시가 만들어진 과정을 알게 되고, 그렇게 되면 지금 만들어진 형태와는 또 다른 방식으로 써질 수 있었음도 알게 됩니다. 따라서 저절로 좋은 시와, 좀 더 좋게 쓸 수 있었는데도 그렇지 못한 시까지 구별하게 됩니다. 시를 제대로 이해하는 길은, 내가 시인의 위치에서 그 시를 들여다보는 것입니다.

그러자면 어떻게 해야 할까요? 앞서 말했듯이 시가 촉발된 지점, 즉 시상의 발화점을 찾아내는 것입니다. 그러면 그 발상의 첫마디에서 시가 어떻게 만들어져갔는지를 알 수 있습니다. 백날 설명해야 소용이 없으니, 일단 시부터 한 편 보고 이 말의 의미를 검토해보겠습니다.

유리창 1

유리에 차고 슬픈 것이 어른거린다.
열없이 붙어 서서 입김을 흐리우니
길들은 양 언 날개를 파다거린다.
지우고 보고 지우고 보아도
새까만 밤이 밀려나가고 밀려와 부딪치고
물먹은 별이, 반짝, 보석처럼 박힌다.
밤에 홀로 유리를 닦는 것은
외로운 황홀한 심사이어니,
고은 폐혈관이 찢어진 채로
아아, 늬는 산새처럼 날러갔구나 !

- 조선지광(1930)

이 작품은 워낙 많이 알려져서 교과서에 거의 다 실린 작품입니다. 그런데 여러분이 기억하는 이 시에 관한 정보는 어떤가요? 아마 이렇게 국어시간에 정리해줬을 걸요?

갈래 : 자유시, 서정시

성격 : 주지적, 회화적, 감각적, 서정적, 상징적, 애상적.

운율 : 4음보와 10구체 향가의 낙구의 영향을 받은 감탄사 사용

제재 : 유리창에 서린 입김. 또는 어린 자식의 죽음.

주제 : 죽은 아이에 대한 그리움과 슬픔.

우 리 시 이 야 기

특징 : - 선명하고 감각적인 이미지를 사용.

- 감정을 절제하여 표현함.

- 모순 어법을 구사하여 시의 함축성을 높임.

어때요? 맞지요? 이렇게 정리했을 겁니다. 그리고 내용을 보면 어느 하나 틀린 게 없습니다. 이것이 이 시에 대한 해설입니다. 그런데 왜 이런 해설을 할까요? 이게 이 시를 이해하는 데 무슨 소용일까요? 이런다고 이 시의 느낌이 느껴지나요? 이런 분석은 오히려 시를 이해하는 데 방해만 됩니다. 시를 이해하는 것은 감성이고 감정입니다. 그런데 이런 분석은 이성이고 판단입니다. 이렇게 판단하면 감성이 죽어버립니다. 여기서 모순 어법이기 때문에 이 시가 함축성이 높아졌고 감동할 수 있는 요인이라고 설명한다면 이미 죽은 사람을 놓고 유가족들에게 생명의 중요성에 대해 논하는 것과 다르지 않습니다. '아아' 가 10구체 향가의 낙구 영향이라는 것은 정말 해프닝에 지나지 않습니다. 시를 앞에 놓고 왜 그런 짓을 합니까?

그러면 어떻게 이 시에 접근해야 할까요?

남의 시를 읽을 때 가장 먼저 생각해야 할 것은, 시인이 어떤 상황에서 이 시를 썼을까 하는 것을 짐작해보는 것입니다. 이 짐작이 맞으면 시는 그냥 가슴으로 직접 들어옵니다. 이 시인은 어떤 상황에서 썼을까요? 맨 끝 구절로 미루어보자면 무언가에 울컥(!) 한 것이 분명합니다. 모든 시는 울컥 할 때의 감정이 드러난 자취입니다. 그러니 이 시인이 왜 울컥 했으며, 그 시를 쓸 당시 어떤 상황에 놓였는가를 알면 그 시가 왜 그렇게 표현되었는가를 알 수 있습니다. 시인이 이 시를 쓸 때 어떤 상황에 처한 것이었을까요? 아무리 시를 읽어보아도 우리는 시 안에서 그 원인을 찾을 수 없습니다. 시 밖에서 원인을 찾아야 합니다.

그런데 잘 생각해보십시오. 시인이 처한 상황을 시 밖에서 찾아야 한다면 그 시가 잘 된 걸까요? 뭔가 모자란 걸까요? 당연히 모자란 것입니다. 이 시는 뭔가 모자란 시입니다. 결코 좋은 시라고 할 수 없습니다. 이렇게 판단할 수 있는 자신감이 있어야 합니다. 그래야 시를 제대로 감상할 수 있습니다. 만약에 시를 완전한 것으로 전제해놓고서 감상하려고 든다면 결국 이렇게 해결이 안 되는 부분을 알기 위해서 우리는 정지용 시인에게 전화를 걸어야 할 겁니다. 이렇게 감상을 위해 딴 짓을 하도록 하는 시에 대해 우리가 박수쳐줄 필요가 있을까요? 그럴 필요 없습니다. 시인들에게 그렇게까지 굽실거릴 필요가 없습니다.

이미 작고한 시인에게 전화를 걸 수 없으니 주변 사람들에게 물어보면 되겠지요. 교과서에 실린 시이기 때문에 연구자들이 그 이유를 자세히 밝혀놓았습니다. 이 시를 쓸 무렵에 정지용 시인은 어린 자식의 죽음을 겪은 것입니다. 그러니 맨 끝 구절의 '너'는 죽은 어린 자식이겠지요. 이렇게 시인이 가리킨 대상이 죽은 자식이라는 사실을 알면 이 시의 분위기는 확 와 닿습니다. 나머지 이미지들은 그런 감정을 표현하기 위한 꾸미기에 불과합니다.

이렇게 간단한 것을 두고서 연구자나 비평가들은 말이 많습니다. 이미지를 중심으로 보려는 사람들은 심지어 이 시를 이미지즘 시로 보려고 합니다. 이미지즘은 영미 시에서 시작되어 세계로 퍼져간 시의 사조로, 에즈라 파운즈, 흄, 엘리어트 같은 시인들이 주장한 이론입니다. 시에서 감정이 넘치는 것을 경계하기 위해서 이미지를 적극 활용해야 한다는 주장입니다. 이것이 정지용이 유학했던 1930년대의 일본에 소개된 것이고, 일본에 유학한 조선의 청년들은 이 이론에 빨려들었습니다. 김기림, 김광균 같은 시인들이 이들의 이론을 차용하여 적극 시를 썼습니다. 그러나 기법만 흉내 낸다고 해서 될 일이 아닙니다. 영국과 미국에서 이런 시 운동이 일어난 배경을 알아야 하고, 그 방법을 정확히 이해하여 창작에 적용해야 합니다. 그런데 일본에 유학한 청년들로서 이런 사조의 실상을 정확히 파악하기는 쉽지 않았던 모양입니다. 이런 시도들은 모두 이미지를 지나치게 어렵게 씀으로 해서 실패로 끝납니다.

그런데 해방 후에 근대시를 연구하는 사람들의 눈에 정지용 시의 선명한 이미지가 들어온 것입니다. 그래서 우리나라 근대시의 사조를 설명하는 사람들이 정지용을 이미지즘 시의 선구자로 조명하려고 했습니다. 그럴 때마다 인용되는 것이 이 시입니다. 그들의 눈에 비친 이 시는 이미지즘 기법이 사용된 시라는 것이죠. 여러분이 보기에는 어떻습니까? 그런가요?

이 시에서 시상의 발화점은 어디일까요? 그것만 찾아내면 이 시가 이미지즘 계열의 시인지 아닌지 알아낼 수 있습니다. 이 시가 나온 곳은 죽은 자식을 생각하는 아버지의 마음입니다. 죽은 자식을 생각하며 울컥(!) 한 감정이죠. 울컥 한 마음으로 우연히 서있는 곳이 유리창 앞입니다. 때는 겨울이죠. 유리창에 바짝 붙어서 입김을 불면 유리창에 입김이 서립니다. 아마도 죽은 아이와 함께 겨울에 그런 장난을 같이 했을 수도 있습니다. 그러나 지금은 혼자입니다. 때마침 밤입니다. 별도 떴습니다. 죽은 자식을 생각하는 사람의 눈에 비친 밤풍경입니다. 그것을 있는 그대로 묘사한 것입니다. 그리고는 마지막에 자신이 하고픈 말을 덧붙인 것입니다. 그러니까 이 시인은 처음부터 유리창을 말하려고 했던 것이 아니라 자식을 생각하며 슬픔에 젖었다가 그 순간에 눈에 들어온 이미지들을 정리한 것입니다.

만약에 이게 이미지즘 시라면 맨 끝 구절은 넣지 않았을 것입니다. 이미지즘은 지나친 감상성을 경계하여 감정을 지성으로 통제하려고 한 경향의 시론이기 때문입니다. 만약에 정지용이 이미지즘 시인이라면 그는 이미지즘 이론을 전혀 이해하지 못한 풋내기임을 스스로 증명하는 것입니다. 애써 이미지로 감정을 절제한 마당이 끝에다가 자신의 할 말을 직접 내지른 꼴이 되기 때문입니다.

따라서 정지용의 〈유리창 1〉은 결코 이미지즘의 시가 될 수 없습니다. 깔끔한 이미지들이 들어있는 시일 뿐입니다. 그리고 이런 전통은 서구 이미지즘의 영향이 아니라 한시에서 오랜 세월 사용된 기법입니다.

3행의 '날개를 파다거린다.'는 선명한 이미지이지만, 이것은 맨 뒤에 산새처럼 날아갔다는 것과 연결된 이미지입니다. 따라서 겉으로 보면 앞 3행의 이미지를 받아서 맨 마지막 행의 산새가 나온 것 같지만, 시상의 발화점을 찾아가보면 이미 시인의 마음속에는 산새처럼 날아간 '너'가 있고, 그 다음에 유리창에 서린 입김에서 새의 날개 이미지를 떠올렸을 것이 분명합니다. 뒤의 산새를 먼저 정한 다음에 앞의 날개를 연상했을 것이란 말입니다. 시의 겉 순서는 날개에서 산새로 가지만, 시의 발상에서는 그 반대일 것이란 말입니다. 어느 쪽으로 보는 것이 이 시의 감상을 더 정확하게 하는 것일까요?

시를 완벽한 것으로 전제해놓고 볼 때와, 시의 발화점을 찾아갈 때, 우리 앞에 드러나는 시의 양상이 이와 같이 다릅니다. 그리고 시를 이렇게 이해하면 이 시에서 시인이 미처 다하지 못한 이야기도 알아낼 수 있습니다. 뿐만 아니라 시인이 말하고자 하는 내용을 다른 방법으로 표현해볼 수도 있습니다. 즉 시상의 발화지점을 이해하고, 그곳을 정확히 알면 똑같은 내용을 주제로 다양한 시 창작도 가능합니다. 한 번 해볼까요?

유리창

나는 지금 캄캄한 어둠 속에 서있다.
낮에 화려하게 빛나던 모든 것들이
지금은 어둠 속에 잠겨있다.
유리창 너머 꽉 찬 어둠 속을 찬찬히 들여다본다.
나무가 있고, 담장이 있고, 길이 있고, 들판이 있어
골똘히 바라보는 유리창에서 낮의 풍경들이 서서히 살아난다.
우리가 함께 보던 풍경이다.
너 없이 지금 나 혼자 보는 풍경은
어둠 속에 잠겨있다.
네가 지금 머문 곳이 저 어둠 속이냐?
나를 유리창 앞에 두고
아아, 너는 산새처럼 날아갔구나.

어때요? 나쁘진 않죠? 당연히 원작보다 낫다고는 할 수 없겠지요. 그렇지만 이 시인이 시를 쓸 당시의 심정이 확 느껴지지 않나요? 이것은 단순히 역지사지의 감정만으로 되는 것이 아닙니다. 시가 처음 발화된 지점을 안다는 것이 이런 응용을 가능케 하는 것입니다.

시가 전하려는 것은 주제가 아닙니다. 시가 전하려는 것은 감정, 즉 느낌입니다. 그런데 시를 분석하고 해설하다 보면 눈에 잡히지 않는 감정이 드러나지 않고 주제만 드러납니다. 그것을 입시용으로 해부하면 더더욱 그렇습니다.

여기서 시의 특징을 잘 알 수 있습니다. 시가 전하고자 하는 것은 정서입니다. 그런데 언어란 원래 뜻을 전달하려고 만들어진 도구입니다. 뜻을 전달하려고 만들어진 도구를, 뜻이 아닌 정서를 전달하기 위해 사용하는 것이 시입니다. 우리가 시를 감상할 때 자주 혼동하는 것이 바로 이것입니다. 시를 제대로 감상하려면 시인이 전하고자 한 느낌이 무엇인지를 먼저 알아야 합니다.

그런데 이 느낌은 생각처럼 또렷하게 잡히지 않습니다. 시에 정서가 잘 살아있는 시라면 그 정서를 찾아내는 것이 어렵지 않지만, 시가 정서를 절제하거나 하면 정말 골치 아파집니다. 이미지즘 계열의 시들이 어렵고, 시작도 실패로 끝나는 경우가 많은 것이 바로 이런 이유입니다. 감탄사를 막 집어넣으면서 흥분한 상태의 시는 파악하기가 쉽습니다. 그렇지만 감정을 절제하면 정말 어렵습니다. 특히 이런 전통은 동양의 한시에서 두드러집니다. 감정을 이미지 뒤로 많이 숨겼기 때문에 뜻은 전달되는데, 정서가 잘 전달되지 않는 경우가 많습니다. 게다가 시인이 시를 제대로 쓰지 못해서 변변찮은 작품을 내놓으면 이런 혼란은 더더욱 커집니다.

앞서 살펴본 정지용의 시도 마찬가지입니다. 이미지로 감정을 잘 절제하다가 끝부분에서 갑자기 자기감정을 폭발시켰습니다. 그것도 전후 맥락 없이 탄식만 했습니다. 왜 그런 탄식이 나왔는지, '너'가 누구인지 앞에서 암시만 줬어도 이 시를 감상하는 데 도움이 되었을 것입니다. 결국 정지용 시인이 이 시를 너무 성급하게 끝맺음 했다는 결론을 내릴 수밖에 없는 것입니다. 정지용 시 '유리창 1'은 결코 좋은 작품이라고 할 수 없습니다. 이유는 두 가지입니다. 시 밖의 설명을 들어야 제대로 감상이 이루어진다는 점과, 너무 성급하게 마무리한 느낌이 든다는 점이 그것입니다.

지금 우리는 교과서마다 실려서 마치 시의 경전처럼 떠받들리는 정지용 시인의 명작 '유리창1'을 비판했습니다. 그리고 어디가 잘못된 것인지 미숙한 것인지 콕(!) 찍어서 찝어냈습니다. 대단하죠? 이런 생각은, 시의 발상이 시작된 지점을 찾아서 시가 만들어진 과정을 들여다보고서 판단한 것입니다. 단순히 독자로서 시를 완성작으로 대할 때와 시인 쪽으로 한발 더 가까이 다가가서 봤을 때 이런 차이가 생깁니다. 시는 신이 쓴 것이 아니라 사람이 쓴 것입니다. 완벽이란 있을 수 없습니다. 이런 도전의식이 아니라면 시를 제대로 이해할 수 없습니다.

여기서는 시인을 찬양하는 것이 아니라, 시를 제대로 이해하는 방법을 배우는 것입니다. 저는 지금까지 아무도 하지 않은 방법을 소개하는 중입니다.

저는 평생 학교에서 학생들에게 국어를 가르치며 살아온 사람입니다. 학생들이 시를 어려워해서 시를 좀 쉽게 이해하게 하는 방법이 없을까 고민하다가 결국 시를 제대로 이해하려면 시 창작의 비밀을 알아야 할 것 같아서 이 글을 쓰는 중입니다.

02
시론의 탄생

잠시 학교 국어시간으로 돌아가 보겠습니다. 매 학기 거의 첫 부분에 시가 실려서 시를 배웁니다. 그러면 제일 먼저 칠판에 핵심정리를 하는데, 첫 번째로 나오는 것이 시의 갈래죠. 이 시의 형식상 갈래는? 내용상 갈래는? 이렇게 하고는 자유시다, 어쩐다, 하며 써야 합니다. 이것이 시를 이해하는 방법임은 분명하지만, 그것이 과연 시를 올바르게 감상하는 방법이기는 한 걸까요? 이런 의문을 던질 시간도 없이 수업은 시의 주제로 넘어갑니다. 얘기 나온 김에 갈래 공부 좀 하고 가겠습니다. 이 책에서 말하고자 하는 전체의 흐름과는 약간 벗어나고 지루한 부분이니, 영 지루한 분은 그냥 넘어가시기 바랍니다.

시의 갈래는 두 가지로 나눕니다. 형식으로 나눌 때와 내용으로 나눌 때가 그것이죠. 형식상의 갈래는 정형시냐, 자유시냐, 하는 것입니다. 시 한 편 보겠습니다.

산유화

김소월

산에는 꽃 피네.
꽃이 피네.
갈 봄 여름 없이
꽃이 피네.

산에
산에
피는 꽃은
저만치 혼자서 피어 있네.

산에서 우는 작은 새여.
꽃이 좋아
산에서
사노라네.

산에는 꽃 지네.
꽃이 지네.
갈 봄 여름 없이
꽃이 지네.

자, 이 시를 보고 한 번 대답해 보십시오. 형식상 자유시인가요,
정형시인가요? 이렇게 물으면 어렵지 않게 자유시라고 대답할 것입

니다. 그러면 왜 자유시인가요, 이렇게 물으면 어떻게 대답할까요? 여기서부터 머릿속이 복잡해집니다. 형식으로 자유롭고, 시인이 형식에 얽매이지 않고 쓰고 싶은 대로 썼고, 또 내재율이 있다, 이런 말들이 줄줄이 떠오르죠. 과연 형식이 자유로울까요? 이 시를 보면 한 연이 4행으로 짜였고, 각 행의 글자 수도 일정합니다. 김소월의 다른 시들을 보아도 분명한 형식이 있습니다. 이건 형식이 아니고 무엇인가, 하는 의문이 꼬리를 뭅니다.

이미 국어시간에 잘 배워서 아시겠지만, 정형시는 이렇게 개인이 만든 형식을 말하는 것이 아니고 한 사회에 통용되던 형식을 말하는 것입니다. 우리나라의 시 중에서 형식이 이미 정해진 것은 시조밖에 없습니다. 여기서 중요한 내용이 나옵니다. 시조는 우리가 지금 생각하는 그런 시가 아니라 노래였다는 것입니다. 이미 형식이 갖추어진 노래였죠. 그 노래의 형식이 일정한 정형성을 띠고 있어서 그 가사만을 놓고 볼 때 일정한 형식이 나타나는 것입니다. 그것을 우리는 시로 볼 때 정형시라고 하는 것입니다.

그렇다면 자유시는 무엇일까요? 정형시가 아닌 모든 것을 자유시라고 합니다. 엥? 우리나라에서는 시조 빼고는 모든 것이 다 자유시입니다. 따라서 현대시는 모두 자유시라고 보면 됩니다. 위의 시처럼 정형성이 있든 없든 현대시는 모두 자유시입니다. 그래서 제가 국어시간에 학생들에게 가르칠 때 이렇게 가르칩니다. 정형시란, 정형성 어쩌구 따지려 들지 말고, 그것이 시조인가 아닌가를 살펴라. 시조가 아니면 모두 자유시다. 이 명쾌한 설명에 아이들이 쾌재를 부릅니다.

한 시대를 유행하는 형식은 시대가 바뀌어도 쉽게 사라지지 않습니다. 우리나라 초기의 현대시를 보면 자유시라고는 하지만 그 시 안에서 시인들 나름대로 만들어낸 형식성을 발견할 수 있습니다. 김 소월의 시도 비슷한 형식이 되풀이됩니다. 김소월만이 아닙니다. 거의 모든 시인들이 일정한 형식을 스스로 만들어서 비슷비슷한 형식으로 시를 씁니다. 이유는 간단합니다. 시가 노래 가사였기 때문에 옛 시대의 형식을 완전히 버릴 수가 없었던 것입니다. 그래서 초기 현대시를 쓴 시인들의 시를 보면 일정한 정형성이 살아있고, 그것은 그들이 시를 노래의 연장이라고 생각했기 때문에 생긴 현상입니다. 형식은 벗어났지만 운율로부터는 벗어나지 못했다는 증거입니다. 전통 시의 운율을 완전히 벗어버린 사람은 이상 시인입니다. 다른 시인들의 시를 읽다보면 어딘가 익숙한 가락이 느껴지고 그 가락이 형식으로 귀결됨을 알 수 있습니다.

내용상의 구분으로 가보겠습니다. 내용상 시의 갈래 구분은 다음과 같습니다.

서정시

서사시

극시

김소월의 시는 이 중에 어떤 시에 해당할까요? 서정시죠? 왜 서정시인가요? 이렇게 질문하면 또 머릿속이 복잡해집니다. 당연히 그렇다고 생각하는데, 막상 설명하려고 하면 앞이 막막해집니다. 정을 풀어서 썼고, 외형률이나 내재율 같은 운율이 있다고 설명할 수

밖에 없는데, 뭐라고 설명을 해도 시원하지 않습니다. 그래서 저는 이렇게 가르칩니다. "서정시란, 서사시도 아니고 극시도 아닌 시다." 간단하죠?

이렇게 얘기하면 학생들은 엥? 저래도 될까? 하곤 갸우뚱합니다. 그렇지만 맞지 않나요? 옛날에 시를 구별할 적에는 이렇게 구별한 것입니다. 옛날에 시란, 오늘날 말하는 이런 형식이 아니라 운이 있는 시를 말하는 것이었습니다. 옛날 사람들은 지금처럼 아무 톤 없이 아나운서처럼 말한 적이 없습니다. 그것이 예술일 때는 언제나 가락을 탔습니다. 예컨대 이야기를 할 때도 소설을 읽을 때도 가락을 넣어서 읽었습니다. 눈으로 읽은 것은 활자가 나온 뒤의 일입니다. 그 전에는 모두 손으로 베껴 썼고, 베껴 쓴 그것을 사람들이 유장한 목소리로 읽었습니다. 그래서 홍길동전 같은 글들도 소리 내서 읽었습니다. 조선 후기에 이르면 이런 소설을 읽어주는 전문직업도 나타납니다. 그런 것은 주로 일이 별로 없는 노인들이 했기 때문에 '전기수'라고 합니다.

따라서 옛날에 많은 사람들 앞에서 무슨 이야기를 들려주려고 하면 목소리를 가다듬고 가락과 장단을 넣어서 읽었습니다. 예컨대 한 영웅의 이야기를 사람들에게 들려줄 때 저절로 가락을 넣어서 말하게 되는 것입니다. 그렇게 사람의 입에서 입으로 전해져온 이야기를 영웅서사시라고 합니다. 서양의 『일리아드』, 『오디세이』 같은 영웅 이야기는 줄거리를 가진 서사시였던 것입니다. 우리나라의 단군신화나 동명성왕 이야기도 모두 이런 것입니다. 특히 동명왕편은 고구려에서 건국을 기념하는 축제를 시작할 때 낭송하는 서사시였습니다. 자신들의 정체성을 확인하려는 행사들이죠. 그런 행사에서는 모두 노래 형식으로 영웅들의 이야기를 전합니다.

이런 형식이 아직도 남은 것이 무당들이 굿할 때 외는 여러 가지 거리입니다. 보통 굿은 한 번 하는 데 3일 정도 걸립니다. 12마당을 하죠. 그 첫 번째가 제석 본풀이인데, 그 무당이 섬기는 신의 내력을 노래하는 것입니다. 우리나라에서 끗발이 가장 좋은 신은 최영장군 신인데, 고려 말의 최영 장군이 억울한 죽음을 당했다고 하여 그 한 맺힌 일생을 설명하면서 제가 섬기는 신의 위대한 이력을 사람들에게 자랑하는 것입니다. 신의 내력을 잘 모르는 대중은 무당의 설명을 곧이곧대로 듣고 감동하죠. 그렇게 마음이 움직이면 이제 신의 뜻을 받아들일 준비가 된 것입니다. 이때 무당은 장구와 꽹과리의 장단에 맞춰 끊임없이 춤추며 노래를 합니다. 이때 하는 노래가 바로 영웅서사시의 원형에 해당하는 것입니다. 각 나라에는 오랜 영웅서사시가 있습니다. 영국의 아더 왕 신화도 이런 식으로 전해오던 것이 서사시로 정착한 것입니다.

따라서 영웅서사시는 대번에 알아볼 수 있습니다. 분량이 엄청 깁니다. 책으로 엮으면 한 두 권은 되죠. 그러니 옛날의 이런 영웅 서사시가 뭐겠어요? 그게 서정시입니다. 극시는요? 그건 볼 것도 없습니다. 연극의 대본으로 들어간 것이기 때문에 한 눈에 알아볼 수 있습니다. 그러니 영웅 서사시도 아니고 극시도 아니라면 그게 무슨 시겠어요? 그런 시가 모두 서정시인 것입니다.

서정시는 영어로 'lyric'이라고 합니다. 이것은 악기를 뜻합니다. 굳이 나누자면 손으로 들 수 있는 작은 하프 같은 악기인데, 그리스

신화에 신들이 자주 들고 나오는 악기입니다. 서정시라는 말도 여기서 연유한 것입니다. 즉 악기를 타며 부를 수 있는 짧막한 노래를 말하는 것입니다. 이것을 서정(抒情)시라고 번역한 것입니다. 참, 재미없게 번역했죠? 신들의 장중한 이야기를 노래한 것과는 분위기가 많이 다르겠죠? 아마도 감수성이 예민한 여성들이 이런 노래를 잘했을 것입니다. 실제로 학교에서 학생들에게 시를 써보라고 하면 사춘기에 접어든 여학생들의 감성은 정말 누구도 따라올 수 없을 만큼 곱고 아름답습니다. 마치 유리잔 같아서 무언가에 부딪히면 쨍그랑하고 깨질 듯한 섬세한 감성이 묻어납니다. 이런 정서를 담아내는 것이 서정시입니다.

이런 분류는 당연히 유럽의 학문에서 시작된 것이고 유럽의 학문은 거슬러 올라가면 그리스 시대의 학문으로 이어집니다. 그리고 이런 것을 처음으로 논리화한 사람이 아리스토텔레스이고, 아리스토텔레스는 플라톤의 학문을 이어받은 사람이며, 플라톤은 소크라테스의 대화를 잘 기록하여 후대 학문의 출발점이 된 사람입니다. 교과서에서 국어시간에 배우는 시의 갈래론이 이런 뿌리를 통해서 지금까지 이어져오는 것입니다.

지금까지 시의 갈래에 대해 얘기했습니다. 갈래 얘기가 나온 김에 문학으로 조금만 넓혀보겠습니다. 문학에서 국어시간에 가르치는 갈래는 다음과 같습니다.

시

소설

희곡

수필

이것은 뭐 거의 법조문처럼 굳어져서 따로 얘기할 것도 없죠. 그런데 앞서 시의 갈래론에서 말할 때 한 가지 이상한 것을 느꼈을 것입니다. 바로 영웅서사시입니다. 가만히 보니까 요즘은 서사시가 없습니다. 서사시를 창작하는 사람이 없다는 것입니다. 이게 어찌된 일일까요? 여기서 말하는 시는 영웅서사시를 가리키는 것이 아니라 서정시를 가리키는 것입니다. 그렇다면 갈래론의 역사에서 영웅서사시는 어디로 갔을까요? 영웅서사시의 영역을 근대에 차지하고 나타난 것이 바로 소설입니다.

영웅서사시는 입으로 노래하는 것입니다. 그런데 16~17세기에 이르면 인쇄술이 발달합니다. 그래서 영웅서사시를 기록으로 남겨 돌려 읽게 됩니다. 그것을 읽어주는 사람이 사라지게 된 것이죠. 그러면 어떻게 될까요? 글자가 없던 시절에 사람이 읽어주던 것을 글자가 대신하게 되니 굳이 리듬을 탈 필요가 없어진 것입니다. 줄거리를 입으로 전하던 시절에서 눈으로 각자 읽는 시대로 건너가면서 이야기를 전하는 새로운 형식이 나타난 것입니다. 그것이 소설입니다. 소설에서는 굳이 가락을 넣을 필요가 없죠. 그래서 가락이 사라진 산문이 인류 역사상 처음으로 나타난 것입니다.

근대소설의 시작을 『돈키호테』라고 합니다. 돈키호테를 읽어보면 번역된 것이기는 하지만 어딘가 리듬이 느껴집니다. 그게 아직도 글 속에 옛 서사시의 가락이 남아있다는 증거입니다. 돈키호테를 시작으로 유럽에서는 산업혁명과 더불어 사회가 급격한 변동을 겪으면서 소설이 가장 중요한 문학 갈래로 자리 잡습니다. 그래서 우리가 문학시간에 서사시를 배우지 않고 소설을 대신 갈래론에 넣어서 배우는 것입니다.

자, 이렇게 소설을 시의 범주에 넣으면 옛날에는 문학의 갈래가 셋이었다는 결론이 나옵니다. 이것은 문학 작품 내의 특별한 특징과 논리로 나눈 것이 아니고 그 당시 유행하던 방식을 따른 것입니다. 가락을 붙여서 대중들에게 전하는 작품은 짧든(서정시) 길든(서사시) 시의 범주로 넣고, 당시에 극장에서 공연하던 대본들은 희곡으로 넣고, 잡다한 편지글 같은 것은 모조리 수필로 쓸어 넣은 것입니다.

이런 식이면 문학은 둘로 더 단순화할 수 있습니다. 즉 소리 내어 읽는 것과 그렇지 않은 것이죠. 그래서 실제로 글을 운문과 산문으로 나눕니다. 가락이 있어서 소리 내어 읽을 수 있는 것을 운문이라고 하고, 그렇지 않은 것을 산문이라고 하는 것입니다. 우리가 갈래론을 배울 때 시를 운문이라고 배우는 것도 바로 이런 관행에 의한 것입니다.

시를 운문이라고 하는 것은, 수업시간에 다 같이 낭송시켜 보면 압니다. 김소월의 진달래꽃을 다 같이 읽으라고 하면 누가 시키지 않았는데도 이구동성으로 가락을 맞춰 읽습니다. 똑같이 시작해서 똑같이 끝납니다. 신기하죠? 누가 가르치지도 않았는데 알아서 그렇게들 읽습니다. 그러니까 시에서는 자유시라고 하더라도 사람들이 호흡을 끊어서 읽을 수 있는 가락이 아직 살아있다는 증거입니다.

그래서 시를 운문이라고 하는 것입니다.

이렇게 끊어 읽는 단위가 바로 행입니다. 시에서는 한 줄을 한 행이라고 하는데, 그 행 단위가 바로 잠시 쉬었다 읽으라는 암시입니다. 학생들은 그 암시에 따라 저절로 한 행의 끝에서 반 박자 쉬면서 다른 사람이 따라왔나 아닌가를 눈치 보면서 그 다음 행으로 들어가는 것입니다.

그런데, 과연 이런 방식이 문학을 올바르게 가른 것일까요?

자, 지금 우리는 그리스 시대부터 3천 년간 이어져온 갈래론에 도전장을 내민 것입니다. 누가 봐도 이런 식의 갈래론은 엉성하기 그지없습니다. 무언가 문학 내부의 논리로 딱 부러지게 나눠줬으면 좋겠습니다.

그런데 잘 생각해보십시오. 그리스시대부터 무려 3천년 동안 이어져온 관행은 여간 만만한 것이 아닙니다. 그 나름대로 굉장한 사연과 까닭이 있기 때문에 그러는 게 아니겠습니까? 그런데 그런 원인을 따져서 옳고 그름을 바로잡고 새로운 갈래론을 만들겠다니, 이게 어디 보통 일인가요? 그러려면 그렇게 되는 어떤 빌미를 찾아야 합니다. 그런 빌미는 의외로 중심이 아닌 주변국에서 일어납니다. 중심은 늘 제도가 정비되는데 그 정비된 제도가 주변으로 퍼져가면서 적용되고 확산되는 것이 문화의 특징입니다. 중심부에서는 이미 사라진 문화가 주변부에서는 여전히 살아서 큰 힘을 발휘하는 경우도 많습니다. 이런 특징을 보면 반대로 주변부의 특징이 중심부에서 놓친 것을 찾아내는 역발상의 진앙이 되기도 합니다. 그리고 실제로 그런 일이 우리나라에서 일어났습니다. 즉 지난 3천 년간 이어져온 문학의 갈래론을 부수고 새로운 갈래론이 등장한 것인데, 그 주인공이 바로 우리나라에서 나왔고, 서울대학교 교수를 지낸 조동일이 그 주인공입니다.

조동일은 한국의 문학을 연구하며 이상한 걸 발견합니다. 시, 소설, 희곡, 수필로는 분류되지 않는 영역이 존재한다는 것을 발견한 것입니다. 예컨대 경기체가나 가사는 위의 갈래 중에 어디에 포함시켜야 할까요? 이런 작품들은 시라고도 할 수 없고, 그렇다고 수필로 분류할 수도 없습니다. 물론 전통 갈래론에서는 수필로 분류합니다. 과연 가사가 수필일까요? 분명히 3,4조의 4음보 율격을 가진 것이고, 형식은 시조와 똑같습니다. 오히려 수필보다는 시에 더 가깝습니다. 그런데 전통 갈래론에서는 수필로 분류합니다.

이 기이한 현상을 조동일은 놓치지 않은 것입니다. 다른 사람들이 그렇게 분류하는 데 의심을 하지 않는 사이 조동일은 어째서 그럴까를 생각하다가 한 생각에 이릅니다. 즉 3갈래론은 큰 문제가 있다는 것이죠. 갈래론 내부의 논리가 부실하다는 것입니다. 그래서 이런저런 시도 끝에 그는 갈래론의 새로운 체계를 세웁니다. 그 체계란 두루뭉술한 것이 아니라, 갈래로 나누는 분류의 엄정한 내면 질서가 있어야 한다는 것입니다. 그래서 그는 『문학연구방법』이라는 책에서 갈래를 4가지로 나누고 그렇게 나누는 원리를 설명합니다. 어려운 내용이지만, 한 번 슬쩍 보고 가겠습니다. 이해가 안 가는 분들은 그냥 슬그머니 넘어가시기 바랍니다. 나중에 다 알게 될 일입니다.

서정 : 작품 외적 세계의 개입이 없는 세계의 자아화.

교술 : 작품 외적 세계의 개입이 있는 자아의 세계화.

서사 : 작품 외적 자아의 개입이 있는 자아와 세계의 대결.

희곡 : 작품 외적 자아의 개입이 없는 자아와 세계의 대결.

위의 설명을 보면 아시겠지만, 서정과 교술이 한 짝을 이루고, 서사와 희곡이 한 짝을 이룹니다. 먼저 서정과 교술 짝을 보겠습니다. 세계의 자아화라는 것은 시의 특징을 말하는 것입니다. 즉, 세계를 자아화 한다는 것입니다. 자아화라는 것은 제 멋대로 해석하고 받아들인다는 것입니다. 시에서 상상력은 엉뚱할수록 좋습니다. 어떤 대상을 그와 전혀 다른 것으로 보면 좋다고 감탄합니다. '내 마음은 호수요'라는 표현에서 마음이 호수일 리 없지만, 시라고 생각하면 아주 신선한 발상이라고 칭찬합니다. 그래서 우리는 김동명의 〈내 마음〉이라는 시를 좋아하는 것입니다. 정상세계에서라면 미친 놈이라고 하겠죠. 이런 미친 놈 소리가 시에서는 통한다는 예기입니다. 시에서는 그래도 된다는 허락이 인류 역사를 통해 인정받은 것이고, 그것이 시 양식의 특징이라는 것입니다.

반면에 자아의 세계화라는 것은 그 반대입니다. 자신의 상상력이 아니라 현실의 질서를 말하게 됩니다. 우리가 흔히 말하는 수필은 생활 속에서 겪은 것을 쓰는 것인데, '나'가 생활 속에서 얻은 것에 대해 서술한 것입니다. 나의 생각과 느낌이 세상의 질서와 만날 때 벌어지는 것들을 정리한 것임을 말하는 것입니다. 그것을 자아의 세계화라고 한 것입니다. 소풍 다녀온 느낌을 수필로 쓰자면 소풍이라는 세상의 사건에 몸담은 나의 경험담을 말한다는 것입니다.

　서사와 희곡은 둘 다 어떤 사건을 다룹니다. 그런데 소설에서는 말하는 이가 있어서 시시콜콜 설명해줍니다. 반면에 극에서는 설명해줄 수 없습니다. 인물들이 직접 행동으로 보여줄 뿐입니다. 이렇게 나(자아)와 남(세계)이 싸우는데 말하는 이(작품 외적 자아)가 있느냐 없느냐에 따라서 나뉘는 것입니다.

03
새로운 시의 갈래론에
도전하다

지금까지 우리는 시의 갈래론을 거쳐서 3천년 만에 새로운 문학의 갈래론이 등장하는 장엄한 장면을 따라가며 살폈습니다. 그렇다면 시에서는 어떨까요? 시에서는 과연 새로운 갈래론이 나올 수 있을까요? 이런 질문을 한 번 해보는 것도 좋지 않을까요? 시는 앞서 살펴보았지만, 형식상의 분류와 내용상의 분류가 있다고 배웠습니다. 그렇다면 그게 다일까요? 더 어떻게 해볼 방법은 없을까요? 우리는 조동일이 던졌던 3천년만의 도전 과정을 살펴봤습니다. 그런 도전을 지금 시에서도 해보겠다는 말입니다. 의기와 투지는 가상하다고요? 하하하.

우리가 시의 갈래론에 도전을 하는 이유는 서정시, 서사시, 극시로 나누는 앞의 갈래가 실제로 시를 읽다보면 쓸모가 별로 없다는 점입니다. 요즘 교과서에서 배우는 시는 대부분 자유시이고 서정시입니다. 굳이 나누고 자시고 할 것도 없습니다. 그런데 매 시간 시가 나올 때마다 이 시의 갈래는 서정시요 자유시라고 말합니다.

그거로 끝입니다. 그러면 그런 갈래론은 시를 이해하는 데 도움이 되지 않는다는 얘기입니다. 대부분 시험용이거나 문학론에서 다른 문학과 시의 차별성을 강조하기 위한 것에 지나지 않습니다.

그런데 수업을 하다 보면 시를 여러 가지로 나누려는 시도를 끊임없이 학자마다 자습서마다 교과서마다 한다는 것입니다. 예를 들어 순수시다 참여시다, 라는 얘기를 하고, 전통시다 현대시다, 라고 얘기하면서 분류한다는 것입니다. 주제별로, 지은이의 성향별로, 혹은 다양한 다른 기준으로 시를 갈라냅니다. 그렇다면 좀 더 시의 내면 원리에 입각한 분류는 불가능한 걸까요? 만약에 이런 질문에 답을 한다면 시는 우리 인류가 지금까지 가보지 않은 새로운 영역을 한 걸음 내딛는 것이 분명합니다. 과연 그 발걸음을 어떻게 내디딜까요? 그리고 내디디기가 가능할까요? 지금 이런 맹랑한 질문을 한 번 해보는 것입니다.

이 질문에 답을 하려면 시의 내면을 잘 들여다봐야 합니다. 순수시냐 참여시냐를 구별하는 것은 사람이 입은 옷을 보고서 사람을 분류하는 것과 비슷합니다. 치마를 입으면 여자, 바지를 입으면 남자라는 식이죠. 그렇지만 일단 갈래론이라고 할 때는 이런 흐름은 갈래 기준으로 허용할 수 없습니다. 시 내면의 원리를 이용해야 합니다. 그러면 시의 내면은 어떻게 알 수 있을까요? 방법은 하나뿐입니다. 시가 발생하는 순간 속으로 들어가 보는 수밖에 없습니다. 시가 발생하는 순간의 시인 머릿속으로 들어가 보는 것입니다. 어떻게 그럴 수 있을까요? 간단합니다. 앞서 정지용의 시 〈유리창 1〉에서 얘기한 시의 발화지점을 찾는 것입니다. 그러면 시의 모양을 잡아낼 수 있습니다.

그런데 시를 읽다보면 도대체 시인들이 어떻게 이런 생각을 하게 되었을까, 하고 신기하게 생각되는 경우가 대부분입니다. 기발한 상상력을 강조하는 시의 특성상 그럴 수밖에 없습니다. 그런데 제가 시를 한 30년 남짓 써보니까 실제로는 시 쓰는 방법이 몇 가지 안 된다는 사실을 깨달았습니다. 줄이고 줄이면 3가지 정도로 압축할 수도 있겠다는 생각이 들었습니다. 어떻게 그렇게 말할 수 있느냐? 그건 앞서 말한 저의 경험 때문입니다. 그러면 당신만 그런 것 아니냐? 이렇게 물을 수도 있습니다. 그래서 제가 압축한 3가지 방법을 가지고 다른 시인들의 작품을 죽 읽어보았습니다. 그랬더니 다른 시인들도 별 수 없더군요. 3가지 방법 이외에 다른 것은 찾아보기 힘들었습니다.

당신이 도대체 얼마나 시를 잘 알기에 그런 당돌한 소리를 하느냐고 할 수도 있겠습니다만, 그런 질문이라면 저도 할 말이 있습니다. 제가 26살이던 1985년부터 시를 썼는데, 그때 처음 세운 목표가 3천 편을 쓰는 것이었습니다. 왜 3천 편이냐고요? 당나라 시인 왕유가 살아생전에 3천 편을 썼답니다. 그 기록이 최고라네요. 그래서 시인이라면 그 정도는 써야지 하고서 목표를 3천 편으로 잡았습니다. 한 20년만에 1천 편을 썼습니다. 그때 나이가 45세쯤이었으니, 앞으로 2천 편만 더 쓰면 되지 않을까요? 그런데 1천 편을 쓰고 나니까 굳이 더 쓴다는 게 별 의미가 없더군요. 그래서 이쯤에서 그만두기로 했습니다.

읽기로 말하자면 또 이렇습니다. 시를 한 동안 쉬었다가 2004년 무렵에 남들은 시를 어떻게 쓰나 하고 궁금하여 남의 시집을 읽었습니다. 시중에 나온 것은 닥치는 대로 다 읽었습니다. 원래 1,000권을 목표로 읽었는데, 다 읽고 나니 1,032권이더군요. 각 시집에 대한 간략한 독후감을 썼습니다. 그리고 그것을 제 카페에 올렸습니다. 궁금하신 분들은 읽어보시기 바랍니다.

이런 짓을 한 결과로 시 갈래론에 도전을 하게 된 것입니다. 도전이라기보다는 제가 시 쓰는 원리를 정하고 그 원리로 다른 사람들의 시 쓰는 방법을 분석해본 것입니다. 그 결과 단 3가지로 창작의 원리와 비밀을 갈라볼 수 있다는 결론에 이른 것입니다. 그 방법은 다음과 같습니다.

빗대기

그리기

말하기

애개개! 이게 시창작의 원리 전부라고요? 그렇습니다. 이 세 가지면 시창작의 비밀을 모두 밝힐 수 있습니다. 실제 작품을 통해서 그 실상을 하나하나 알아보겠습니다.

04

시의 우리말은?

시는 한자에서 온 말입니다. 중국의 양식을 가리키는 말이죠. 영어의 포잇(poet)을 한자어 시(詩)로 번역한 것입니다. 그렇다면 시를 가리키는 순우리말은 무엇일까요? 안타깝게도 시를 가리키는 순우리말은 없습니다. 한자로 그냥 시라고 써왔습니다. 한자말 詩를 분석해보면 言+寺인 것을 보고 매년 노벨문학상 후보로 거론되곤 하는 어느 이름난 시인이 시는 말의 사원이라고 해석하면서 견강부회하기도 하는 것을 보고 속으로 어이없는 웃음을 지은 적도 있습니다. 詩는 한자 만드는 원리인 육서법 중에 형성으로 言이 뜻을 나타내는 부분이고 寺는 음을 나타내는 부분입니다. 음을 나타내는 부분을 뜻으로 해석하면 당연히 엉뚱한 해석이죠. 육서법 중에서 형성으로 이루어진 한자를 회의자로 해석한 것이니, 결국 헛다리 짚은 것입니다. 함부로 아는 체하면 안 됩니다.

왜 우리말에는 시를 가리키는 말이 없을까요? 우리에게는 원래 시라는 것이 없었던 것일까요? 그러면 우리는 시를 쓰지 않은 민족일까요? 뭐, 이런 의문이 꼬리를 물고 일었다가 거품처럼 사라지곤 했습니다. 그런데 앞서 보았듯이, 현대시의 출발을 주요한의 〈불놀이〉라고 쳐도 시가 오늘날 우리가 아는 것과 똑같은 모습으로 알려지게 된 기간은 불과 100년이 채 안 됩니다. 주요한의 〈불놀이〉가 1919년에 발표되었으니 말이죠.(올해가 2017년이니 이 책이 나올 때쯤이면 꼭 100년이 되겠네요.) 그렇다면 그 전에는 뭐라고 불렸을까요? 벌써 우리는 답을 알고 있습니다.

그 전에는 시가 음악과 떨어지지 않았습니다. 그래서 시를 완성한 당나라의 두보와 이백의 시도 당연히 노래 부를 것을 전제로 하여 만들어진 것입니다. 그래서 어느 유명한 시인이 멋진 글귀를 쓰면 그 즉시 유행하여 그날 저녁이면 벌써 술집에서 기생들이 음악에 맞춰 노래를 했습니다. 지세화의 『중국문학사』를 읽어보면 송나라 때의 풍속으로 이와 같은 이야기를 전합니다. 따라서 우리가 아는 모든 시란 음악과 뗄 수 없는 것이었습니다. 중국어 시(詩)가 가리키는 대상도 결국은 곧 달라붙을 음악을 기다리며 만들어진 글자들의 짜임을 말하는 것이었습니다. 말하자면 시는 알몸이고 곧 입을 옷이 가락인 셈입니다.

그러면 순우리말에서 왜 시를 가리키는 말이 없는가 하는 의문도 저절로 풀립니다. 가락을 빼고서 시만을 가리키는 말이 따로 없었던 것입니다. 그러면 가락을 입고 나타난 것이 곧 시라는 것을 알 수 있습니다. 가락을 입고 사람들 앞에 나타난 것을 가리키는 순우리말은 있을까요? 있습니다. 그것도 2가지나 됩니다. 바로 '노래'와 '소리'입니다. 노래와 소리는 어떻게 다를까요? 지금까지 노래와 소리의 차이점을 말한 사람은 없습니다. 제가 처음으로 이 차이를 말합니다.

　이 차이는 이 말의 쓰임을 꼼꼼히 따져보면 알 수 있습니다. 노래를 우리가 한자말로 가요(歌謠)라고 하는데, 가와 요는 또한 쓰임이 다릅니다. 우리는 시가(詩歌)라고 하지. 시요(詩謠)라고 하지 않습니다. 요(謠)는, 노동요 민요라는 말에서 보듯이 사람들 사이에서 자연스럽게 나오는 것임을 알 수 있습니다. 즉 누구나 다 부를 수 있는 노래입니다. 반면에 시가 따라 붙는 '시가'는 다소 전문성이 요구되는 노래입니다. 이런 대비를 순우리말의 '노래'와 '소리'에서도 볼 수 있습니다.

　먼저 '소리'를 보자면 이렇습니다. 민요에 해당하는 것을 우리는 노래라고 하는데, '뱃노래'나 '노랫말' 같은 것을 보면 그 쓰임을 알 수 있습니다. 말뜻도 '논다'는 뜻이 있습니다. 그냥 놀이삼아 누구나 할 수 있는 음악이라는 뜻입니다. 반면에 '소리'는, 남도소리, 서도소리, 판소리, 소리꾼 같은 말에서 보듯이, 아무나 할 수 있는 것이 아니라 다소 전문성이 요구되는 것에 붙음을 알 수 있습니다. 누구나 다 할 줄 안다면 굳이 '소리꾼'이라고 하지 않을 것입니다. 훈련도 하지 않은 보통 사람은 따라할 수 없는 높은 수준이 있어야만 소리꾼이라고 할 수 있습니다. 소리는 노래에 비해 다소 전문화된 것을 가리키는 말이 분명합니다.

　제가 10대 후반이던 나이에 시골집에서 할머니가 생신날이면 동네 친구들을 불러놓고서 장구 치며 노시던 장면이 떠오르곤 합니다. 그때 할머니가 친구들을 가리키며 "자네, 소리 한 번 해봐."라고 했습니다. 그 할머니는 나중에 저희 집에 오셔서 중앙일보사에서 낸

엘피판 판소리 다섯 마당을 모두 듣고는 성창순이 하는 심청가가 끝날 때 이렇게 한 마디 하신 분입니다.

"쟤는 왜 그렇게 많이 빼먹는댜?"

녹음하느라고 모든 대목을 다하지 못한 것을 두고 하신 말씀입니다. 89세로 돌아가신 우리 할머니의 머릿속에는 판소리 다섯 마당이 모두 들어있었던 것입니다. 아니다! 어쩌면 변강쇠가까지 있을지도 모릅니다. 어쨌거나 그래서 할머니는 이런 전문성이 요구되는 노래를 '소리'라고 하신 것입니다.

'소리'는 〈솔+이〉의 구성을 보이는 말입니다. 우리말에서 〈솔〉의 뜻은 두 가지입니다. 높다는 뜻이 있고, 또 작다는 뜻이 있습니다. 앞의 경우는 '독수리' 같은 말에서 볼 수 있고, 뒤의 경우는 '솔방울, 오솔길' 같은 말에서 볼 수 있습니다. 어느 쪽인지는 분명히 알 수 없습니다. 예컨대 조선시대의 시조 모음집 이름은 『청구영언』인데, 이 '영언(永言)'이 바로 시조를 가리키는 말입니다. 즉 말(言)을 길게(永) 한 것이 시조인 것입니다. 시조 가락을 보면 청사~안~리~이~ 하면서 길게 끌죠. 그래서 영언이라고 한 것입니다. 이 시조의 본래 이름이 시절가조(時節歌調)임은 국어시간에 배운 바죠. 여기에도 歌로 되었음을 볼 수 있습니다. 결국 '영언'이 곧 '가'인 셈입니다. 이것을 보면 목청을 가늘고 길게 뽑은 것이니 소리의 〈솔〉은 '독수리'의 그것이 아니라 '오솔길'의 솔과 같은 어원이 아니었을까 짐작해봅니다.

이상의 논의를 정리하면 다음과 같습니다.

歌	謠
서도소리 / 남도소리	노랫말 / 뱃노래
正歌 / 詩歌 / 永言	勞動謠 / 民謠
판소리 / 창	아니리
소리꾼	
音	樂

　이런 분류를 하다보면 뜻밖의 수확을 얻기도 합니다. 맨 아래 칸을 보시기 바랍니다. 우리가 음악이라고 말하는 것을 잘 보면 한자는 '음'과 '악'으로 구성되었음을 알 수 있습니다. 둘 다 영어의 '뮤직'에 해당하는 말입니다. 그런데 이 표를 잘 보면, 우리말에서 '소리'라고 하는 것은 그대로 '음'으로 대응되지만, '노래'라고 하는 것은 '악'에 대응됩니다. 이 '악'은 '즐거울 락' 자입니다. '음'이 전문가의 기술이 요구되는 영역인 반면에 '악'은 누구나 다 할 수 있는 영역임을 알 수 있습니다. 사람들은 즐거우면 노래를 부르는데, 꼭 잘해야만 하는 것은 아닙니다. 흥겨우면 되는 거죠. 그렇게 아무나 부를 수 있으면서 함께 어울릴 수 있는 것을 악이라고 한 것임이 이런 구조를 들여다보면 드러납니다. 그래서 악이 음악이라는 뜻과 즐겁다는 뜻을 동시에 나타내는 것입니다.

　이렇게 시는 원래 노래였고 가락이 있는 말이었으며, 그것이 근대에 이르러 가락으로부터 독립을 하면서 시가 되었음을 알 수 있습니다. 이것은 서양도 마찬가지입니다. 서정시와 서사시를 싸잡아서 모두 포잇(poet)이라고 불렸던 것인데, 서사시가 소설로 분리되고 또 노래로부터 분리되면서 마침내 오늘날 보는 시(poet)가 된 것입니다.

한자말은 가락을 버리면서 '시'가 되었고, 유럽 말은 가락을 버리면서 '포잇'이 되었는데, 순우리말에서는 그런 현상이 일어나지 않았습니다. 소리는 여전히 소리로 남고, 노래는 여전히 노래로 남았습니다. 이렇게 가락을 버린 이후의 시를 가리키는 순우리말은 아쉽지만 나타나지 않았습니다. 결국 그 전부터 써온 한자말 '시'를 우리말의 대용으로 쓴 것입니다.

동서양 모두 현대시는 가락을 버리면서 눈으로 읽는 방향으로 진화해왔고, 그 과정에서 서양은 '포잇'으로 동양은 '시'로 정리되었습니다. 이로써 동서양 모두 노래 형식에 맞추어서 시를 갈래 지웠던 조건이 모두 사라진 셈입니다. 우리가 아는 頌, 歌, 謠, 賦, 辭, 詞…… 같은 중국의 문학양식이 가락을 버리면서 현대에서는 모두 사라진 셈입니다. 그러면 시를 어떻게 갈래 지워야 할까요? 그냥 두어야 할까요? 시는 무한정 많은 모습으로 우리 앞에 나타나는데 그냥 방치해야만 할까요? 그렇게 내비두는 게 좋은 걸까요? 이런 의문이 안 드나요?

결국 시에 새로운 갈래론이 등장할 시기가 되었음을 직감할 수 있습니다. 수천 년간 이어져온 관행, 즉 가락으로 시의 형식을 나누던 관습이 사라진 지금, 이제는 시 안에서 갈래의 기준을 새로 찾아야 한다는 결론입니다. 그렇지만 동서양 어디에서도 어느 학자도 이런 시도를 한 적이 없습니다. 과연 필요가 없어서 그런 것일까요? 저는 그렇게 보지 않습니다. 분명히 새로운 시대를 맞이하여 새로운 변화를 보아야 하는데, 지금까지 이어져온 시의 학습 관행으로 새로운 것을 보지 않으려는 관성이 생겨서 보이지 않게 된 것이라고 저는 확

신합니다. 그래서 제가 팔을 걷어 부치고 나선 것입니다. 하하하.

　새로운 시의 갈래론이 필요해진 것은 분명한 사실입니다. 그러면 어떻게 해야 방법을 찾을 수 있을까요? 제가 이런 고민에 이르렀을 때 힌트가 된 것이 바로 소설이었습니다. 소설은 역사가 불과 300년 정도밖에 안 된 갈래이지만, 다른 어느 문학보다 인류에게 끼친 영향이 큰 문학입니다. 그래서 수많은 학자들이 짧은 기간 동안에 훌륭한 이론을 많이 만들어냈습니다. 시를 전공한 사람으로서 저는 그 중에서도 소설을 분류할 때 적용하는 시점이 정말 좋았습니다. 소설을 이렇게도 명쾌하고 볼 수 있구나, 하는 감탄을 하며 시에는 왜 저렇게 또렷하고 훌륭한 이론이 없을까 늘 안타까웠습니다. 그러니 제 이론으로 넘어가기 전에 소설의 시점에 대해서 간단하게 알아보고 넘어가겠습니다. 이 부분도 꼭 필요한 부분은 아니니 바쁘신 분은 그냥 다음으로 넘어가시기 바랍니다.

　소설의 시점은 소설의 등장인물 유형에 따라서 소설을 가른 갈래론입니다. 즉 소설에 등장하는 인물이 어떤 사람이냐에 따라서 소설의 가장 큰 특징인 묘사의 성격이 달라진다는 것이고, 그에 따라 소설의 성격이 결정된다는 것이죠. 시점은 다음과 같습니다.

1인칭 주인공 시점

1인칭 관찰자 시점

3인칭(작가) 관찰자 시점

전지적 작가 시점

여기서 말하는 1인칭이니 3인칭이니 하는 것은 모두 영어 문법에서 온 것입니다. 1인칭은 '나'를 말하는 것이고, 2인칭은 '너', 3인칭은 1인칭과 2인칭을 제외한 모든 것입니다. 그러니 1인칭 시점이란, 소설에 1인칭인 '나'가 나온다는 얘기입니다. 소설에 내가 나오는데, 그 내가 소설의 실제 주인공이면 주인공 시점인 것입니다. 그 내가 소설의 주인공이 아니라 주인공의 옆에서 주인공의 행동을 관찰하는 위치에 있으면 관찰자 시점이 되는 것입니다. 3인칭은 작가를 말합니다. 작가 관찰자 시점은, 작가가 상황을 관찰하듯이 묘사하는 것을 말합니다. 소설의 전체에서 이루어지기는 힘들고 소설의 특정한 곳에서 이런 시점이 나타나곤 합니다. 전지적 작가 시점은 등장인물의 심리를 신처럼 설명해주는 것을 말합니다. 신의 특징은 전지전능입니다. 뭐든지 다 알고 뭐든지 다 할 수 있다는 말입니다. 소설 속의 등장인물은 작가가 만들어낸 인물이니 그 심리도 작가가 다 알 수 있어서 그것을 설명해줄 수 있기 때문에 붙은 말입니다.

제가 중학교 때 이 소설의 시점 이론을 배우면서 왜 시에는 이런 간단하면서도 또렷한 이론이 없을까 늘 궁금했습니다. 그런데 실제로 그런 이론을 만든 사람이 없어서 그런 것이더군요. 그래서 이제 늦었지만 제가 그런 이론을 찾아내서 정리하는 중입니다.

가락이 사라진 시에서 형상화의 방법을 기준으로 나누면 분명히 또렷한 갈래론을 만들어낼 수 있습니다. 이제부터 하나씩 살펴보겠습니다. 시의 역사 3천년 만에 새롭게 나타나는 이론을 여러분도 따라오며 구경해보시기 바랍니다.

言詩 *Poet* 시를 읽은 뒤에 한 장면이 머

PART 02
시의 3원소

...하게 떠오르는 것을 시에서는 이미지라고 합니다. 이미지만으로 시를 쓰면 굉장히 진한 여운을 남깁니다.

시

이제 시의 갈래론으로 들어갑니다.

01

시를 보는 새로운 눈

이제 시의 갈래론으로 들어갑니다. 앞서 서론이 너무 길었습니다. 앞에서 시의 방법이 발상에 따라 나누면 3가지뿐이라고 말씀 드렸습니다. 빗대기, 그리기, 말하기가 그것입니다. 우선 작품을 하나 보죠.

달

박지민(충북예술고 1)

요새 달은
둥그런 보름달.

요새 달은
황금빛의 보름달.

보고 있으면
마음이 편해지는 보름달.

사실 이 달은
너야.

달은 우리가 늘 보는 대상입니다. 언제 어디서든 볼 수 있는 것이기 때문에 옛날부터 소원을 비는 단골손님이었습니다. 여기도 비슷합니다. 둥그런 보름달을 말하다가 맨 끝에서 갑자기 상황의 반전이 일어났습니다. 달 속에서 '너'를 본 것입니다.

'너'는 누군지 분명하지 않지만, 이 시를 쓴 시인이 고등학교 학생이라면, 그래서 사춘기를 막 지나온 학생이라면 누군지 대충 짐작할 수 있을 것 같습니다. 아마도 좋아하는 사람이겠죠? 사람이 사람을 좋아하면 늘 그 사람만을 생각하게 됩니다. 그러던 중에 우연히 밤하늘의 둥근 보름달을 보게 된 것이죠. 그 달에서 받는 느낌이 '너'와 비슷하다는 것을 알게 됩니다. 그래서 그대로 연결시킨 것입니다.

뭐, 시의 발상을 어떻고 저떻고 설명할 필요도 없을 만큼 단순하고 명쾌한 시입니다. 발상이 단순하다고 해서 감동까지 단순하진 않습니다. 가장 짧은 형식으로 갑자기 훅 들어오는 것이 시이기도 합니다. 앞에서 주욱 설명한 것이 갑자기 끝에서 '너'와 연결되면서 감동이 옵니다.

이런 식으로 내가 말하고자 하는 대상(원관념)을 어떤 사물(보조관념)에 빗대어 표현하는 방법입니다. 이것을 저는 '빗대기'라고 정의했습니다.

이번에는 좀 다른 시를 한 편 보겠습니다.

해운대에서

찰랑 쏴아아아.
찰랑 쏴아아아.

내 발끝으로 왔다갔다 거리는
겨울바다.

파도로 고와진 모래 사이로
고개 살짝 든 반짝이는 조개.

저 멀리 떠있는 해 아래
조개만큼이나 반짝이는 수평선.

수평선 평행으로 길 따라 걸으면
바다 끝이 보여.

뒤를 돌아 사각거리는 모래를 보면
두 쌍의 발자국이 보여.

    이 시의 특징은 아무런 설명이 없다는 것입니다. 그런데 읽고
나면 그림 같은 한 장면이 머릿속에 떠오릅니다. 장소는 해운대죠.
해운대의 아름다운 풍경만 나열되었습니다. 그런데 다 읽고 난 후에
머릿속에 떠오르는 장면은 두 사람의 행복한 모습입니다. 왜 두 사

람이냐면, 맨 끝에서 '두 쌍의 발자국'이라고 했기 때문이죠. 한 사람의 발은 2개입니다. 그러니 모래톱에 발자국이 한 쌍 남게 됩니다. 두 쌍이면 두 사람이 걸었다는 증거죠. 그런데 아무리 생각을 해보아도 바닷가 모래톱을 이렇게 걸을 사람은 서로 좋아하는 사이일 수밖에 없습니다. 물론 아무 관계도 아닌 두 사람이 걸을 수도 있겠지만, 문학에서는 그런 예외를 허용하지 않습니다. 문학은 상상의 세계이기 때문에 그렇게 관련 없는 사람들을 묘사하지 않습니다. 그래서 우리는 자연스럽게 이 시 속의 두 쌍 발자국의 주인공들이 서로 어떤 관련을 맺고 있다고 보는 것입니다.

그런데 이 시를 쓴 사람의 태도를 잘 보면 바닷가를 아주 아름답게 묘사하고 있습니다. 이렇게 풍경이 아름답게 묘사되면 그것을 보는 사람의 마음도 그러하다는 것을 짐작할 수 있고, 그런 사람은 틀림없이 행복한 순간을 즐기고 있음도 알 수 있습니다. 그래서 우리는 이 시를 읽으면서 '아, 연인 사이로구나!' 하고 짐작할 수 있는 것입니다.

이처럼 시를 읽은 뒤에 한 장면이 머릿속에 선명하게 떠오르는 것을 시에서는 이미지라고 합니다. 이미지만으로 시를 쓰면 굉장히 진한 여운을 남깁니다. 설명을 하지 않았는데도 머릿속에 도장처럼 박힙니다. 그래서 감동이 오래 갑니다. 이렇게 이미지로만 시 쓰는 방법을 저는 '그리기'라고 했습니다. 앞서 빗대기에 이어 두 번째 방법인 그리기를 설명했습니다.

이제 또 다른 시를 한 편 보겠습니다.

너를 보면

김원영 (충북예술고 2)

난 이런 사람이 되겠다,
다짐했어.

항상 꼼꼼하고
항상 철저한 난

그런 사람이 되겠다,
생각했어.

항상 똑똑하고
항상 이성적인

그런데
너를 보면 이런 생각들이
사라지곤 해.

사람들이 흔히 말하길
머리는 차갑게!
가슴은 뜨겁게!
하지만
난 아니야.

너를 보면 내

머리와 가슴 둘 다
뜨거워지거든.

잘 썼지요? 가슴에 확 와 닿습니다. 그런데 이 시를 잘 보면 그냥 속삭이듯이 말을 합니다. 특별한 표현도 없고 기교도 없고 관심을 끌 만한 무슨 신선한 비유도 없습니다. 그런데 가슴에 와 닿습니다. 왜 그럴까요?

말하는 이의 절실한 마음이 느껴지기 때문입니다. 절실한 마음을 있는 그대로 표현했는데, 그것이 그대로 읽는 사람의 가슴에 와 닿는 것입니다. 시에는 분명 이런 기능이 있습니다. 잡다한 이야기 모두 빼고 핵심만 추려서 절실한 마음을 담아 말하면 그대로 시가 됩니다. 이 시는 그런 것을 아주 잘 보여줍니다.

사랑하는 마음이 생기면 사랑하는 대상이 눈에 밟힙니다. 한시도 생각에서 떠나지 못합니다. 그런데 그런 대상이 눈 앞에 있으면 앞이 아득해지죠. 혼자서 생각할 때는 내 감정을 어떻게 표현할까? 이렇게 표현할까? 저렇게 말해볼까? 선물을 할까? 편지를 써볼까? 하면서 이런저런 고민을 많이 하게 됩니다. 그런데 막상 사랑하는 대상을 눈 앞에서 만나면 그런 생각들이 모두 사라지고 머릿속이 하얘집니다. 사랑을 하면 이런 경험을 하게 됩니다. 바로 그런 상황을 있는 그대로 쓴 것입니다. 그런데 시가 되었습니다.

이렇게 시를 쓰는 방법 다 무시하고 절실한 자기 마음을 담아서 있는 그대로 드러내면 시가 됩니다. 이렇게 직접 말하는 방법을 저는 '말하기'라고 했습니다. 앞에서 말한 두 가지 방법 즉 '빗대기'와

'그리기'에 이어 마지막 세 번째 '말하기'입니다.

이 시는 수업시간에 쓴 것입니다. 국어 수업을 하다가 날씨가 좋다거나 특별한 일이 있으면 시간을 주고 이러저러한 시를 한 번 써보자고 제가 제안을 합니다. 때로는 학교 교정 안의 동산으로 야외수업도 나갑니다. 등나무 벤치에 아이들을 풀어놓으면 삼삼오오 모여서 떠들기도 하고 봄바람과 가을 낙엽 지는 것을 보기도 하며 나름대로 감상에 젖어 시를 씁니다.

이 시도 그렇게 해서 나온 것입니다. 한 10분 정도 시간을 주고 다 쓴 사람부터 한 번 발표해보자고 하니까 원영이 옆에 앉은 아이가 이 시를 읽어보고는 좋다고 합니다. 그래서 좀 발표해봐라, 고 했더니 오글거린다고 자꾸 사립니다. 그래서 제가 공책을 봤더니 이 시가 적혀있는 것입니다. 그래서 정말 잘 썼다고 칭찬하고는 한 번 발표해 보라고 하였습니다. 그래서 일어나서 읽었는데, 아이들이 모두 좋다고 칭찬합니다. 이런 시를 좋다고 하지 않는다면 어떤 시를 좋다고 하겠어요. 이렇게 명작이 하나 탄생했습니다.

낭송이 끝난 뒤에 슬그머니 가서 물었습니다. "너 좋아하는 사람 있냐?" 했더니 원영이는 이빨을 드러내며 웃고, 옆에 앉은 짝꿍이 말합니다. "걔, 샤이니 좋아해요!" 저는 분위기 파악을 못하고 말했습니다. 샤이니가 뭐예? 아이들이 웃더니 아이돌 가수 이름이랍니다. 헉! 샤이니가 남긴 명곡도 있겠지만, 샤이니 때문에 남은 명시도 하나 생겼습니다.

이렇게 해서 시를 쓰는 방법 3가지를 모두 알아보았습니다. 이 세상의 시는 엄청나게 다양한 방법으로 쓰인 것 같지만 마치 엑스레이를 찍듯이 그 안을 들여다보면 이 세 가지가 전부입니다. 놀랍죠? 제가 수 천 편의 시를 읽고 또 쓰고서 그 다양한 모습의 시에 이렇게 단순한 원리만 있다는 사실을 알고 깜짝 놀랐습니다. 어째서 앞 사람들은 이것을 발견하지 못한 것일까요? 그게 참 신기한 일입니다.

02

시의 3원소

시 창작의 기본을 이루는 이 원리를 찾아 냈으니, 거기에다가 이름을 붙여두는 게 좋을 듯합니다. 이 창작원리를 도대체 뭐라고 불러야 할까요? 이런 저런 고민을 하고 잔머리를 굴리다가 이름을 '시의 3원소'라고 부르기로 했습니다. 미술시간에 배우는 기본 색깔은 모두 셋이죠. 3원색이라고 하던가요? 빨강 파랑 노랑, 이 3가지 색깔을 어떤 비율로 섞느냐에 따라 수많은 색깔이 나온다고 하죠. 이 세상에 아무리 많은 색이 존재해도 모두 이 3가지 색으로 환원시킬 수 있다는 것 아닙니까? 그래서 제가 발견한 창작원리도 이와 비슷하게 이름을 붙여야겠다고 생각했습니다. 그래서 붙인 이름이 '시의 3원소'입니다. 화학시간에 쓰는 원소 냄새가 좀 나서 그렇기는 합니다만, 이 이상 더 좋은 이름을 찾아내기가 힘들어서 이렇게 했습니다.

제가 이 3가지 원리에 원소라고 한 이유는 따로 있습니다. 이 3원소는 혼자서만 쓰이는 것이 아니라 서로 섞여서 쓰이기도 합니다. 그러면서 시를 다양한 모습으로 만듭니다. 그래서 원소라고 한 것입니다. 앞서 살펴본 작품들처럼 단 한 가지 원리만 쓰여서 시가 만들어지는 경우도 있고, 2가지 또는 3가지 방법이 섞여서 쓰이는 시도 있습니다. 그렇지만 시의 모습이 아무리 다양해도 이 세 가지 원리로 환원할 수 있습니다.

그렇다면 이렇게 섞이고 나뉘는 시의 양상을 결합 방식에 따라 또 나눌 수 있을 것입니다. 작품을 살펴보기 전에 여기서 한 번 나눠 볼까요? 먼저 다른 방법과 섞이지 않은 순수한 방법이 있을 수 있습니다. 다음과 같습니다.

빗대기
그리기
말하기

그런데 시를 한 편 한 편 볼 때마다 빗대기, 그리기, 말하기로 표현하면 너무 번거롭습니다. 좀 더 간편하게 표시하는 방법이 없을까요? 음, 이럴 때는 숫자로 표시하면 좋습니다. 순서대로 1형, 2형, 3형이라고 해보는 것입니다. 그러면 이 관계를 정리하겠습니다. 다음과 같습니다.

빗대기 - [1형]
그리기 - [2형]
말하기 - [3형]

이렇게 한 다음에, 시를 감상할 때 1형의 시이면 시의 제목 옆에 '1형'이라고 써놓는 겁니다. 그러면 남들은 무슨 소리린지 모르지만 나는 그 시의 발상법을 알아볼 수 있습니다.

그런데 이 3가지 원리는 홀로 쓰이는 경우도 있지만, 둘 또는 셋이 섞여서 쓰이는 경우가 있습니다. 이 3가지 원리가 서로 섞이는 방법에 대해서 경우의 수를 살펴보겠습니다. 이들이 섞이는 양상은 2가지가 섞이는 경우가 있고, 3가지가 섞이는 경우가 있을 것입니다. 먼저 2가지가 섞이는 양상부터 살펴보겠습니다. 다음과 같이 될 것입니다.

1 + 2

1 + 3

2 + 1

2 + 3

3 + 1

3 + 2

[1+2]란, 빗대기(1)의 방법이 주를 이루면서 거기에 그리기(2)의 방법이 약간 나타나는 경우입니다. [1+3]이란 빗대기(1)의 방법이 주를 이루면서 거기에 말하기(3)의 방법이 약간 나타나는 경우입니다. 이하 나머지도 마찬가지입니다. 경우의 수로 따지면 모두 6가지 방법이 나오는 셈입니다.

다음은 3가지가 섞이는 경우입니다.

1 + 2 + 3

1 + 3 + 2

2 + 1 + 3

2 + 3 + 1

3 + 1 + 2

3 + 2 + 1

[1+2+3]이란, 빗대기(1)의 방법이 시의 뼈대를 이루면서 그리기(2)의 방법과 말하기(3)의 방법이 함께 나타나는 경우를 말하는 것입니다. 방법의 중요성에 따라 숫자로 표시하는 순서가 결정됩니다. 그래서 [1+2+3]의 방법과 [1+3+2]의 방법은 실제로 구별하기가 쉽지 않습니다. 그래도 자세히 보면 그 순서를 구별할 수 있습니다. 그럴 수 있을 경우에 구별하면 됩니다. 이하 나머지도 마찬가지입니다.

그러면 지금까지 논의된 경우의 수를 모두 모아보기로 하겠습니다. 다음과 같습니다.

1

2

3

1 + 2

1 + 3

2 + 1

2 + 3

3 + 1

3 + 2

1 + 2 + 3

1 + 3 + 2

2 + 1 + 3

2 + 3 + 1

3 + 1 + 2

3 + 2 + 1

모두 15가지 형태가 나타납니다. 처음에 시의 3원소여서 단 3가지뿐이었는데, 이것이 결합하니까 15가지 양상이 나타난 것입니다. 이렇게 원리를 정하고 나면 거기서 갈라지는 모습까지 선명하게 볼 수 있습니다. 이 얼마나 신통한 방법입니까? 이제부터 우리는 이런 방법에 따라서 시를 보는 것입니다. 시 창작의 원리에 따라서 마치 엑스레이를 찍어서 보듯이 시의 뼈대와 속살을 들여다보는 것입니다. 이거 참 대단하지 않습니까? 제가 발견해놓고서 저 스스로 감탄을 했습니다.

이제부터는 빗대다, 그리다, 말하다, 라고 말하기도 귀찮습니다. 그래서 숫자로 표시하면 됩니다. 남의 시를 읽을 때 다 읽고 난 뒤에 시 한 귀퉁이에다가 연필로 숫자를 슬그머니 써놓는 것입니다. 이렇게 하면 그 시의 뼈대가 환히 들여다 보입니다.

자, 3천 년 만에 시의 갈래론이 새로 나타났습니다. 이렇게 나타난 시의 갈래론에다가 뭔가 그럴 듯한 이름을 붙여야 할 것 같습니다. 그래서 우리가 실제로 쓸 때는 빗대기, 그리기, 말하기로 간단히 표현했지만, 이것이 학문 냄새를 풍기도록 포장을 해야겠습니다. 포장을 하자니 시학이라는 이름을 붙여야겠습니다. 그래서 이렇게 그럴듯한 포장지를 입혀봤습니다.

빗대기 - 동일시의 시학 : 〔1형〕
그리기 - 이미지의 시학 : 〔2형〕
말하기 - 이야기의 시학 : 〔3형〕

그러니까 우리는 앞으로 이렇게 쓸 겁니다. 원리를 설명하기 위해서 그 뜻을 알아볼 수 있게 하는 데는, 빗대기, 그리기, 말하기라고 하고, 우리가 시를 읽으면서 간단히 표시할 때는 숫자로 하는 겁니다. 그리고 학술화나 논리화가 필요한 곳에서는 동일시의 시학, 이미지의 시학, 이야기의 시학이라고 하는 것입니다. 그럴듯하죠?

그러면 이제부터 천천히 각 항목에 해당하는 시들을 하나씩 살펴보도록 하겠습니다.

지금 이 글을 읽는 분들은 어쨌거나 시에 관심을 가진 사람들일 텐데 사과부터 해야겠습니다. 숫자를 싫어하는 분들이 분명할 텐데 이렇게 숫자를 나열하여 골머리 아프게 했으니 말입니다. 저도 숫자에 굉장히 약합니다. 어떤 때는 우리 집 전화번호도 생각이 안 날 때가 있습니다. 그런데 이렇게 골치 아픈 숫자를 늘어놓았으니, 잠시 머리가 지끈지끈 해졌을 것입니다. 골치 아픈 숫자가 나왔으니 좀 가닥을 집어서 정리하겠습니다.

시를 쓸 때 이용하는 가장 중요한 원리는 모두 3가지라고 말했습니다. 그런데 이 세 가지가 서로 섞이는 경우의 수가 발생하여 이렇게 복잡해진 것입니다. 그러니 15가지로 늘어난 것을 보면 크게 3가지 경우로 나눌 수 있습니다. 순수하게 한 가지 방법만 쓰인 경우, 두 가지 방법이 뒤섞인 경우, 세 가지 방법이 뒤섞인 경우입니다. 정리하면 이렇게 되겠지요.

- 1가지만 쓰인 시
- 2가지가 쓰인 시
- 3가지가 쓰인 시

우리는 이 순서대로 시를 살펴볼 것입니다. 먼저 1가지 방법만 쓰인 시들을 살펴보겠습니다. 3원소 중에서 순수하게 1가지 방법만 쓰인 경우입니다.

1가지 방법만 쓰인 시들은 그 원리상 셋으로 나눌 수 있다고 했죠? 빗대기, 그리기, 말하기가 그것입니다. 먼저 빗대기부터 살펴봅니다.

❶ _ 빗 대 기

사계절

이건희(충북공고 1)

봄
봄은 엄마다.
우리를 늘 따사롭게 대해주기 때문이다.

여름
여름은 동생이다.
잔소리가 따갑기 때문이다.

가을
가을은 아빠다.
가족을 위해 쓸쓸히 일하시기 때문이다.

겨울
겨울은 나다.
겉으로는 차갑게 굴지만 늘 가족을 생각하기 때문이다.

한 계절이라도 없으면 1년이 안 되는 것처럼
우리 가족은 서로가 서로를 아낀다.

방법이 한 눈에 보이죠? 4계절을 모두 가족 구성원에 빗댄 것입니다. 봄은 따뜻하고 따사롭습니다. 가족 구성원 중에서 그런 느낌이 나는 사람은 누구일까요? 엄마겠죠. 동생의 잔소리는 여름날의 따가운 햇살을 연상시키고, 쓸쓸한 가을은 아버지의 뒷모습을 연상시킵니다. 가족에 대한 연민이 있는 나는 평소 차갑게 굽니다. 그래서 겨울에 배당되었습니다. 발상이 아주 쉽고 재미있죠? 발상을 그렇게 하는 순간 시 한 편이 저절로 풀려나옵니다. 시에서 발상이 이토록 중요합니다. 빗대기는 이와 같이 다른 사물이나 현상에 빗대어 내 생각을 드러내는 방식을 말합니다.

빗대기의 방법은 비유의 방법을 말하는 것입니다. 내가 말하고자 하는 것을 어떤 대상에 빗대어 표현하는 것으로 이런 방식을 비유라고 하지요. 비유(比喩)라는 말은 견준다, 빗댄다는 뜻을 지닌 말입니다. 국어시간에는 직유니 은유니 하는 말을 배웁니다. 직유는 '~처럼, ~같이, ~인 양' 같이, 원관념과 보조관념을 연결해주는 말이 있는 경우를 뜻합니다. 직접 빗댄다는 뜻이니, 빗대어주는 말이 직접 나온다는 뜻입니다.

무지개 같은 내일

여기에 보면 '같은'이 나오지요? 여기서 표현하고자 하는 원래의 것은 내일이고, 그것을 좀 더 분명한 이미지로 나타내주는 것은 무지개입니다. 내일을 원관념, 무지개를 보조관념이라고 배웠지요?

사랑은 사탕처럼 달콤하다.

이것도 마찬가지입니다. 사랑과 사탕이 '처럼'으로 이어졌죠. 나타내고자 하는 원래의 생각인 사랑이 원관념이고, 그것을 전달해주는 사탕이 보조관념입니다. 이런 식으로 설명하죠.

은유는 이런 매개어가 나타나지 않습니다. 은(隱)은 '숨을 은'자입니다. 원관념과 보조관념을 매개해주는 말이 숨어버렸다는 뜻입니다. 그래도 사람들은 잘 알아듣습니다. 앞의 예문을 은유로 바꾸면 이렇습니다.

내일은 무지개.
사랑은 달콤한 사탕.

은유와 비유는 무슨 차이가 있나요? 별 차이 없습니다. 겉으로 드러나는 형식상의 차이일 뿐입니다. 시에서 쓰일 때 이런 표현은 본질상 한 가지 원리에 지나지 않습니다. 그래서 시를 좀 더 안에서 보는 눈이 필요한 것입니다. 사람이 엑스레이를 찍는 이유는 겉으로 드러나는 병의 원인을 안에서 찾아보려는 것입니다. 그래야 병을 뿌리부터 치료할 수 있기 때문입니다. 시의 3원소가 그렇습니다. 시가 겉으로 드러나는 형식상의 모습이 아니라 그런 모습을 가능케 한 발상의 뿌리를 살펴보려는 것입니다. 그렇게 해야만 시가 제대로 보입니다.

비유 얘기가 나오면 비켜갈 수 없는 시가 하나 있습니다. 자습서

미다 시 안내서마다 단골처럼 인용되곤 하는 시입니다 여기서도 잠시 훑어보고 가겠습니다.

내 마음은

김동명

내 마음은 호수요,
그대 노 저어 오오.
나는 그대의 흰 그림자를 안고,
옥같이 그대의 뱃전에 부서지리다.

내 마음은 촛불이요,
그대 저 문을 닫아 주오.
나는 그대의 비단 옷자락에 떨며, 고요히
최후의 한 방울도 남김없이 타오리다.

내 마음은 나그네요,
그대 피리를 불어 주오.
나는 달 아래 귀를 기울이며, 호젓이 나의
밤을 새이오리다.

내 마음은 낙엽이요,
잠깐 그대의 뜰에 머무르게 하오.
이제 바람이 일면 나는 또 나그네같이, 외로이
그대를 떠나오리다.

내 마음이 다양한 보조관념으로 표현되었죠? 호수, 촛불, 나그네, 낙엽으로 바뀌어 나타났습니다. 이렇게 원래 형상이 없는 마음을 그 상태에 따라서 적절한 이미지로 바꾸어준 것입니다. 그러면 그 말이 갖는 관성과 분위기 때문에 저절로 다음 말이 나옵니다. 그리고 상상력이 그런 말들을 타고 머릿속에 그림을 그려줍니다.

이와 같이 비유는 뭐라고 딱 꼬집어 말하기 힘든 것을 이미 아는 익숙한 개념이나 이미지로 연결시켜 줌으로써 이해를 돕는 방법입니다. 유추, 추리, 비유에 익숙한 사람들의 사고방법을 응용한 원리입니다.

그러면 몇 편을 더 보면서 빗대기의 다양한 모습을 살펴보겠습니다.

눈

이선종(충북공고 2)

눈은 사람들에게 즐거움을 준다.
여러 가지 모습으로 변신해
눈은 변신의 귀재다.

눈은 사진기자다.
사람들이 지나가면 플래시를 터트리며
무수히 많은 사진을 찍는다.

눈은 뜨거운 것을 싫어한다.
여름에는 천사의 바구니 속에 들어가

겨울이 되면 나온다.

눈은 겨울에만 나타나
많은 사람들에게 희망을 전해주는
슈퍼스타다.

눈이 여러 가지로 바뀌어 나타났습니다. 변신의 귀재, 사진기자, 슈퍼스타로 바뀌어 나타났습니다. 사물을 보는 시각이 참 신선합니다. 2연을 보면 눈이 의인화되었습니다. 눈 쌓인 곳을 지나다보면 뽀드득뽀드득 소리가 나지요. 그 소리가 마치 플래시 터지는 소리로 들립니다. 사람들의 발자국이 무수히 눈밭에 남죠. 그런 상황을 표현한 것입니다. 정말 눈은 사진기자 같습니다.

3연을 보면 사물을 바라보는 시인의 눈이 얼마나 아름다운지 알 수 있습니다. 천사의 바구니 속으로 들어갔다가 겨울에 나온다니! 참, 천사를 보는 아름다운 마음씨가 아니고서는 할 수 없는 표현입니다. 천사는 하늘나라에 사는 것이 아니라, 바로 우리 곁에 머물고 있음을 이런 시인들을 보면 알 수 있습니다.

시는 맑은 마음이 만들어내는 기적입니다. 놀이공원에 아이들만 가는 것이 아니듯이, 시 또한 아이들만 쓰는 것이 아닙니다. 시를 쓰는 아이는 모든 사람들의 마음속에 살고 있습니다. 그 아이들은 나이를 먹은 어른들의 눈 속에서도 살아있어 언제든지 표현을 합니다. 그렇게 나타난 것들이 시입니다.

시는 순수한 마음이 쓰는 갈래입니다. 어른들이 시를 잘 쓰지 못

하는 것은 그런 마음을 점차 잃어가기 때문입니다.

바바리맨

김태호 (충북공고 2)

가을이 되면 떠오르는
바바리맨.

그 녀석이 지금
내 옆에 있다.

서서히 옷을 벗으며
겨울 준비를 하는
나무들.

모두들 추워 옷을 입을 때
추위쯤은 가뿐히 무시하고
서서히 옷을 벗는
나무.

저 나무들이야말로
진정한 상남자,
진정한 이한치한,
진정한 바바리맨.

참 재미있죠? 겨울이 되면 나무들이 모두 옷을 벗는데, 그것을 보고 바바리맨이라고 한 것입니다. 바바리맨은 사람들이 모두 싫어하는 대상인데, 겨울나무로 표현하니까 참 재미있고 신선합니다. 나무는 식물이고 사람은 동물인데, 두 갈래의 영역 나눔에 구애되지 않고 가볍게 연결시키는 상상력이 놀랍습니다.

상상력은, 서로 다른 것들일수록 놀랍게 연결됩니다. 마치 두 전극 사이에서 스파크가 일어나는 것과 같습니다. 두 극의 틈이 벌어질수록 불꽃은 잘 안 일어나지만 한 번 일어났다 하면 아주 크고 세겠지요? 상상력도 그러합니다.

되었으면

홍혜민(충북예술고 1)

봄의 시작을 알리는
희망이라는 꽃말을 가진 개나리처럼

개나리와 함께 산등성이를
화사하게 밝혀주는 진달래처럼

가시마저 많은 사람들에게
사랑받는 꽃의 여왕 장미처럼

물에 사는 신선이라 불리는
약해보이지만 생명력이 강한 수선화처럼

나도 그렇게 꽃들처럼

희망을 주는
환하게 밝혀주는
사소한 것마저 사랑을 주는

그런 사랑이 되었으면.

이 시도 아주 간단한 원리로 이루어졌죠? 진달래, 장미, 수선화 같은 꽃들을 끌어들여서 자신이 그들을 닮고 싶다고 말한 것입니다. 단순히 끌어낸 대상인데도 그렇게 되고 싶다고 말을 하고 나니까 그런 표현들이 한꺼번에 생명체처럼 살아 움직입니다.

그런데 여기서는 직유도 직유지만, 눈여겨 보아야 할 것이 있습니다. '되었으면'이라는 말입니다. 무엇이 무엇으로 된다는 것은 존재의 모습이 바뀐다는 것입니다. 직유는 '처럼, 같이, 인 양' 같은 매개어가 달린 표현이라고 했는데, 여기서 '되다'는 그런 매개어와 아주 비슷한 노릇을 합니다. 그래서 문장 상으로는 비유라고 할 수 없지만, 실제 기능은 비유를 만들어내고 있습니다. 따라서 비유법의 형식논리 상으로는 비유라고 할 수 없지만, 실제로 시 창작의 내면에서는 분명히 비유로 작용함을 알 수 있습니다. 이런 혼돈도 시의 내면으로 들어와보면 전혀 문제될 게 없음을 알 수 있습니다. 수박을 눈으로 볼 때와 직접 먹을 때이 차이와 같습니다. 시의 비밀을 들여다본다는 것은 이런 즐거움과 놀라움이 있습니다. 한 편 더 볼까요?

덩쿨들에게

남소현(충북예술고 2)

덩쿨들이 얽히고 얽혀
무수히 자라
여름의 뜨거운 햇살을
다 가릴 때까지

얼마나 많은
바람이
불었을까?

모진 비바람에도
굴하지 않고 저렇듯 자라나
아늑한 쉼터를 마련해준
푸른 덩쿨들에게

나도 너를 닮아
누군가에게
그늘이 되고 싶다고
말을 건네어본다.

　여기서도 앞에서 본 '되다'와 같은 말이 나오죠? 바로 '닮다'가 그것입니다. 이 시인은 햇볕을 가려주는 덩굴 밑에서 덩굴의 고마움을 생각하고는 자신도 그런 사람이 되어야겠다고 생각한 것입니다.

그것을 시로 옮긴 것이죠. 아주 쉽게 풀어썼죠.

　그런데 여기서 '처럼, 같이, 인 양' 같은 매개어를 쓴 게 아니라 '닮다'를 썼습니다. 너를 닮고 싶다고 한 것입니다. 닮다는 말로 나와 덩굴을 매개한 것입니다. 이처럼 꼭 형식논리에서 말하는 직유의 매개어가 아니더라도 얼마든지 빗대기를 만들어낼 수 있습니다. 상상력이 가는 길에는 거침이 없습니다. 걸림 없는 생각이 훌륭한 작품을 만듭니다.

　'닮다'로 도배한 작품을 한 편 보겠습니다.

닮았네 닮았어

김준석 (내북중 3)

중국에서 날아온 황사는 제성이의 싹스를 닮았고
산에서 깝치는 토끼는 희성이를 닮았고.
외양간에서 미치광이처럼 날뛰는 염소는 연호를 닮았네.

들판에서 피어나는 아지랑이는 영어선생님의 흰머리를 닮았고.
마당에서 뼁알거리는 병아리는 병덕이를 닮았고.
부엌에서 냄새나는 누룽지는 제성이를 닮았네.

비광에서 우산 들은 바보는 남주의 모습을 닮았고.
드라마에서 멋있는 원빈은 윤표를 닮았고.
김치독에서 각이 진 깍두기는 봉진이를 닮았네.

"짱"에서 나오는 "현상태"는 영근이의 맛짱실력을 닮았고.

학교에서 회장인 방제연은 국어선생님의 카리스마를 닮았고.
교실에서 주접떠는 정근이는 이성진을 닮았네.

학원에서 공부하는 현자는 조선시대 망나니를 닮았고.
학교에서 눈이 찢어진 순실이는 엽기토끼를 닮았고.
학교에서 잠자는 현진이는 호빵맨을 닮았네.

문장이 끝날 때마다 '닮았다'가 나옵니다. 빗대기의 원리로 이루
어진 시임을 알 수 있습니다. 이곳에 나오는 이름들은 내북중학교 학
생들입니다. 자기 반 학생들을 소재로 하여 시를 쓴 것인데, 참 재미
있습니다. 호빵맨을 닮았다고 한 현진이는 벌써 어엿한 어른이 되어
미국 유학을 했습니다. 누룽지 제성이, 깍두기 봉진이, 망나니 현자,
엽기토끼 순실이… 보지 않아도 어떤 아이인지 대충 짐작이 갑니다.
갑자기 아이들이 보고 싶어집니다. 내북중학교는 충북 보은군의 시
골에 있는 학교인데, 몇 년 전에 폐교되어 지금은 없어졌습니다.

이런 것을 보면 시로 쓰이어야 할 대상은 무궁무진한 듯합니다.
특정한 소재만이 시가 된다는 것은 착각 중에서도 큰 착각입니다.
이 세상에 존재하는 모든 것이 시가 될 수 있음을 이런 시는 보여줍
니다.

니코틴

강태훈(충북공고 2)

남자의 니코틴은 담배.
나빠도 계속 끌리나 봐.
여자의 니코틴은 나쁜 남자.
나빠도 계속 끌리나 봐.

아이의 니코틴은 과자.
나빠도 계속 끌리나 봐.

사람들의 니코틴은 욕심.
나빠도 계속 욕심 내니까.

　　재미있죠? 사람이 자라면서 중독성 있는 것에 취하기 마련입니다. 나이 대마다 중독되는 것이 모두 다른데, 그런 중독성을 담배의 니코틴에 빗대어 표현한 것입니다. 10대에 호기심으로 담배를 피우다가 한 번 골초가 되면 헤어나기 힘듭니다. 제가 만나는 많은 학생들이 자신의 의지를 꺾고 헤어나지 못하는 것을 많이 봤습니다. 안타깝습니다. 그렇지만 그런 체험이 없다면 이런 명작이 나올 수 없었겠지요. 마지막에 보면 사람들의 욕심을 경계하기도 하지요. 순수한 학생의 눈에 비친 니코틴에 중독되어 자신도 모르게 욕망의 노예가 되어가는 것이 사람입니다. 이를 어쩌면 좋습니까? 그런 교훈을 이 시에서 배웁니다.

우리 학교의 봄

이현진(내북중 3)

봄이 되니
자유를 사랑하는 오희진 선생님처럼
자유롭게 새싹이 돋아나고

봄이 되니
화려한 치마를 입고 다니시는 권혜은 선생님처럼
화려한 꽃들이 피어나고

봄이 되니
동글동글한 유중현 선생님 얼굴처럼
동글동글한 앵두가 나무에 매달려 있고

봄이 되니
체육 선생님의 파란색 체육복처럼
하늘은 더욱 더 파래진다.

봄이 되니
이 모든 것들을 국어선생님께서
봄이라는 노트에 적어 넣으신다.

우리 학교의 봄

이순실 (내북중 3)

봄이 되니
왕눈을 가진 홍석영 선생님처럼
큰 눈을 가진 개구리가 울어대고

봄이 되니
손 매운 과학 선생님처럼
매운 고추들이 밭에 심어지고

봄이 되니
우리 학교 공주님 조경애 선생님처럼
꽃들이 예쁜 옷을 입고

봄이 되니
우리교실을 청소하시는 체육 교생 선생님처럼
우리들의 마음마저 깨끗해지고

봄이 되니
이 모든 것들을 미술 선생님께서
봄이라는 하얀 도화지에 그려 넣으신다.

국어시간에 가는 봄이 아쉬워 야외수업을 한 다음에 아이들에게 봄에 관한 시를 써보라고 했습니다. 현진이와 순실이는 옆자리에 앉았는데 시는 쓰지 않고 머리를 맞대고 쑥덕공론을 하는 겁니다. 그래서 뭐 하나고 물었더니 공동작을 쓴다는 것입니다 시를 공동작으로 쓰기는 쉽지 않습니다. 사람마다 상상력이 다르기 때문이죠. 그래서 어떻게 쓸 거냐고 물었더니, 똑같은 구조로 쓸 거랍니다. 먼저 현진이가 쓰면 그 형식을 그대로 이어받아서 순실이가 쓴다는 것입니다. 참 놀랍고 신선한 발상이었습니다.

그래서 한 번 써보라고 했습니다. 그래서 나온 것이 이 작품입니다. 학교에서 맞닥뜨린 봄의 상황을 선생님들을 소재로 하여 국어시간과 미술시간으로 나누어 표현한 것입니다. 똑같은 대상이요, 내용인데 두 사람의 생각이 이렇게 닮으면서도 다를 수 있다는 것이 놀랍습니다. 아이들은 정말 시의 천재들인 것 같습니다. 명색이 시인인 제가 보기에도 놀라운 광경입니다.

아이스크림

오희승(회인중 1)

내 친구 재진이는
아이스크림이다.
평소에는 아이스크림처럼
차갑고 냉정하다가
여자가 나타나면
햇빛에 녹는 아이스크림처럼
살살 녹는다.

내 친구 재진이는
아이스크림이다.
혼자일때는 아이스크림처럼
차갑고 시원하지만
친구가 나타나면
태양에 녹는 아이스크림처럼
점점 변한다.

내 친구 재진이는
때로는 시원하고
때로는 따뜻한
아이스크림이다.

이 시도 재미있습니다. 아이스크림의 특성을 사람에게 빗대어 나타낸 것입니다. 재진이가 여자 앞에서 변하는 모습이 재미있습니다. 이 친구들은 시 쓰라고 하면 서로를 빗대어 표현합니다. 작품으로 헐뜯으니 참 재미있습니다.

여기까지 읽어온 여러분은 자신의 마음을 잘 들여다보시기 바랍니다. '에이, 뭐 이 정도는 나도 쓸 수 있겠다!'라고 생각하고 있지 않나요? 틀림없이 그럴 겁니다. 지금까지 시가 엄청 어려웠는데, 앞서 시 몇 편을 살펴보니 심각하지도 않고 그렇다고 가볍지도 않고, 우리 일상생활에 속에서 자연스럽게 나오는 것이 시임을 확인했을 것입니다. 그리고 쓰라면 쓸 수도 있겠다는 생각도 들었을 것입니다. 제가 노린 것이 바로 그것입니다.

시 창작의 비밀을 알면 시를 쓸 수 있습니다. 지금까지 여러분이 국어시간에 배워온 시론은 시를 이해하고 설명하기 위한 것이었습니다. 그랬기 때문에 시가 점점 어려워진 것입니다. 그렇지만 시를 쓰는 내면의 원리는 그렇게 복잡하지도 않고 어렵지도 않습니다. 그리고 얼마든지 활용할 수 있습니다. 자신감을 갖고 한 번 써보시기 바랍니다. 여러분은 누구나 시인으로 태어납니다. 잘못된 국어교육을 받으면서 그것을 잃어갈 뿐입니다. 그러니 시의 원리와 생리를 알면 그것을 얼마든지 활용할 수 있습니다. 제가 지금 설명하는 것은 시론이 아니라 시입니다. 나이 먹어가면서 점차 잊어버린 시심을 살려보시기 바랍니다. 꼭 기억해야 합니다. 여러분은 시인으로 태어난 존재라는 것을!

이번에는 상징을 살펴보겠습니다. 국어시간에는 비유와 상징을 전혀 다른 표현법으로 가르칩니다. 비유와 상징은 비슷한데 또한 많이 다르기 때문입니다. 즉 비유는 원관념과 보조관념이 〈1:1〉로 대응합니다. 그렇지만 상징은 원관념과 보조관념의 관계가 〈1:여럿〉입니다. 즉 한 이미지가 여러 가지 뜻을 지닌다는 말입니다. 이렇게 말로만 설명하면 알쏭달쏭하지요. 작품을 한 편 보겠습니다.

버 스

임창성(충북예술고 1)

나에게는 두 종류의
버스가 있다.

가족끼리 재미있는 장소로
놀러갔을 때 다시 가고 싶어도
갈 수 없는 기쁨의 버스.

친구들끼리 재미있게 놀러갔을 때
그 시간으로 다시 갈 수 없는 버스.

성적이 많이 안 나올 때
시험기간 전으로 돌아가서 공부하고 싶은
후회의 버스.

연습을 게을리 했을 때
시간을 되돌리고 싶어도
되돌릴 수 없는 버스.

이 버스들이 있어야만
나의 인생을 살아간다.

자, 여기서 말하는 버스는 무엇일까요? 비유인 것 같은데 비유
라고 말하기에는 뭔가 좀 이상하죠? 여기서 말하는 버스는 시인에
게 기쁨과 후회를 동시에 나타내주는 대상입니다. 버스는 승객을 태
우고 어디론가 이동하는 것이니, 마치 그것처럼 자신이 원하는 시간
속으로 돌아가고 싶다는 말입니다. 그렇게 시간 이동을 하게 해주는
대상을 말하는 것입니다. 그러니 버스는 탈 것이라고 간단히 말할

수 없습니다. 단순히 탄다는 것 이외에 또 다른 뜻이 있습니다. 이와 같이 비유처럼 단순히 한 가지 뜻으로 정리되지 않는 것을 상징이라고 합니다. 시학에서도 그렇고, 국어시간에도 그렇고, 비유와 상징은 다른 표현으로 말합니다.

그러나 시 창작의 원리에서 보면 똑같은 원리입니다. 내가 떠올린 대상에 한 가지 뜻만 싣느냐, 몇 가지 뜻을 아울러 싣느냐 하는 것이 다를 뿐입니다. 어떤 대상을 떠올려서 거기에다가 원관념을 담는다는 기능은 똑같습니다. 그러니 시 창작의 비밀로 본다면 이런 골치 아픈 문제도 쉽게 해결됩니다. 우리가 시의 3원소를 중요하게 생각하는 이유가 바로 이것입니다. 형식논리와 실제 활용법은 상당히 다른 것입니다. 겉으로 나타난 것과 나타나는 순간의 발상은 같지 않습니다. 우리는 시의 발상을 엿볼 줄 알아야 시의 비밀을 풀 수 있습니다.

깨진 거울

임혁준(충북공고 1)

거울은 비추는 것을 보여준다.
정확히 보여준다.
어떤 모습을 비춰도
똑같이 보여준다.

하지만
깨진 거울은 다른 모습을 보여준다.

조각난 내 마음처럼
다른 모습을 보여준다.

여기서 말하는 거울도 단순히 비유로 보기는 어렵다는 직감이 오지요? 벌써 여러분은 상징을 완벽하게 이해하고 있는 것입니다. 여기서 거울은 무엇을 말하는 것일까요? 자신의 마음입니다. 마음이 반응하는 대상입니다. 그러니 단순히 비유라고 할 수 없습니다. 거울은 사물을 비추는 것이지만, 그것이 깨지면 사물을 조각조각 보여줍니다. 그러면 거기에 나타나는 모습은 전체를 보여줄 때의 그것과는 다릅니다. 사람의 마음은 그것처럼 조각난 채 살아갑니다. 사물의 일부만 보고 그거라고 여기고, 사람의 일부만 보고 그 사람을 판단하죠. 사물에 대해서는 그 사람의 생각으로 그치지만, 사람에 대한 오해는 큰 탈을 불러 옵니다. 자칫하면 갈등이 생기죠. 그러니 그런 마음을 보여주는 깨진 거울은 마음의 상태를 그때그때 나타내 보이는 존재가 되는 것입니다. 당연히 비유의 차원을 넘어섭니다. 거울의 기능을 넘어서 사람 마음의 여러 상태를 보여주는 대상이 됩니다. 그래서 그것을 상징이라고 합니다. 단순히 하나만 뜻하는 것이 아니라 거울이라는 이미지가 여러 가지 뜻을 담고 있기 때문입니다.

거울 얘기가 나왔으니 잠시 우스갯소리 하나 하고 지나갑니다. 수업시간에 가끔 거울을 들여다보는 학생들이 있습니다. 옛날 같으면 빼앗아서 졸업할 때 찾아가라고 하면 되는데, 요새는 아이들이 이런 선생님을 제일 싫어합니다. 그런데 거울 속에는 귀신이 산다는

우 리 시 이 야 기

거 아시나요? 아침이 일어나서 거울을 보면 거울 속에서 귀신이 말을 합니다. '넌 코가 너무 낮아.' 또 이렇게 말하기도 합니다. '턱이 사각이야. 브이 라인이 안 생기잖아?', '야, 넌 무꺼풀이네, 성형외과에 가는 게 좋지 않겠니?' 이런 말들이 자꾸 들립니다. 그러면 처음엔 거절하다가 나중에는 중독이 되어 마침내 병원을 찾죠. 그렇게 해서 만들어진 모습을 거울에 비추면 거울은 또 다른 소리를 합니다. '야, 이번엔 허벅지가 너무 굵어.' 헉!

10대인 여러분은 가장 아름답습니다. 손대지 않은 몸이 가장 아름답습니다. 10대의 여러분은 신이 준 작품입니다. 지금은 거울속의 말이 진리처럼 들릴지 모르겠으나, 거울이 원하는 대로 해주면 세상의 모든 얼굴이 다 똑같아집니다. 요즘 탤런트나 배우들의 이미지가 구별하기 힘들 정도로 닮았다는 사실을 아시나요? 여러분은 신이 주신 자신의 모습을 잘 지켜야 합니다. 귀신 속의 거울과 대화하지 마세요. 거울 속의 귀신이 뭐라고 하려 하거든 먼저 이렇게 말하세요. "닥쳐!" 라고.

격 류

정진명

격류에는,
그것을 거슬러 오른 물고기의 무수한 흔적이 있다.

여기서 말하는 격류와 흔적은 단순한 비유로 끝나지 않습니다.

격류는 거센 물줄기라는 뜻인데, 살다보면 이런 격류를 심각하게 느낄 때가 있습니다. 인생의 물줄기죠. 게다가 내가 겪은 시련이나 험난한 여정이 모두 이 격류 속에 포함됩니다. 사람의 삶을 물고기로 바꿔놓았기 때문에 생기는 현상입니다. 비유의 체계가 맞기는 하지만 1:1 대응이 아니라 수많은 뜻을 격류라는 말로부터 이끌어낼 수 있습니다.

흔적도 마찬가지입니다. 물을 거슬러 오르는 물고기는 저만의 길을 가는데, 문제는 물은 하류로 끝없이 흘러간다는 것입니다. 보통 사람은 땅위의 길을 걸어 다니기 때문에 그 흔적이 쉽게 이미지로 남습니다. 그렇지만 물고기는 물 자체의 흐름으로 인하여 그 자취가 남지 않습니다. 그래서 이 흔적이란 말 속에는 서로 다른 느낌이 들어있는 것입니다. 폭포를 단숨에 뛰어오르는 물고기는 거의 없습니다. 수많은 도전 끝에 겨우 성공한 물고기만이 상류로 올라가죠. 그렇게 올라채기 전까지 실패한 흔적들이 물속에 있다는 말이니, 수많은 도전의 반복을 흔적이라는 말이 뜻하는 것일 것입니다. 이와 같이 흔적이라는 말에도 한 가지 뜻만이 있는 게 아닙니다. 여기서 격류와 흔적 같은 말들을 상징이라고 보는 것입니다.

황하 상류에 용문이라는 큰 폭포가 있습니다. 이름이 용문인 까닭은, 폭포가 워낙 높고 떨어지는 물의 흐름이 드세서 잉어들이 거슬러 오르기 힘들고, 그렇게 힘든 폭포를 거슬러 오르면 용이 된다는 전설이 있어서 그렇다고 합니다. 그래서 어려운 시험에 합격하는 것을 용문에 오른다고 하여 등용문이라고 합니다. '신춘문예는 작가 지망생들의 등용문이다.'라는 식으로 쓰는 겁니다. 용문을 오른 잉어

가 용이 된다니, 그 어려움이 얼마나 큰지 짐작할 수 있고, 반대로 그
럴 정도이니 용문이라는 폭포가 얼마나 높은 곳인지 알 수 있을 듯
합니다.

정진명은 어느 학교 몇 학년이냐고요? 학생이 아니고 이 글을
쓰는 저입니다. 저도 명색이 시인입니다. 그래서 한 작품 인용해봤습
니다.

소 망

장 미(내북중 3)

저 깊은
숲 속을 걷다가
발걸음을 멈추고

이리저리
미처 보지 못했던 곳까지
바라본다.
바라보지 못했던 곳에는
작은 꽃이
열매를 맺는다.

그 열매 속에는
미처 생각하지 못했던
작은 소망들이 담겨있다.

열매라는 말을 잘 살펴보기 바랍니다. 언뜻 보면 그냥 열매일 것 같은데, 앞의 상황이 약간 다릅니다. 늘상 보던 곳에 있던 열매가 아니라 평상시에는 바라보지 못했던 곳에서 발견한 열매입니다. 시에서는 이쯤 되면 아 무언가 있구나 하는 판단을 하게 됩니다. 평상시에 보지 못했던 곳에서 발견한 꽃이 피운 열매. 그리고 그렇게 찾아낸 열매 속에 무엇이 들었나요? 소망이 들었다고 끝을 맺고 있습니다. 그런데 그 소망이 무엇인지는 알려주지 않습니다.

그렇다면 그것이 무엇인가를 알려면 천상 지은이에게 물어보든가 아니면 내 체험을 바탕으로 그것을 재구성하는 수밖에 없습니다. 지은이에게 물어볼 수는 없는 일이니, 이 상황을 염두에 두고서 읽는 사람이 재구성하는 수밖에 없습니다. 이렇게 읽는 사람으로 하여금 의미를 해석하여 재구성하도록 요구하는 것이 바로 상징입니다.

열매는 꽃과 관련이 있습니다. 꽃은 화려하지만 속이 없지요. 반면에 열매는 화려하지는 않지만 알찹니다. 꽃의 화려함은 결국 이 알찬 열매를 맺기 위해서 식물이 취한 동작입니다. 열매의 가장 큰 임무는 종자를 퍼뜨리는 것이지요. 새로운 생명을 잉태하는 것입니다. 그러니까 꽃이 맺는 열매는 희망을 안으로 가진 것일 수밖에 없지요. 그 희망은 여건이 주어지면 곧 싹을 틔워서 아름다운 꽃을 보여줍니다. 희망은 곧 소망입니다.

평상시에 보지 못하던 것을 이 학생은 숲에 와서 바로 그런 새로운 것을 자신도 모르게 보게 된 것입니다. 물론 이 학생이 이러한 생물의 순환과정까지 계산을 하고서 이 시를 쓴 것은 아닐 것입니다. 그러나 사람은 자신이 굳이 그렇게 의도하지 않더라도 우주의 섭리

속에서 살기 때문에 사람의 관찰 속에는 뜻밖으로 우주의 깊은 섭리가 담기는 수가 있습니다. 그렇게 하기 위해서는 멋을 억지로 부리려는 허황한 생각부터 버려야 합니다. 솔직하고 정직하게 바라보는 자에게 우주는 자신의 비밀을 보여주는 것입니다.

돌

이순실 (내북중 2)

너의 단단한 표정에
나는 어떻게 해야 할지?
너의 마음마저 단단하다면
난 너를 포기해야겠지.
하지만 아직은 아니야.
서로 통하지도 않고
말도 못 하지만
난 너의 단단한 표정 속에 있는
따뜻한 마음을 알아.
항상 나는 너를 믿고
너는 나를 믿으면서 살자꾸나.
영원히……
언젠간 너도 내 마음을 알겠지.

사람이 가장 어렵고 무섭습니다. 사람이 마치 돌처럼 느껴질 때가 있죠. 서로 소통이 안 되는 상황에서 마주치는 사람이란 정말 답답합니다. 여기서도 돌은 그런 대상입니다. 그렇지만 잘 보면 이 시인은 돌과 대화를 하는 중입니다. 보통 일상에서 돌과 대화한다는 것은 말이 안 됩니다. 그런데 이런 설정이 가능한 것은 바로 시이기 때문입니다. 시에서는 그게 허용이 됩니다. 왜 그럴까요? 바로 비유와 상징 때문에 그렇습니다.

이 시를 읽다보며 이 시인이 말하는 돌이 단순한 돌이 아니라는 것을 알게 됩니다. 뭘까요? 읽는 사람의 처지와 상황에 따라서 그 돌은 모두 다르게 해석될 것입니다. 수업을 들을 생각이 없는 학생들의 태도는 교사에게 돌일 것입니다. 마음이 없는 사람에게 사랑을 고백하는 것은 돌 앞에서 말하는 것과 다를 바가 없을 것입니다. 싸운 뒤의 친구 모습은 마치 돌처럼 단단할 것입니다. 우리의 삶과 연관지어보면 돌이 이렇게 무언가를 나타낸다는 것은 분명하죠. 이렇게 사람에 따라 혹은 상황에 따라 여러 가지로 해석될 수 있는 것을 바로 상징이라고 합니다. 이 시의 '돌'은 바로 상징성을 띠고 있습니다.

이 상징도 빗대기의 방법에 속한다는 것을 기억하시기 바랍니다.

❷ _그 리 기

앞서 우리는 빗대기의 원리로 쓴 시들을 살펴보았습니다. 이번에는 이와는 다른 시를 좀 살펴보겠습니다. 제가 '그리기'라고 했는데 국어시간에 배우는 이론으로는 이미지입니다. 이번에 살펴볼 시들은 이미지로만 이루어진 시입니다.

좀 지루하더라도 이미지에 대해서는 한 마디 하고 넘어가야 할 것 같습니다. 이미지는 사람의 기억 속에 새겨진 어떤 꼴을 말합니다. 이런 경우를 겪은 적이 있을 것입니다. 친구들과 똑같은 일을 겪었는데 나중에 얘기해보면 말하는 사람마다 그에 대한 기억이 다 다릅니다. 예컨대 영화를 한 편 보고난 뒤에 그 영화에 대해서 얘기하다보면 정말 사람이 어떻게 이렇게 다르게 세상을 인식할 수 있는가 하는 착각이 들 정도입니다. 그가 기억하는 선명한 장면도 다르고, 그가 그 영화를 통해 얻은 교훈도 사람마다 다 다릅니다. 이게 신기한 겁니다.

사람이 세상을 본다는 것은, 있는 그대로 본다는 것이 아닙니다. 자신의 생각과 습관대로 세상을 봅니다. 세상을 다 보는 것이 아닙니다. 주차장에서 차를 타고 떠나면 바로 옆에 있던 차의 번호가 기억나지 않습니다. 눈은 마치 카메라 같아서 그 차의 번호판도 스캔했을 것이 분명합니다. 그런데 눈길이 그곳을 떠나는 순간 그 번호를 기억하지 않습니다. 그러나 남의 차 번호판을 기억하지 않으려고 해도 기억나는 때가 있습니다. 교통사고 당하고 나면 상대편의 차 번호를 정확히 기억합니다. 이와 같이 사람의 눈에 비치는 세상은 똑같은 그것이지만, 그것을 스캔한 사람의 기억은 모두 다릅니다. 그 작용도 능력도 다 다릅니다. 이미지란, 바로 이와 같이 한 사람의 머릿속에 기억된 어떤 꼴을 말하는 것입니다. 그러니 사람마다 이미지가 다 다르게 기억됩니다.

제가 사과를 떠올리라고 하면 누구나 머릿속에 사과가 떠오를 것입니다. 그러면 사람들의 머릿속에 떠오른 사과가 모두 같을까요? 아니죠! 모두 다릅니다. 그 사람이 겪은 사과를 떠올리게 됩니다. 과수원을 하는 사람이 떠올리는 사과와, 장을 보는 주부가 떠올리는 사과와, 그것을 맛나게 먹기만 한 자식들이 기억하는 사과와, 사과로 과일주를 담그기 좋아하는 사람이 기억하는 사과는 같을 수가 없습니다.

이와 같이 모든 말들은 사람들의 머릿속에 어떤 연상작용을 일으킵니다. 그런 작용에 의해 머릿속에 나타나는 이미지가 바로 시의 소재가 되는 것입니다. 그래서 어떤 시를 쓰면 그 시를 읽고 난 뒤에 머릿속에 이미지를 떠올리게 됩니다. 그리고 그것이 감상으로 이어지는 것입니다.

그런데 이미지가 없는 말들이 있다는 것이 문제입니다. 예컨대 사랑, 가치, 노력, 절망, 희망 같은 말은 이미지가 없습니다. 그래서 시에서 이런 말들을 쓰면 시가 애매모호해지고 흐리멍덩해지는 경우가 많습니다. 그리고 직접 어려운 관념을 드러내기 때문에 쉽게 와 닿지도 않습니다. 그래서 시인들이 관념어를 꺼리는 것입니다.

이것을 좀 더 적극 밀고 나간다면 어떻게 될까요? 이런 관념어를 될수록 쓰지 않고 쉽게 연상될 수 있는 낱말들을 이용해서 시를 쓰면 사람들이 더 잘 기억하겠지요? 그렇습니다. 그렇게 해서 시인들이 이미지가 선명한 말들을 시에서 적극 활용하는 것입니다. 어떤 주장을 하는 대신, 그 주장을 머릿속에서 떠올려줄 수 있는 장면이나 상황을 제시하는 것입니다. 예컨대 '사랑'의 경우는 이미지가 없는 말입니다. 그런데 사랑을 이미지로 표현하자면 사랑에 빠진 연인의 모습을 그리는 것입니다. 그러면 그런 장면을 통해서 사랑을 떠올릴 수 있습니다. '절망'의 경우도 이미지가 없는 말입니다. 그런데 절망에 빠진 사람의 모습, 예컨대 인상을 찌푸리며 머리를 쥐어짜는 동작을 보여주면 절망의 상황을 짐작할 수 있게 됩니다. 바로 이런 식으로 시를 쓰는 것입니다. 관념어를 말하는 대신에 그 관념어를 환기시켜줄 수 있는 이미지를 보여주는 것입니다.

이렇게 하는 의도는 분명합니다. 사람들의 머릿속에 오래 기억되도록 하려는 것입니다. 한 번 작품을 보겠습니다.

빙글빙글

박재진(회인중 1)

선풍기 대가리가 돌아간다.
윙 윙 윙

선풍기 목도 돌아간다.
웅 웅 웅

더워서 내 정신도 돌아간다.
띨 띨 띨

파리가 내 머리를 돌아다닌다.
윙 윙 윙
파리 때문에 내 머리가 또 돈다.
띨 띨 띨

더위를 이미지로 나타내자면 어떻게 표현해야 할까요? 참 어렵죠? 덥다고 시에 써봐야 그것이 신선할 리 없습니다. 그런데 이 작품을 보십시오. 읽으면서 더위가 확 와 닿지 않나요? 그러면서 동시에 웃음도 납니다. 그것은 더위를 나타내는 말들과 그 말들이 보여주는 상황이 우스꽝스럽기 때문입니다.

이 시를 쓴 시인은 중학생일 텐데 틀림없이 학교의 교실일 것입니다. 교실엔 선풍기가 있죠. 그런데 그것이 더위를 달래줄 수 없는 상황입니다. 교실인데도 이미 공부할 상황은 아닙니다. 시인은 더위에 늘어져있음을 '짐작'할 수 있습니다. 공부하는 시간에 선생님의 말씀은 귀에 안 들어오고, 더위를 쫓는 데는 아무런 소용이 없는 선풍기만 눈에 들어옵니다. 그런 심리를 '선풍기 목'이 돌아간다는 표현에서 엿볼 수 있습니다. 그러니 아무 생각 없이 바라보는 눈의 주인공인 정신도 그 목을 따라서 돌아가는 것이죠. 한 마디로 더위 때문에 정신이 나간 사람의 눈에 들어오는 교실 풍경입니다. 거기다가 파리까지 등장합니다.

이 시인은 더위에 대해 혹은 그 상황에 대해 뭐라고 말하지 않았습니다. 자신이 처한 상황을 눈에 보이는 대로 그렸습니다. 그런데 그런 짤막한 그림을 통해서 그 시인이 처한 상황과 그 상황 뒤에 숨은 사람의 심리까지 또렷하게 드러납니다. 바로 이런 것이 이미지입니다. 이렇게 이미지로만 쓰는 시를 '그리기'라고 하고, '이미지의 시학'이라고 이름을 붙인 것입니다.

겨 울

남기윤(충북공고 2)

겨울은 봄을 위해
산을 잠시 눈으로 덮는다.

겨울은 봄을 위하여
들판을 잠시 비워둔다.

하얀 산 어디선가
나무들은 푸른 물감을 만들고

빈 들판 어디선가
나비들은 예쁜 옷감을 만들고

아름다운 그림을 위하여
하얀 도화지를 마련하듯

겨울은 봄을 위해
산을 비워둔다.

겨울은 봄을 위해
들판을 비워둔다.

아! 아름답지요? '하얀 산 어디선가' 나무들이 푸른 물감을 만든

다니요? '빈 들판 어디선가' 나비들이 예쁜 옷감을 만든다니요? 세상을 이렇게 아름답게 보는 눈은 도대체 어디서 나오는 것인지 모르겠습니다. 아마도 사람의 마음 바탕은 원래 그럴 것입니다. 이런 마음에 수많은 때를 얹으면서 어른으로 자라나는 것이겠지요.

이 시에서는 무엇이 어떻다는 주장이 없습니다. 다만 눈에 비치는 대로 보여줄 뿐입니다. 설명 없이 이미지만을 제시했습니다. 그런데도 읽은 사람의 머릿속에 풍경 하나가 또렷이 새겨졌습니다. 이런 그림은 정말 오래 갑니다. 잘 보면 단순한 묘사 뒤에 인간의 인식 구조가 들어있음을 알 수 있습니다. 어떤 겨울도 봄을 위해 산을 비워두거나 들판을 비워두는 일은 없습니다. 그냥 계절이 바뀌면서 들판이 비고 산이 헐렁해지는 것뿐입니다. 그런 자연에 대해 비워둔다고 말을 하는 것은, 그런 동작을 하는 사람의 행위가 덧입혀진 것입니다. 겨울 산에서 나무들이 푸른 물감을 만든다는 것은 봄이 오면 형형색색 싹이 돋아나는 것을 본 시인의 '경험'이 있었기 때문에 생기는 일입니다. 사람은 이렇게 자신의 경험을 바탕으로 세상을 바라보고, 자신이 쓰는 말을 통해 그런 세상을 그려냅니다. 이미지가 단순히 풍경의 그림자가 아니라, 세상을 읽는 틀이자 세상을 사람의 시각으로 재구성하는 위대한 거푸집임을 알 수 있습니다. 거푸집은 쇳물을 부어 주물을 만들 때 주물의 모양이 나오도록 모래로 만드는 틀입니다. 사람에게 언어는 그런 작용을 합니다. 언어철학에서 말이 없으면 사고를 못한다고 말하곤 하는데, 바로 이런 작용이 있기 때문에 그런 것입니다.

이미지는 머릿속에 그려지는 것이기 때문에 아무 말이나 한다고 해서 다 되는 것이 아닙니다. 이런 말을 제시할 때 그 말을 들은 사람이 머릿속에서 어떤 장면을 연상할 것인가를 염두에 두고 써야 합니다. 그래서 작심하고 이미지로 시를 써서 어떤 효과를 예상하는 것은 보통 어려운 일이 아닙니다. 그렇게 의도하여 이미지만으로 시를 쓴 사람들이 1920~30년대에 왕성하게 활동하여 세계 시의 역사에 큰 영향을 끼쳤습니다. 모더니즘 문예사조 중에서 특별히 시에 나타난 이런 운동을 모더니즘이라고 합니다. 에즈라 파운드, 흄, 엘리어트 같은 사람들이 그런 운동을 이끈 시인들입니다. 이런 운동은 우리나라에서도 영향을 끼쳐서 일제강점기 일본으로 유학 갔던 학생들이 이런 이론으로 시를 썼습니다. 김기림이나 김광균 같은 시인이 그들입니다.

기왕 나온 김에 이미지에 대한 공부를 조금 더 하겠습니다. 그만큼 중요하다는 뜻입니다. 먼저 이미지의 종류를 한 번 살펴보겠습니다. 이미 국어시간에 배운 내용입니다. 간단히 복습하겠습니다.

시각 이미지 : 빛깔

청각 이미지 : 소리

후각 이미지 : 냄새

미각 이미지 : 입맛

촉각 이미지 : 살갗

공감각 이미지

이상입니다. 어렵지 않습니다. 그런데 마지막 공감각 이미지는 알딸딸하죠? 아마 국어시간에도 이해가 잘 안 되어 꽤나 고생했을 것입니다. 이것은 세상에 실재하지 않는 것입니다. 오직 사람의 머릿속에만 존재하는 것입니다. 예컨대 사랑이란 게 이 세상에 존재하나요? 교통법규가 세상에 존재하나요? 만약에 이런 것들이 존재한다면 새나 곰, 또는 까치나 지렁이한테도 느껴져야 합니다. 그렇지만 그런 짐승들이 교통법규를 지키든가요? 못 지킵니다. 안 지키는 게 아니라 못 지킵니다. 사람은 못 지키는 게 아니라 안 지키는 거죠. 하하하. 그러니까 법 같은 것은 세상에 실재하는 것이 아니라 인간에게만 존재하는 것입니다. 인간에게만 존재하는 것들이 꽤 많습니다. 이런 공감각 이미지도 마찬가지입니다.

예컨대 '푸른 메아리'라고 하면 어떨까요? 메아리는 소리이기 때문에 색깔이 있을 수 없습니다. 그런데 이렇게 조합을 해놓으니까 묘한 신선함이 있죠? 메아리는 주로 산에서 울리는 것이기 때문에 산의 느낌 때문에 푸르다는 수식어가 자연스러운 겁니다. 치킨 집을 보면서 '고소한 풍경'이라고 하면 어떨까요? 고소하다는 것은 냄새이고 풍경은 빛깔입니다. 그렇지만 이 결합이 전하고자 하는 것은 군침이 도는 음식입니다. 사랑하고 난 뒤에 헤어진 연인이 '달콤한 아픔'이라고 한다면 무엇을 말하려는 것인지 금방 알 수 있습니다. 달콤함은 맛이고 아픔은 살갗입니다. 이와 같이 두 가지 이상의 이미지가 결합된 것을 공감각 이미지라고 합니다. 공은 共인데, 함께 한다는 뜻입니다. 이럴 경우에는 오히려 겹친다는 뜻의 중(重)이나 맞물린다는 뜻의 합(合)이 더 정확한 번역일 듯한데, '공감각'이라고 했네요. 차라리 제 개인 생각으로는 '겹감각'이라고 하는 게 더 좋을 것 같습니다. 감각이 한자말이라고 해서 그걸 꾸미는 말까지 꼭 한자말로 해야 한다고 생각하는 사람들이 참 이상합니다.

이미지는 단순히 풍경의 그림자나 대상의 복사물이 아닙니다. 사람이 세상을 받아들이는 틀이고, 세상의 모습을 포착하는 거미줄입니다. 이 세상은 사람들이 이미지로 재구성한 거대한 거미줄입니다.

불국사

박목월

불국사
자하문

달안개
물소리

대웅전
큰보살

바람소리
솔소리

범영루
뜬그림자

흐는히
젖는데

흰달빛
자하문

바람소리
물소리.

이 시는 묘사의 극단까지 나갔지요? 불국사에 대해서 시를 쓰는
데, 자신의 의견을 모두 버리고 눈에 보이는 대로 적었습니다. 그것
도 거의 명사만을 썼습니다. 어떻습니까? 불국사의 분위기가 잘 전
달이 되나요? 읽는 사람은 이 명사들이 나타내는 대로 불국사의 정
경을 떠올리면서 따라갑니다. 그의 머릿속에는 불국사의 정경이 그
림처럼 나타나겠지요?

사실 절에 대해서 시를 써보면 만만찮습니다. 절이란 부처님이
사는 곳인데, 그곳에 대해서 섣불리 말했다가는 망신만 당하기 일쑤
입니다. 불교의 사상이나 철학이라는 것이 쉽게 접근해서 얻기 어려
울뿐더러 설령 얻었다고 해도 문자 밖의 세계이기 때문에 말로 하기
참 어렵습니다. 그렇다고 놀러왔다는 듯이 묘사를 해 가지고는 또
절의 그 신성한 모습이 담기지를 않거든요. 그래서 아주 절제된 감
각으로 불교의 신앙체계와 관련이 있는 이미지들을 끌어들이기가
쉽습니다. 그런데도 설명을 자꾸 하게 되어 짧은 지식을 드러내곤
하지요. 이렇게 명사만 나열해서 시 한 편을 이루어야겠다고 판단한

것 자체가 굉장한 고수임을 보여주고 있는 것임을 알아야 합니다. 그리듯이 쓰기의 극치를 보여주는 시입니다.

살다보면 우리는 때때로 잊을 수 없는 장면이나 상황을 마주치는 수가 있습니다. 예컨대 5.18 광주항쟁 때 열 살 안팎의 한 아이가 아버지의 영정 사진을 안은 채 제 품에 안은 사진틀에 턱을 괴고 앞을 바라보는 사진 한 장이 신문에 실려 전 세계인의 가슴을 찡하게 만든 적이 있습니다. 사람들은 광주항쟁을 떠올릴 때 그 사진이 먼저 떠오릅니다. 한 장면이 그대로 한 사건의 인상을 결정해버린 것입니다. 비단 이런 커다란 사건만이 아니라 개인에게도 이런 잊을 수 없는 장면이 있기 마련입니다. 그런 장면은 특별한 설명 없이 제시만 해주어도 큰 울림을 갖습니다. 이와 같이 어떤 전형이 될 만한 사건이나 상황을 있는 그대로 제시하기에 가장 좋은 시의 방법이 바로 '그리기'입니다.

디지털 세대인 여러분들이 이런 효과를 가장 많이 그리고 쉽게 접하는 것은 광고일 것입니다. '10초의 미학'이라는 말이 있듯이, 광고는 가장 짧은 순간에 시청자의 뇌리로 파고들어야 하기 때문에 옛날식으로 물건의 쓰임새나 효과에 대해 시시콜콜 설명했다가는 당장 리모컨이 다른 번호를 눌러버릴 것입니다. 그래서 두고두고 기억에 남을 장면을 제시해주는 방법을 많이 씁니다. 바로 이 광고식 보여주기 수법을 연상하면 시에서 쓰는 이 방법을 이해하기 좋을 듯합니다. 시를 오래 쓸수록 이 방법의 위력을 점점 더 느낍니다.

박목월 시인은 이렇듯이 이미지를 잘 활용한 시인이었습니다. 그래서 그럴까 실제로『심상』이라는 시 전문지를 직접 발행하여 운

영하기도 했습니다. 그래서 1970년대에는 문학청년들이 시인으로
나서는 등용문 노릇도 톡톡히 했습니다. '심상'이란 이미지를 번역
한 것입니다. 마음속의 그림이라는 뜻이죠. 象은 코끼리를 뜻하기도
하는데, 형상이라는 말에서 볼 수 있습니다. 形은 겉으로 보이는 모
습이고, 象은 그것을 추려서 추상화하여 기억한 그림을 뜻합니다.
그러니 이미지를 '심형'이라고 하지 않고 '심상'이라고 번역한 것입
니다. 근래 들어 이미지라는 영어 원문을 더 쓰는 바람에 심상이란
말은 거의 안 쓰이다시피 하는데, 문학청년들에게는 추억이 서린 말
입니다.

바 늘

이현수(충북공고 2)

그네 타다가 머리에
돌 맞아서 3바늘 꿰맨다.

버스를 기다리면서 커터 칼 가지고 놀다가
오른손 엄지에 7바늘 꿰맨다.

자전거 타다가 중심 잃어서 넘어져
왼쪽 팔에 13바늘 꿰맨다.

우리 집 개 밥 주고 건드리다가 개한테 물려서
오른손 검지에 4바늘 꿰맨다.

이유 없이 발바닥에 티눈 나가지고 뿌리 뽑아서
발바닥에 3바늘 꿰맨다.

내 몸은 온통 바늘구멍 투성이….

    이 시를 보면 자신의 경험을 있는 그대로 묘사했습니다. 이렇다
저렇다, 혹은 좋다 나쁘다 하는 표현이 없습니다. 어려서부터 바늘과
관련된 기억을 정리해서 제시할 뿐입니다. 그런데도 이것을 읽는 사
람은 이 시인의 일생이 눈앞에 파노라마처럼 떠오릅니다. 이미지라
든가 비유라든가 이런 어려운 얘기를 하지 않아도 이렇게 제시만 하
는 것으로 깔끔하고 훌륭한 시가 나올 수 있음을 보여주는 것입니다.
    다치는 방법도 참 다양합니다. 밥 준 개한테 물린 경험을 읽을
때쯤이면 웃음이 절로 납니다. 마지막은 이유 없이 난 발바닥의 티
눈까지 웃음을 추가합니다. 생각이 상상력의 용수철을 타고 사건에
서 사건으로 아주 가볍게 건너갑니다. 시는 이처럼 아주 가볍게 생
각해야 나옵니다. 무겁게 생각하면 좋은 시가 나오지 않습니다. 될수
록 가볍게 생각하고 접근해야 발랄한 감성과 활달한 상상력이 작동
하여 순식간에 시를 만들어냅니다.
    지금 여기서 소개하는 시인들은 전문 시인이 아닙니다. 그냥 학
교에 다니는 평범한 학생들입니다. 자신이 시를 잘 쓰는지 어떤지도
잘 모르는 학생들입니다. 지금 우리는 평범한 학생들이 숙제로 쓴
시를 살펴보는 중입니다. 아마 자신의 시가 이렇게 시를 설명하는
책에 인용되고 있다는 것을 알면 다들 깜짝 놀랄 것입니다.

두 통

권예진 (충북예술고 2)

왼 관자놀이에서 삐--
하고 오른 관자놀이 행 기차가
150km로 달리는 소리가 들린다.

두개골의 공간에 웅웅--
하고 토르가 한방을 준비하는 듯
해머를 돌리는 소리가 들린다.

그리고

머리 전체에서 쿠궁--
하고 머릿골의 벽을 흔드는
강도 7.0의 지진의 소리가 들린다.

삐--뽀--긴급사태!!
하고 빨간 사이렌을 단
소방차가 달리는 소리가 들린다.

　　머리가 아프면 온 세상이 멈춰버립니다. 사람이 머리를 쓰고 생
각을 하면서 사는 존재인데, 삶을 이끌어가는 그 머리가 아프면 삶
전체가 무너지는 느낌이 나죠. 두통은 특히 여학생들이 더 심하게
앓습니다. 두통이 오는 상황을 아주 잘 표현했습니다. 머리로 오는

아픔을 기차, 토르, 지진, 소방차의 이미지로 표현했습니다.

사람이 머리 아프다고 하면 그 말을 듣는 사람은 잘 이해하지 못합니다. 그런데 이렇게 이미지로 바꿔놓으니까 한결 선명하게 와 닿고 이해되죠. 이런 것이 이미지의 힘입니다. 뭐, 시의 표현이 어떻다, 주제가 어떻다 따지기도 전이 이미 머릿속에서 이미지가 그림처럼 떠올라 설명 없이도 저절로 이해되는 시입니다. 이미지를 쓰면 시가 쉬워지면서도 많은 것을 전달할 수 있습니다. 그래서 옛날부터 시인들이 이미지를 쓰려고 한 것입니다.

장 깐

정다래 (중북예술고 2)

아주 잠시
밖을 보면

나무에 하이얀 설탕을 뿌린 듯
꽃이 폈다.

아주 잠시
나와 보면

아,
드디어 이 꽃을 보았구나,
한다.

아주 잠시
핀 꽃이지만

꽃은 제 각각의
전성기를 이루고 간다.

아주
잠깐.

　　이번에는 아주 섬세한 시를 한 편 보겠습니다. 여고생의 예민한
감수성이 순간 속에서 잡아낸 아주 특별한 이미지입니다. 고2에서
고3으로 올라가는 시기는 아주 바쁜 때입니다. 인생의 첫 번째 목표
이자 수확인 대학 입학을 코 앞에 둔 시점이라 눈코 뜰 새 없이 바쁘
고 마음에도 여유가 없습니다. 그러다보니 모든 게 잠깐 잠깐입니다.
제목부터 〈잠깐〉인 것이 그런 배경을 설명해 줍니다.

　　나무에 꽃이 피었다고 했습니다. 그런데 설탕을 뿌린 듯하다는
것으로 보아 꽃일 수도 있지만, 우리가 아는 흔한 꽃이 아닐 것 같습
니다. 그렇다면 눈꽃이나 서리 같은 것임을 짐작할 수 있습니다. 이
짐작이 맞는다면 제목을 〈잠깐〉이라고 한 까닭도 더욱 또렷해집니
다. 눈꽃이나 서리는 해가 뜨자마자 사라지는 것입니다. 지금 흘러
가는 고3의 시간도 그렇습니다. 그런 짧은 시간에 짬을 내어 밖을
바라보니 거기 또 자신의 운명과 같은 처지에 놓인 눈꽃이 서린 것
입니다.

　　전성기는 순식간에 사라집니다. 눈꽃은 그런 전성기의 참 모습

을 보여주죠. 전성기의 그 모습을 보는 시인의 눈에는 자신의 지금 이 순간도 그렇게 느껴질 것입니다. 그렇지만 그 전성기가 '아주 / 잠깐'이라는 토를 달고 있어서 아쉬움이 묻어나는 상황임을 알 수 있습니다. 이런 느낌을 시인은 아주 짧은 순간에 느끼고 그것을 시로 멋지게 옮긴 것입니다.

옛 시에 '화무십일홍(花無十日紅)'이란 말이 있습니다. 송나라 시인 양만리가 쓴 구절인데, '人無十日好(인무십일호)'라는 구절과 짝을 이룹니다. 보통 권력이 얼마 가지 못한다는 뜻으로 쓰이기는 합니다만, 실제로 꽃이 열흘을 넘기기 힘들다는 관찰은 뛰어난 바가 있습니다. 특히 여자의 아름다움을 표현할 때 많이 쓰이는 구절이기도 합니다. 꽃이 잠깐 눈을 떼면 시들듯이 인생도 권력도 그렇다는 것이고, 그러니 활짝 피었을 때를 늘 그럴 것이라고 착각하지 말라는 경고로 많이 쓰입니다.

〈잠깐〉이라는 위의 시는 이런 구절을 모르면서도 발견해낸 놀라운 통찰입니다. 때묻지 않은 젊은 눈에는 이런 힘이 있습니다. 학생의 이름이 정다래인데, 기억에 특별히 남았습니다. 제 딸아이의 이름도 다래거든요. 그 얘기를 했더니 다래가 웃더군요.

우주 한 가운데서

김현미(충북예술고 2)

노를 젓다 지쳐 누워
눈을 감고 쓰러진다.

아무 것도 보이지 않는
까만 바탕 위엔
나를 덮치는 수 천 개의 별들이 있다.

그 수 천 개의 별들 위에는
끝이 없는 수 만 개의 은하수가 펼쳐져 있다.

쓰러진 몸을 일으켜
천천히 눈을 떠보니

난 그 우주에 누워 있었다.

이 시는 좀 독특하죠? 일상 경험이라고 보기 어렵습니다. 그렇다면 이것은 자신의 내면에서 겪은 일임을 알 수 있습니다. 쓰러졌다는 것으로 봐서는 무언가 힘든 일을 하고 난 뒤일 겁니다. 별들은 밤에 뜨는 것이니 자신의 내면에 있는 하늘을 봤을 것입니다. 그 위에는 은하수가 펼쳐집니다. 또 다른 세계에 와있는 것입니다. 눈을 떠보니 우주입니다.

사람이 이런 경험을 하기는 쉽지 않습니다. 그렇지만 명상을 하거나 혼자서 깊은 생각에 빠지면 종종 이런 생각이 들죠. 특히 세상에 대한 궁금증이 많을 나이에 내가 몸 디딘 이 우주의 중심은 어디이며 나는 누구인가 하는 철학 수준의 질문이 떠오를 때는 이런 생각을 더더욱 하게 됩니다.

문제는 그에 대한 정답이 아니라 그런 생각을 하는 인간의 거룩

한 생각입니다. 쓰러진 몸을 일으켰다고 했는데, 우주에 누워있었다는 것으로 보아, 쓰러진 몸을 일으킨 것은 단순히 몸이 아닐 것입니다. 몸과는 다른 내 안의 또 다른 어떤 존재일 것입니다. 그 존재는 우주를 통찰하는 직관을 지닌 존재겠죠.

종교에서는 그런 존재를 신이라고 합니다. 신은 세상 밖 어디엔가 있는 것이 아니라 모든 사람의 안에 있는 것입니다. 다만 사람이 그런 줄을 모르고 제 몸 밖에서 신을 구하죠. 이렇게 자신을 깨닫고 나면 그는 비로소 우주의 주인이 됩니다.

설마 이 학생이 이런 깨달음을 얻고서 이 시를 썼을라고? 이렇게 생각하고 있죠? 저도 그럴 거라고 생각하지는 않지만, 제가 말하고자 하는 것은, 순수한 시인의 마음을 지닌 사람들은 그런 세계를 통찰하는 직관력이 있다는 것입니다. 순수한 마음에는 순수한 이미지가 생깁니다. 그런 이미지들이 참된 시를 만들어가는 것입니다.

이 시는 이미지로 이루어진 시이지만, 여기서 말하는 이미지들은 단순한 이미지가 아니라 상징처럼 읽히는 것들입니다. 이미지로도 상징을 만들 수 있음을 보여주는 시입니다.

서든어택

유성현 (충북공고 2)

시험이 끝나자마자
바로 피시방으로 직행한다.

한 명씩 한 명씩 온라인

종현이가 들어온다.
또 다른 종현이가 들어온다.
준오가 들어온다.
장현이가 들어온다.
그리고 아무 의미 없는 만킹일 뿐인 일규가 들어온다.

다들 조용히 말도 하지 않고
게임톡을 킨다.
헤드셋을 쓴다.
알트탭을 눌러
서든을 킨다.
모두 짠 거처럼 조용히 퀵을 탄다.
레디를 한다.
5 4 3 2 1
시작.

서든 어택은 인터넷 게임입니다. 게임을 하는 상황을 있는 그대로 보여줍니다. 이 시를 읽으면 피시방에서 모이는 학생들의 모습이 선명하게 떠오릅니다. 시험이 끝난 뒤의 해방감을 게임으로 해소하려는 아이들이 행동거지가 한 눈에 들어와 저절로 웃음을 짓게 합니다. 게임과 관련된 특수한 용어가 등장하지만 내용을 이해하는 데 전혀 문제가 안 됩니다. 게임에 집중하는 한 장면이 강하게 머릿속으로 들어와 자리 잡습니다. 이미지의 힘입니다.

시계 침

이상성(충북공고 2)

똑딱 똑딱 시계 침이 돌아간다.
똑딱 똑딱 기다림 없이 돌아간다.
똑딱 똑딱 쉬지 않고 돌아간다.

우리가 슬플 때나 즐거울 때나
시계 침이 돌아간다.

우리가 착한 짓 할 때나 나쁜 짓 할 때나
기다림 없이 돌아간다.

우리가 젊을 때나 늙었을 때나
쉬지 않고 돌아간다.

똑딱 똑딱
시계 침이 기다림 없이 쉬지 않고 돌아간다.
똑딱 똑딱
냉정하고도 참혹한 시계 침.

거침없이 돌아가는 시계 침에서 시간의 냉혹함을 보고 있습니다. 그것을 눈에 보이는 대로 적어놓은 것이 이 시입니다. 시간에 대한 통찰은 철학자도 쉽지 않은 일인데, 이렇게 고등학생이 아무렇지도 않게 놀라운 통찰을 보여줍니다. 그 힘은 관찰에서 오는 것입니다. 관찰의 결과가 어떤 의미가 있는지를 해석하는 것은 철학자들의 몫이지만, 세상을 관찰하는 시각이나 예민함은 어린 학생들이 더욱 뛰어납니다. 이 작품도 누구한테나 공평하게 놓인 시간의 실상을 잘 파악하여 표현하였습니다. 이런 시 쓰기 정말 쉽지 않습니다.

방법상으로도 그리기의 방법이 또렷합니다. 제 생각을 특별히 드러내지 않고 시계가 보여주는 움직임을 그대로 묘사했습니다.

③ _ 말 하 기

빗대기와 그리기에 이어 이번에는 3원소의 마지막인 말하기에 대해 알아보겠습니다. 이것은 말 그대로 자신의 생각이나 느낀 바를 말로 직접 말하는 것입니다. 표현이나 이미지 이런 것 신경 쓸 것 없이 있는 그대로 직접 말하는 것입니다. 그러면 진솔한 마음이 그대로 전달됩니다. 이런 방식을 말합니다.

말이라는 게 원래 뜻을 전달하는 도구이지만, 뜻을 전하다 보면 그 뜻을 말하는 사람의 마음이나 느낌까지 전달됩니다. 이때의 마음이란 말을 하는 사람의 감정을 말합니다. 말을 듣는 사람을 대하는, 말하는 이의 태도가 은연중 느껴집니다. 그래서 이 말하기의 방법에서는 말투가 중요합니다. 어떤 내용을 말하려고 할 때 어떤 말투를 쓰느냐 하는 것에 따라 효과가 매우 달라집니다. 우리나라처럼 존칭어가 발달한 곳에서는 이 말투가 아주 다양합니다. 그래서 시에서는 더욱 풍성한 표현을 볼 수 있습니다.

그런데 주의해야 할 것이 있습니다. 말하기라고 해서 아무렇게나 다 말하는 것을 말하지 않는다는 것입니다. 말하기의 방법에서 가장 중요한 것은 압축입니다. 얼마나 뜻을 잘 정리해서 전하느냐 하는 것이 중요합니다. 시는 본래 가장 짧은 문학 형식입니다. 문학 중에서 가장 짧은 형식입니다. 앞서 살펴본 빗대기나 이미지의 방법도 가장 짧은 형식 속에 최대한 내용을 많이 실으려고 하는 과정에서 나온 방법입니다.

따라서 말하기의 방법에서도 이 원리가 그대로 적용됩니다. 절실하고 진실하면 저절로 내용이 압축됩니다. 그래서 말하는 사람의 태도가 중요해집니다.

빈자리

김시은(충북예술고 1)

헤어질 때가 오니 알았다.
이별은
언제나 겪어도 익숙하지가 않다.

네가 떠난 뒤에야 알았다.
내 마음의 구멍은
네가 떠나며 생긴 것임을.

아쉬워한들, 슬퍼한들
무슨 소용이겠어?

시간 가는 대로
흘러흘러 살아야지.

흘러흘러 살다보면,
그렇게 널 기다리다 보면

넌
다시 올 테니까.

좋죠? 자신이 겪은 일을 아무런 꾸밈없이 말하고 있습니다. 이별을 받아들이는 사람의 경건한 마음과 희망까지도 느껴지는 시입니다. 이미지라고는 '구멍'이라는 것 하나밖에 없습니다. 그런데도 아쉬워하는 마음이 그대로 와 닿습니다. 정말 옆 사람에게 속삭이듯이 말하는 느낌입니다. 이런 식이라면 누구나 시를 쓸 수 있을 것입니다. 그렇습니다. 사람들이 어려워해서 그렇지 시는 결코 어려운 것이 아닙니다.

물론 이 시는 수업시간에 써보라고 해서 쓴 시인데, 공책에 적힌 시를 보니 정말 좋았습니다. 그래서 수업시간에 들어가서 이렇게 좋은 시가 있다고 칭찬하고 학생들 모두 듣게 한 번 큰 소리로 읽어보라고 했습니다. 역시 학생들의 반응도 좋았습니다. 그래서 제가 물었습니다.

"어떻게, 남자 친구하고 헤어졌냐?"

그랬더니 시은이가 눈을 똥그랗게 뜨며 아니라고 합니다. 그럼

이 감정은 뭐냐고 했더니 이 시의 '너'는 일요일이랍니다. 일요일이
돌아오기를 기다리면서 쓴 거랍니다. 그걸 저는 또 사람 간의 관계
로 오해하여 읽은 것이죠. 사람처럼 2인칭으로 너라고 했으니, 제가
깜빡 속을 밖에요. 하지만 이별은 언제 겪어도 익숙하지 않다는 투
의 말은, 이별의 감정을 겪은 자가 아니면 이해하기 힘든 것인데, 이
렇게 일요일을 염두에 두고서 천연덕스럽게 썼으니, 이 시를 읽고
저처럼 생각하지 않을 사람이 어디 있겠어요? 하여간에 여고생의
감수성은 이렇게 아름답답니다.

가끔

이나경 (충북예술고 2)

아주 가끔 넌 날 찾아와
슬프게 만들기도 하고
가슴 설레게 부끄럽게 만들기도 해.

이렇게 가끔 오는 널 그리면서
어쩔 때는 가끔 말고 매일이었으면 좋겠고
어느 순간은 매일 말고 항상이었으면 좋겠어.

찾아오지 말고 천천히 걸어와 주기도 하고
천천히 걸어오지 말고 더 빠르게 뛰어와 주길 바라.
그래도 난 너가 내 마음 말고 내 옆에 있었으면 좋겠어.

여기서도 특별한 기교를 엿볼 수 없습니다. 자신의 생각을 차분하게 얘기했을 뿐입니다. 사랑하는 사람과 항상 같이 있고 싶어 하는 감정을 있는 그대로 쓴 것입니다. 2연에서는 가끔보다는 매일을, 매일보다는 항상을 말하면서 점차로 단계를 높여가는 점층법도 쓰고 있습니다. 3연에서는 속도를 점차 빠르게 하면서 마음이 아닌 현실의 내 옆에 있어달라는 부탁까지 합니다. 이런 걸 보면 사랑의 감정은 10대 때가 어른보다 더 성숙한 것이 아닌가 하는 생각도 듭니다. 그도 그럴 것이 이 나이에는 사랑에 계산이 개입하지 않기 때문입니다. 그래서 더 순수하고, 순수한 그 마음이 사람을 더욱 움직이는 것이죠.

설마 이것도 시은이처럼 일요일을 염두에 두고 쓴 것은 아니겠죠? 한 번 속으니 이것도 그런게 아닌가 하는 의심이 드네요. 자라보고 놀란 가슴 솥뚜껑보고 놀란다더니, 제가 그짝입니다.

시 쓰기

차예진 (충북예술고 2)

선생님이 시 쓰기 수업을 하신다.

공책을 펴고
펜을 들고

썼다
지웠다.

마음속에 싱숭생숭 기분을
머릿속에 뒤죽박죽 생각을

이 작은 종이에
어떻게 담으라는 거야!

　　이건 실제 상황입니다. 충북예술고에는 제가 야외 수업할 때 학생들을 데리고 가는 작은 동산이 있습니다. 거기는 교실 서너 개 크기인데 등나무가 자라서 햇볕을 가리고 가장자리에는 벤치가 죽 놓여 있어 앉아서 놀기에는 딱 좋습니다. 봄이 와서 벚꽃이 필 때나 가을이 와서 단풍이 절정을 이룰 때면 교실에 있기가 싱숭생숭합니다. 그러면 애들이 밖을 내다보면서 나가자고 떼를 쓰죠. 그러면 저는 빅딜을 제안합니다. 나가는 대신 시를 쓰는 겁니다. 그래서 공책과 연필을 하나씩 들고 그 예원동산으로 가는 겁니다. 그러면 굳이 시키지 않아도 아이들이 봄바람을 맞으며, 혹은 떨어지는 낙엽을 보며 다들 시인이 됩니다.

　　당연히 이들 중에는 시상이 잘 안 떠오르는 학생들도 많습니다. 그러면 제가 슬슬 돌아다니며 들여다봅니다. 정 안 써지면 안 써진다고 써보라고 합니다. 시를 쓰려고 하는데도 시가 안 써지는 상황 자체가 글감 아닌가요? 이런 식으로 충동질하고 다닙니다. 평소 선생님의 이런 버릇을 잘 아는 학생이 그것을 기화로 순발력을 발휘한 겁니다.

　　정말 그런 순간의 심정을 그대로 썼죠? 어디 하나 손볼 곳이 없는 훌륭한 시입니다. 얼마나 기발합니까? 시는 정말 이렇게 쓰는 겁니다. 이런 식의 시들이 꽤 많이 나옵니다.

시인 이주완

이주완(충북공고 2)

시인 이주완이 시를 쓰려고 고뇌를 한다.
"아 feel이 꽂혀야 되는데…"
시인 이주완은 feel을 찾을려고 별짓을 다 한다.

앞에 앉은 친구보고 욕을 한다.
"야 xxxxx!"
맞는다… 그래도 feel이 안 찾아왔다.

지나가던 친구보고 욕을 한다.
"야 xxxx!"
또 맞는다…

온갖 시련을 겪고 나온 시,
이 시다…

    재미있죠? 시를 쓰기 위한 느낌을 얻기 위해서 별 짓을 다 합니다. 뭐, 실제로 그럴 수도 있지만, 선생님이 시를 써오라고 하니까 이런 저런 고민을 겪고 시를 쓰기 위해서 별 짓을 다 해봤다는 얘기를 하려고 이 시를 썼겠지요. 이 시도 시를 쓰라는 상황을 글감 삼아서 쓴 시입니다.

꿈

박재진 (회인중 1)

나는 이 세계 모든 요리를 정복할 꺼다.
나는 이 세계 모든 요리책을 정복할 꺼다.
그게 꿈이다.

희승이는 이 세계 모든 여자를 정복할 꺼다.
그게 꿈이란다.

동의는 이 세계 모든 동물을 정복할 꺼다.
그게 꿈이란다.

승환이는 내가 요리사가 되면 내 밑에서 일한단다.
그게 꿈이란다.

윤인섭은 꿈이 DREAM이란다.
그게 꿈이란다.
머냐…. 이 자식!

이 시도 특별한 기교나 장치가 없습니다. 그냥 생각을 그대로 옮겨 썼을 뿐입니다. 그런데도 이렇게 재미있는 시가 되었습니다. 제가 국어수업 시간에 시 수업을 할 때 학생들이 쓴 시를 몇 편 골라서 유인물로 나눠주고 같이 읽곤 합니다. 이 시를 읽으면 아이들이 깔깔

웃습니다. 상황이 아주 재미있지요? 요즘 아이들의 다양하고 단순한 생각이 아주 잘 나타납니다. 때 묻지 않은 순수한 아이들의 생각이기 때문에 편안하게 와 닿습니다.

맨 끝의 내용은, 요즘으로 치면 아재개그에 해당합니다. 다른 사람들은 모두 무엇이 꿈이라고 얘기하는데, 네 꿈이 뭐냐는 물음에 민섭이는 드림이라고 말합니다. 짜식! 차라리 몽(夢)이라고 해라. 하하하.

한가위

김은빈 (충북예술고 1)

나는 명절을 좋아한다.
맛있는 것도 많이 있고 오랜만에 가족들 얼굴을 볼 수 있으니까.
하지만 우리 엄마는 명절만 오면 아빠한테 짜증을 낸다.

오랜만에 가족들이 한 자리에 모였다.
오순도순 모여 밥도 먹고 이야기도 나눈다.
하지만 우리 엄마는 참 힘들어 보인다.

나는 고모를 좋아한다.
하지만 우리 엄마는 고모가 얄밉단다.

왜인지 엄마가 되는 게 두려워진다.

이것도 특별한 표현 없이 자신의 생각을 말했지요? 훌륭한 작품이 되었습니다. '명절 증후군'이라는 말이 있듯이 부엌 일이 여자에게 집중된 우리나라의 특성상 남녀 불평등은 물론이고 맏며느리 혹사가 늘 문제입니다. 일이라는 게 무슨 일이든 벌여놓으면 그것을 떠맡는 사람이 있고 옆에서 도와주는 사람이 있기 마련입니다. 이런 구도가 결정되고 나면 일은 한 사람이 감당하게 되죠. 도와주는 사람은 어차피 자기 일이 아니니 건성으로 설렁설렁 하게 마련입니다. 그러면 일을 맡은 당사자는 오히려 안 도와주느니만 못한 도움에 짜증이 납니다. 그런 상황이 아주 잘 나타났습니다. 냉정한 관찰만으로도 한 사회의 문제점을 정확히 파악해냈습니다. 선입견이 없는 순수한 눈에 비친 것이 값진 것입니다. 이런 것을 겪으면서 사람 사이의 관계를 깨달아가는 것이죠.

그러고저러고 은빈이 고모는, 은빈이 엄마가 자기를 미워하는 줄 모를 텐데, 이를 어쩌죠? 하하하. 이건 시의 상황이니 너무 심각하게 받아들이지 마시기 바랍니다. 사람이 미운 게 아니라 우리 사회가 그런 구도를 만들어서 거기에 놓였기 때문에 생기는 일입니다. 미워하는 사람이나 미움 받힌 사람이나 모두 무죄입니다. 명절을 없앱시다. 하하하. 은빈이가 이 시를 쓴 것은 몇 년 전이니, 몇 년이 지난 지금 시점에서는 그런 갈등이 해소가 되었으리라 믿습니다.

좋은 날

이해림(충북공고 1)

날도 좋고 햇살도 좋고
기분도 좋고 좋은 날.

살랑살랑 부는 바람도 좋고
똑딱똑딱 시계 소리도 좋고
버스를 기달려도 좋고
잔소리를 들어도 좋고.

아무런 조건 없이 좋은 날

이런 날엔 이런 날엔
정말 어떡해야 되나?

　이유 없이 좋은 날이 있습니다. 이런 날이 많을수록 행복한 사람인데 살다보면 이런 날이 몇 날 되지 않죠. 이런 날은 언제일까요? 소풍 가기 전날 밤? 내가 좋아하는 사람을 만나려고 기다리는 순간? 이런 날도 좋지만, 정말 아무런 이유 없이 기분 좋은 날도 있습니다. 그런 날이 있다는 것을 이렇게 자각하는 것도 쉽지 않은 일이고, 그런 날이 있다고 이렇게 시를 쓰는 일은 더욱 힘든 일입니다. 쓰는 사람도 기분이 좋았겠지만, 읽는 사람도 기분이 좋아지는 시입니다.

경기민요

이가현 (충북예술고 1)

엄청 애매한 것 투성이.
배에 힘을 둬서 머리로 뽑아내야 돼!
어떻게 하는 걸까?

그냥 어렵다.

자, 160쪽 병신난봉가 펴봐.
나도 모르게 흠칫 놀라는 거 뭘까?
그냥 애매하다.
에헤~에헤~이렇게 꺾어야지!
에헤~~에헤~ 뭐가 다른 걸까?
그냥 모르겠다.

나도 모르겠다.
엄청 애매한 것 투성이
경기민요
그냥 미치겠다.

　　가현이는 경기민요를 전공한 학생입니다. 매일 연습실에서 선
생님의 지도를 받으며 연습하죠. 뜻대로 잘 안 되는 것을 시로 썼습
니다. 소리 공부할 때 감정이 잘 전달되도록 기교 넣는 것을 구성이
라고 합니다. '구성지다'고 할 때의 그 구성입니다. 구성이 처음부터
잘 될 리 없습니다. 민요 가락이야 보통 사람들도 잘 따라할 수 있지
만, 가락을 타고 넘어가는 고비마다 발성의 변화를 주는 것은 여간
어려운 것이 아닙니다. 그래서 선생님이 이렇게 하라고 지도하지만,
그걸 그대로 따라 하기는 쉽지 않습니다. 그게 잘 안 되는 심사를 아
주 잘 표현했습니다.

수 업

홍현택(충북공고 1)

수업 시간에는 과연
무엇을 하는 걸까?
수업 시간인데 어째서
아이들은 잠을 자는 걸까?
수업 시간인데 선생님은
자는 아이를 안 깨우시는 걸까?

수업 시간인데 어째서
수업 듣는 사람은
나뿐인 걸까?

수업 시간인데 선생님은
다른 얘기를 하실까?

이러다 내가
1등하는 게 아닐까?

제가 30여년 교단에 서서 학생들을 가르쳤지만, 수업을 하면 아이들이 지루해하고 힘들어하는 것은 참 이상한 일입니다. 수업 내용이 아니라 딴 얘기를 하면 다들 좋아합니다. 그러니 수업이란 전하고자 하는 내용과 헛소리를 적당히 섞어야 잘 운영되는 그런 것입니다. 학생 측에서 보면 어떨까요? 그에 대한 답이 바로 이 학생의 시입니다. 아이들이 다 자거나 딴짓을 하는데, 자기만 듣고 있으니까, 이러다가 1등을 할 수도 있을 것 같다는 생각까지 듭니다. 참 순진하고 솔직해서 웃음이 나오는 장면입니다. 과연 이 학생이 1등을 했을까요?

앞서 알아본 3원소 중 2가지 방법, 그러니까 빗대기와 그리기는 시를 쓰는 방법이 또렷이 드러납니다. 그러나 지금 우리가 알아본 말하기의 방법은 특별한 기법이나 방법이 없습니다. 느끼고 생각하는 것을 그대로 직접 말하는 것입니다. 그러다 보니 굳이 방법을 강조하지 않아도 저절로 드러나는 특징이 있습니다. 바로 말투입니다. 1원소와 2원소의 표현법과 달리 말하기에서는 말하는 이의 말투가 먼저 느껴집니다.

말투는 한자말로 어조라고 하고 영어로 톤(tone)이라고도 하는데, 말하는 사람이 말을 할 때 드러내는 특색을 말합니다. 우리말의 '말투'가 있는데, 자꾸 한자말을 쓰고 영어를 쓰는 이유를 잘 모르겠습니다. 용어의 한글화가 이루어져야 한다고 생각합니다. 어쨌거나 말투는 시의 분위기를 결정하는 중요한 요소입니다. 그런데 앞의 2가지 방법에서는 표현 방법이 뚜렷이 드러나기 때문에 그 표현법 뒤로 숨어버립니다. 지금 다루는 말하기에서 또렷이 드러나게 됩니다.

눈치 있으면…

김정인(충북공고 1)

내 앞으로 지나가지 마.
아는 척 좀 하지 마.

제발 그만 말 걸어.

좀 꺼져 버려.
눈치 있으면…

문자 좀 보내지 마.
걱정 좀 하지 마.
니 몸이나 걱정해.

사라져버려.
눈치 있으면…

널 좋아한다고
널 사랑한다고
여태 한 말 거짓이야.

아무 말 없이 안아줘.
눈치 있으면…

이 시를 잘 보시기 바랍니다. 말투가 느껴지죠? 톡 쏘는 말투입
니다. 무언가 상대에게 불만이 있는 말투죠. 그래서 '꺼져버려' 같은
험한 말도 함부로 합니다. 그런데 읽는 사람은 그럴 수 있다고 생각
합니다. 그것인 이 시의 상황을 이해했기 때문입니다. 자신의 사랑하
는 마음을 못 알아주는 상대에게 하는 말이니 그럴 수 있다고 이해

해주는 것입니다. 이와 같이 말투가 말하기의 방법에서는 또렷이 느껴집니다. 그래서 말하기의 방법으로 쓰는 시에서는 말투가 중요합니다.

눈치 없는 사람과 뭘 한다는 것이 참 피곤한 일입니다. 그렇지만 자기감정에 휩싸인 사람은 남의 눈치를 잘 못 보죠. 그런 멍충이를 좋아하는 여자의 마음은 답답합니다. 이 시를 보면 요즘 청소년의 사랑이 어른들만 못지않다는 것을 알 수 있습니다. 요즘 아이들은 과감합니다. 좋고 나쁨이 분명합니다. 좋으면 좋다고 말하고, 싫으면 싫다고 분명히 말합니다. 이 시의 분위기를 보면 남학생도 이 시인을 좋아하는 듯합니다. 자꾸 추근덕거리는 것이 눈에 보이죠? 그런 관심을 싫다고 하면서도 좋아하는 마음을 어쩌지 못합니다. 밀고 당기는 과정이 사랑의 과정인데, 이런 밀당의 심리가 아주 잘 드러난 시입니다.

자, 여기서 '꺼져버려'라고 하는 말을 듣고 이 시의 대상이 남자 친구가 실제로 떠났다고 합시다. 그러면 어떻게 될까요? 여기서 꺼져버리라는 말은 정말 꺼져버리라는 뜻일까요? 아니죠. 오히려 그 반대의 뜻을 지닙니다. 나를 좀 더 사랑해달라는 뜻입니다. 끝에 '아무 말 없이 안아줘'라는 표현을 보면 이는 분명해지죠. 그런데 꺼지라니요? 그러니까 이 꺼지라는 말은 거꾸로 표현한 것임을 알 수 있습니다. 이런 것을 뭐라고 할까요? 국어시간에 배우지 않았나요?

그렇습니다. 반어입니다. 아이러니라고 하죠. 실제로 하고자 하는 말과 정 반대로 말하는 것입니다. 이 반어도 말투에서 나오는 것입니다. 반어는 자신의 생각과 반대로 표현하는 방식을 말합니다. 그

런데 겉으로 봐서는 그게 진짜 그것인지 알 수 없습니다. 예컨대,

"너, 잘 났다."

라고 말하는 말만 봐서는 실제로 뜻을 알 수 없다는 얘기입니다. 이 말뜻은 이 말이 나온 상황을 참고해야 알 수 있습니다. 실수를 한 사람에게 이 말을 하면 욕하는 것이죠. 상 받고 의기양양한 사람에게 이 말을 하면 칭찬이 될 것입니다. 이와 같이 어떤 말은 그 말이 말해진 상황을 감안해야 정확한 뜻이 생깁니다. 이런 점에서 거꾸로 뜻이 작용하게 쓰는 것을 반어라고 합니다.

이 반어와 비슷한 것 중에 역설이라는 게 있습니다. 학생들이 국어시험을 볼 때 자주 실수하는 것이 바로 반어와 역설의 구별입니다. 다음 시를 한 편 보겠습니다.

오빠의 추석

김민주(충북예술고 1)

"민주야, 윷놀이 하자."
30살 첫째 오빠가 나에게 말했다.
오빠의 손 안에 들려있는 건
도 개 걸 윷 모 나무 조각 아닌
유행 지난 갤럭시 노트 원
삐리삐뽕 게임소리가 흘러나온다.

"빽도!"
30살 첫째 오빠가 나에게 칭얼댄다.
팀전을 하자며 노래를 부른다.

30살 먹은 남동생이 나에게 칭얼댄다.
철 좀 들어… 이 남자야!

　　읽는 순간 웃음이 절로 나오는 시입니다. 이런 상황이 충분히 있을 수 있죠. 가족끼리 친할 때 이런 일들이 가끔 생깁니다. 그런데 표현이 중요합니다. 오빠가 칭얼댄다고 했습니다. 나이는 많지만 아이처럼 굴기 때문에 이렇게 표현한 것이겠지요. 이 시에도 특별한 수사법이나 표현법이 없습니다. 그냥 있는 그대로 썼을 뿐입니다. 자신이 겪은 상황을 그대로 말한 것입니다. 그런데 아주 재미 있는 시가 되었습니다. 이와 같이 어떤 상황이 잘 정리만 되면 그것이 그대로 시가 된다는 것을 아주 잘 보여주는 시입니다. 말하기의 방법이 적용된 시죠.

　　그런데 여기서 오빠의 처지를 잘 보시기 바랍니다. 나한테 오빠이고 30살이나 먹었습니다. 그런데 30살 먹은 남동생이라고 표현했습니다. 30살은 오빠의 조건인데, 그것을 동생이란 말에다가 붙여놓았습니다. 이런 표현을 형용모순이라고 하죠. 이렇게 형용모순이 되도록 해놓은 것을 역설이라고 합니다. 반어하고 다르죠. 예컨대 이런 것이 역설입니다.

작은 거인
눈뜬장님
아름다운 죄
죽어야 사는 싸움

반면에 반어는 이런 형용모순이 나타나지 않습니다. 말해진 상황을 보고서야 판단할 수 있습니다.

그래, 너 잘 났다.
그래, 니 똥 굵다.

이런 식들의 반응이죠. 그 말을 하는 사람의 반응을 보면 그 말의 참뜻을 알 수 있습니다. 상황 없이 말만 봐서는 정확한 뜻을 알 수 없는 것이 반어입니다. 89세에 돌아가신 우리 할머니는, 변변찮은 물건을 보면 꼭 이렇게 말씀하셨습니다.

"으이구, 복스럽기도 하다!"

여기서 복스럽다는 것은 겉으로 보면 복 받을 것처럼 그럴듯하게 생겼다는 뜻이지만, 실제로는 잘 못 만든 물건을 타박하는 말입니다. 옛 사람들은 이렇게 나쁜 것을 좋은 말로 표현하곤 했습니다. 나쁜 것을 나쁜 말로 더욱 확정짓지 않으려는 심리에서 나온 것입니다. 쟁기로 밭을 갈다가 소가 말을 잘 안 듣고 엉뚱한 곳으로 가면 농사꾼들은 이렇게 욕을 합니다.

"에잇, 복 받을 놈의 소 같으니!"

이 경우도 우리가 보기에는 욕 같지 않은데 옛 어른들은 나쁜 상황을 좋은 말로 표현한 것입니다. 나쁜 것을 나쁘게 말하는 것은 요즘 사람들의 행태입니다. 세상이 그 만큼 각박해졌다는 뜻이겠지요.

lo

이경민 (충북예술고 2)

lo초 뒤에 나는 데이터를 다 쓸 것이다.
lo분 뒤에 나는 자고 있을 것이다.
lo년 뒤에 나는 일에 치여 살겠지.

lo
빠르고도 짧은 시간 동안
다들 뭘 하고 있을까?

옆 짝꿍 하은이는 결혼하고 있을 거란다
니가? ㅋ

이것도 수업시간에 쓰라고 하여 억지로 쓴 작품입니다. 어거지로 쓰려고 하다 보니 장난처럼 10이란 숫자가 떠오른 것이고 그 숫자를 시간 단위로 옮겨놓으면서 재미있는 발상을 한 것입니다. 마무리에서는 저절로 웃음이 나지요? 이런 재치 있는 설정은 상상력에 순발력을 곁들여야 하는 것입니다.

이 시의 끝에 있는 'ㅋ'는 역설일까요? 반어일까요? 이 시의 지은이인 경민이가 보기에 짝꿍 하은이는 10년 뒤에 결혼할 가능성이 없습니다. 그래서 '니가?'하고 묻는 것이죠. 크흐흐 하고 웃은 것은 하은이의 말과 반대의 생각이기 때문에 그런 것입니다. 겉으로 아니라고 말하고 있지는 않지만, 실제 내용을 보면 그 반대쪽의 생각을 하고 있음을 알 수 있습니다. 이처럼 시는 어떤 분위기에서 말해지느냐가 중요합니다. 말투가 그만큼 중요합니다. 말투를 하나만 더 보겠습니다.

생겨요

임종민 (충북공고 2)

얼굴에 뾰루지가
잘 생겨요.

얼굴에 개기름이
잘 생겨요.

한가한 시간은
잘 생겨요.

그래도
여자 친구는 안 생겨요.

날씨가 맑아요.
그래도 안 생겨요.

날씨가 흐려요
그래도 안 생겨요.

안 생긴다고요!

여자 친구 사귀고픈 마음을 표현했습니다. 뾰루지나 개기름은 잘 생기는데, 여자 친구는 잘 안 생긴다는 말에 저절로 웃음이 나옵니다. 잘 생기는 것과 안 생기는 것의 대비를 이용하여 사춘기 심리를 아주 잘 그려냈습니다. 그냥 말만 하는데 시가 되었습니다. 이런 게 바로 시입니다.

이 시의 상황을 보면 역설일까요? 반어일까요? 역설이 맞습니다. '엉뚱한 것은 잘 생기지만, 여자 친구는 안 생긴다.'는 것이 이 시의 상황입니다. 그러니 역설이지요. 역설이냐 아니냐 하는 게 중요한 것이 아니라, 이 시에서 느껴지는 말투입니다. 자꾸 묻는 사람에 대해 짜증스럽다는 것이 화내는 것이 전체의 느낌을 재미있고 우습게 만듭니다. 이런 말투는 시에서 생명입니다. 시를 맛있게 만드는 말투죠. 말하기로 쓰는 시에서는 말투가 이토록 중요합니다.

시에서 이미지나 비유가 또렷이 드러나지 않으면 그 밖의 요소가 시의 전면으로 떠오른다고 했고, 그런 요소 중에서 가장 중요한 것이 말투(톤, 어조)라고 했습니다. 바로 앞에서 알아본 역설, 반어 같은 방법들이 모두 이 말투에서 비롯된 수단이라고 했습니다. 말투에 큰 변화를 주고 영향을 끼치는 것 중에 하나가 운율입니다.

운율은 한자어이고, 우리말로는 가락이라고 합니다. 영어권에서는 리듬이라고 말합니다. 이런 말들이 공통으로 나타내고자 하는 특성은 반복성입니다. 즉 똑같이 되풀이되는 것들을 나타내려고 만든 말들입니다.

보통 운율이라고 하면 사람들은 음운으로 알아듣는 경우가 많습니다. 소리의 개념으로만 생각한다는 것이죠. 음운의 음과 운은 모두 중국어의 특징을 나타내는 말입니다. 즉 음은 우리말로 치면 자음이 내는 소리에 해당하는 것이고, 운은 모음과 받침이 내는 소리에 해당하는 것입니다. 물론 정확히 맞아떨어지는 것은 아니지만 대체로 이렇게 보면 됩니다. 그래서 한시를 쓸 때도 '정'으로 운을 맞추라고 하면 '영, 정, 성'이 모두 해당합니다. 발음을 해보면 끝의 울림이 비슷하게 나죠.

그렇지만 시에서 말하는 운율이나 율격은 소리와 연관이 있지만, 반복성이 더 중요합니다. 비슷한 특징이 반복되면 사람의 귀에는 아주 낯익게 들립니다. 바로 그런 특징을 나타낸 것입니다.

그런데 이 율격은 우리 시에서는 참 어려운 부분입니다. 영어나 유럽 여러 나라의 언어는 발음할 때 높낮이가 있는 악센트 언어입니다. 그래서 정확하게 읽으면 듣는 사람의 귀에는 마치 음악처럼 들립니다. 바로 이 특징을 잘 살려서 시를 씁니다. 중국어도 마찬가지입니다. 중국어에는 4성이 있어서 소리를 넷으로 나누어 각기 적절한 강조점을 두어서 읽고 말합니다. 그러니 우리 귀에는 유럽이나 중국 사람들의 말소리가 무슨 노랫소리처럼 들리죠. 높낮이라든가 길이 때문에 그렇습니다.

반면에 우리말에는 높낮이가 거의 없습니다. 훈민정음을 만들던 세종 때(15세기)만 해도 높낮이가 어느 정도 남아 있었습니다. 그래서 4성(평성, 상성, 거성, 입성)을 나타낼 수 있도록 글씨 옆에 점을 찍었습니다. 이것을 방점이라고 하죠. 옆에 찍는 점이라는 말입니다. 옆 방(傍)짜거든요. 그렇지만 임진왜란을 겪으면서 그 후의 한글 기록에는 이 방점이 모두 사라집니다. 특별히 표시를 해야 할 만큼

음의 높낮이가 중요하지 않게 되었다는 뜻입니다. 지금은 사투리가 아니라면 소리의 높낮이를 대화에서 뚜렷이 느끼기 어렵습니다. 경상도 사투리에서는 아직도 4성의 흔적이 아주 많이 남아있습니다.

그렇지만 시는 눈으로 읽는 것이기도 하지만, 소리로 읽는 것이기도 합니다. 그래서 운율을 잘 이용하면 읽는 사람에게 아주 감칠맛 나게 다가오기도 합니다. 그래서 좋은 시들은 나름대로 그 시만의 운율이 살아있어서 입에 착착 달라붙습니다.

우리말이 소리의 높낮이나 길이에 큰 특징을 드러내지 않기 때문에 우리 시에서도 운율의 특징은 잘 안 드러납니다. 그런 중에도 시에 운율을 아주 잘 살린 시인이 있습니다. 김소월이 그런 시인입니다. 우리나라 현대시의 초기에는 시인들이 대부분 운율을 살리려고 애썼습니다. 그런 중에서도 김소월은 정말 탁월한 시인입니다. 그의 시에는 운율이 정말 잘 살아있습니다. 앞서 살펴본 시 〈진달래꽃〉을 한 번 다시 볼까요? 이번에는 운율의 차원에서 보겠습니다.

진달래꽃

나 보기가 역겨워 / 가실 때에는
말없이 고이 보내드리우리다.

영변(寧邊)에 약산(藥山) / 진달래꽃
아름 따다 가실 길에 뿌리우리다.

가시는 걸음 걸음 / 놓인 그 꽃을

사뿐히 즈려밟고 가시옵소서.

나 보기가 역겨워 / 가실 때에는
죽어도 아니 눈물 흘리우리다.

행 배치를 제가 다시 했습니다. 그러니까 가락의 규칙성이 더 잘 드러나죠? 각 행마다 대체로 글자 수가 '3-4-5' 형태의 반복을 나타냅니다. 율격은 소리도 있지만 더 중요한 건 반복성이라고 했습니다. 비슷한 글자 수가 되풀이되고, 1연과 4연은 거의 같은 문장입니다. 문장도 되풀이된다는 느낌이 들죠. 이런 되풀이를 당하면 읽는 사람은 거기에 저절로 익숙해집니다. 대중가요의 가사도 거의 이런 반복효과를 이용합니다.

우리가 배우는 운율은 영어로 리듬이라고 하는데, 이것은 꼭 문장이나 음률의 반복에만 국한되는 이야기는 아닙니다. 비슷한 모양이 반복되는 것을 모두 리듬이라고 하는데, 비슷한 모양의 연이나 행이 반복되는 것도 리듬이라고 봅니다. 리듬은 사람에게 은연중 익숙해지게 하는 모든 것을 가리키는 것입니다. 그래서 연마다 똑같은 구조가 반복되면 그것도 리듬으로 봅니다.

후에…

이소린(회인중 1)

곁에 다가가는 건 쉽습니다.
하지만 다가가서 해야 될 일이 어려운 거죠.

인사하는 건 쉽습니다.
하지만 그 뒤에 해야 될 말이 어려운 거죠.
선물을 준비하는 건 쉽습니다.
그 선물을 보내는 게 어려운 거죠.
편지를 쓰는 건 쉽습니다.
그 편지를 보내는 게 어려운 거죠.

헤어지는 건 쉽습니다.
헤어진 뒤, 마음을 감당하는 게 어려운 거죠.
잊겠다는 다짐은 쉽습니다.
다짐처럼 잊는 게 어려운 거죠.

어렵지 않게 리듬을 발견할 수 있죠. 쉽다는 것을 제시해놓고, 그 뒤에 이어 어려운 것을 말해주는 방식입니다. 같은 구조가 반복되면 읽는 사람은 자신도 모르게 그 다음의 답을 기대합니다. 그 기대에 부응하면 동감을 표하며 감동하는 것이고, 그 기대에 못 미치면 시큰둥한 반응을 보이는 것입니다.

이 작품의 경우 여섯 번 반복되는데 모두 새롭습니다. 마음이 그만큼 다양하게 감성을 지니고 있다는 증거입니다. 그럴 수밖에 없죠. 이 시를 쓴 시인은 사랑을 하는 중이거든요. 그러니까, 이렇게 다양한 감정을 품게 되는 것입니다. 중1학년인데, 놀랍죠? 사랑이 가장 강한 느낌으로 올 때죠. 사춘기의 시작. 봄에 느끼는 그 신선한 색깔 같은 것. 우리의 삶에서 단 한 번 찾아오는 그 경이로운 때. 그런 때 시가 나옵니다.

Poet 詩

수많은 시에서 쓰는 창작의

PART 03

변형과 종합

시

뒤섞기 - 변형과 종합의 시학

지금까지 우리는 시 창작의 가장 중요한 비밀을 탐색해왔습니다. 그 결과 그 수많은 시에서 쓰는 창작의 방법을 3가지로 압축할 수 있다는 사실을 발견했고, 거기에다가 빛의 3요소를 원용하여 시의 3원소라고 이름 붙였습니다. 정리해보면 다음과 같습니다.

빗대기 - 동일시의 시학 : 〔1형〕

그리기 - 이미지의 시학 : 〔2형〕

말하기 - 이야기의 시학 : 〔3형〕

그렇지만 앞에서 한 번 살펴보았지만, 이 3가지 방법은 하나씩만 나타나는 것이 아닙니다. 즉 이 원리가 2가지 혹은 3가지가 결합하여 나타나는 시의 형태도 있습니다. 그러면 그런 시들에 대해서는 어떻게 말해야 할까요? 결국 2가지 방법 이상의 방법을 섞어서 쓴 시를 말합니다. 그러니 우리말로 창작 방법이 뒤섞였다고 해서 '뒤섞기'라고 표현하면 될 듯합니다. 뭔가 허전하다고요? 하하하. 이른바 학문의 옷을 입히려면 그럴싸한 용어가 필요하겠지요. 그래서 이렇게 붙였습니다. 변형과 종합의 시학. 그러면 지금까지 나온 앞의 3가지 방법과 함께 정리하면 이렇게 되겠네요.

빗대기 - 동일시의 시학 : [1형]

그리기 - 이미지의 시학 : [2형]

말하기 - 이야기의 시학 : [3형]

뒤섞기 - 변형과 종합의 시학

그러면 이제부터 뒤섞기의 방법에 대해 알아보겠습니다. 3가지 원소가 뒤섞이는 경우의 수에 대해서는 앞서 알아보았습니다. 우선 2가지가 섞이는 경우의 수는 다음과 같이 6가지입니다.

1+2

1+3

2+1

2+3

3+1

3+2

3가지 방법이 한 시에 동시에 나타나는 경우도 있겠지요. 그 경우의 수는 다음과 같습니다. 이것도 6가지이네요.

1+2+3

1 + 3 + 2

2 + 1 + 3

2 + 3 + 1

3 + 1 + 2

3 + 2 + 1

그러니까 우리가 앞으로 알아볼 것은 모두 12가지의 경우에 나타나는 시들의 양상입니다. 순서대로 알아보겠습니다.

2가지가 섞인 경우

❶ _ [1 + 2] 형

이것은 빗대기의 방법이 주를 이루는 가운데 그리기의 방법이 약간 섞여있는 경우입니다. 당연히 빗대기의 방법이 시상의 가장 중요한 요소가 되는 방법입니다.

내 악기

오정화(충북예술고 1)

내 몸에 악기가 있다.
내 목에 악기가 있다.
그 어떤 악기보다 값비싼 악기.

내 악기는 어디서도 살 수 없다.
내 악기는 하늘이 만들어준 거다.
그 어떤 악기보다 위대하다.

내 악기는 나의 기분에 따라 소리가 변한다.

기분이 좋을 땐 높은 음

기분이 나쁠 땐 낮은 음

그 어떤 악기보다 까다롭다.

내 악기는 세상에서 최고다.

내 악기는 세상에서 위대하다.

내 악기는 세상에서 가장 빛난다.

모든 음악은 악기로 하는데 목소리로 하는 음악도 있습니다. 그럴 때 악기는 목청이죠. 이 친구는 예술고에서 국악을 전공한 학생입니다. 국악 중에서도 판소리를 하는 친구죠. 얼굴도 예쁘장한데다가 소리까지 잘해서 인기가 좋은 것은 물론 앞으로 국악계에서 큰 재목으로 자랄 학생입니다. 국어 수업시간에 시를 쓰라고 했더니 한 5분만에 이렇게 써왔습니다.

창작의 비밀은 내 목청을 악기로 보았다는 것입니다. 내 목청의 모습을 자연스럽게 악기에 빗대어 표현했습니다. 그런데 잘 보시기 바랍니다. 그것을 드러내는 방법이 묘사의 방법입니다. 말하기보다는 있는 그대로 보여주려는 태도를 보입니다. 그래서 그리기의 방법이 섞였다고 보는 것입니다. 발상은 빗대기의 그것인데, 그리기의 방법으로 그 발상을 정리해나간 것입니다. 그래서 2가지 방법이 뒤섞였다고 보는 것입니다.

밤나무

오승민(충북공고 1)

나무위에 붙어 있는 성게들
그건 밤송이들이다.

다람쥐가 간지럽히자
밤송이가 주둥이를 쩍 벌리고
웃어댄다.

밤송이들은 웃겨 준 보답으로
다람쥐에게 밤을 떨구어 준다.

다람쥐는 양쪽볼 한가득
행복을 담아 돌아간다.

　　밤나무가 의인화 되었습니다. 밤송이가 아람 부는 모습을 주둥이를 벌린다고 표현했습니다. 그리고 밤송이를 성게로 표현했습니다. 의인화가 사람에 빗댄 것인 데다가 부분에서도 비유가 나타납니다. 따라서 빗대기의 방법이 적용된 시라고 볼 수 있습니다. 그런데 그것을 묘사의 방법으로 독자에게 전달하고 있습니다. 그래서 빗대기의 방법에 묘사인 그리기의 방법이 추가되었다고 판단한 것입니다.

숙 제

박가연 (충북예술고 1)

내가 해결해야 할 숙제는 너무 많다.

초등학교 때 받아쓰기 숙제,
열심이 안 하면 손바닥 5대.

중학교 때 여름방학 과제,
열심히 안 하면 수행평가 점수 감점.

고등학교 때 대학 입시,
열심히 안 하면….

날이 갈수록 숙제의 무게와 짐은 많아지고
나는 숙제 속에 갇혀 산다.

내가 해결해야 할 숙제는 너무 많다.

숙제를 생각하면 앞이 아득합니다. 해도 해도 끝이 나지 않는 게 숙제죠. 그 만큼 배워야 할 것이 많은 것인데 문제는 학년이 올라가도 이게 끝나지 않는다는 것이죠. 오히려 점점 난이도가 높아지고 더 힘들어집니다. 제가 고등학교 3학년 교실에 들어가서 농담처럼 하는 말이 있습니다.

"야! 교실 공기가 코끼리처럼 무겁다."

"세상에서 가장 무거운 게 자기 머리야."

3학년 교실에 들어가면 묵직합니다. 분위기 때문일 것입니다. 그 무거운 분위기를 코끼리에 빗댄 것입니다. 그 무거운 분위기를 못 이겨서 학생들은 줍니다. 마침내 책상에 머리를 내려놓고 잠자죠. 머리가 얼마나 무거우면 그것을 책상에 내려놓겠어요? 참 안타깝습니다. 공부가 인생의 전부가 된 고등학교 교실의 현실!

이 시 속의 화자는 숙제에 갇혀 산다고 했는데, 이게 고등학교로 끝나지 않는다는 게 비극이죠. 인생이 바로 수많은 숙제를 푸는 과정입니다. 어른이 돼도 풀어야 할 숙제는 계속 나타납니다. 이 학생은 학교생활을 통해 그것을 알게 된 것입니다. 그러니 이 숙제가 단순히 학교 숙제만을 말하는 데 그치지 않는다는 것은 쉽게 유추할 수 있는 일입니다. 인생의 숙제도 아울러 떠올리게 되죠. 이런 방식으로 쓰는 것을 상징이라고 했죠?

상징은 빗대기의 한 방법입니다. 그러므로 이 시는 빗대기의 방법으로 쓴 것입니다. 그런데 그것을 풀어나가는 말투를 보면 마치 그림을 그리듯이 냉정하게 묘사합니다. 그래서 빗대기의 방법에 그리기의 방법이 추가된 형태로 보는 것입니다.

그림자

신유진(충북예술고 2)

어두운 방을 혼자 걷다보면
너는 조용히 나와 함께 이 길을 걷고 있다.

가로등 불빛에 뚜렷이
나의 뒤에서 나와 함께 길을 가는 너.

어느 샌가 희미해져 가버렸다 느낄 때,
나의 뒤로 돌아와 있는 너에게

나 또한 누군가에게 이런 사람일까?
내 자신을 생각하게 하는 너를 보며,

난 묵묵히
묵묵하게 너와 함께 이 길을 걷는다.

    밤늦게 가로등이 켜진 길을 가본 사람이면 이 시의 상황을 쉽게 이해할 것입니다. 가로등을 등지고 가면 그림자가 내 앞으로 길게 앞서가죠. 그렇지만 가로등이 앞에 있을 때는 그림자가 나의 뒤에서 따라오기 때문에 의식하지 못합니다. 그렇지만 언제나 나와 함께 갑니다. 밤길뿐일까요? 낮에도 마찬가지죠. 해가 나면 나와 늘 함께 걷는 존재가 그림자입니다. 이 경우 그림자는 내 삶의 동반자로 인식됩니다. 그러니 그림자가 나에게 그러하듯이 나 또한 누군가에게 그럴 수 있을 것인가? 하고 스스로 묻게 됩니다. 그러니, 이 또한 비유이면서 상징이죠. 당연히 빗대기의 방법입니다. 여기에 시상을 풀어가는 화자의 말투가 묘사에 해당하기 때문에 그리기의 방법이 추가된 것으로 생각한 것입니다.

사과나무

박성규(충북공고 1)

허허들판 한가운데 있는
사과나무.
사막 위의 오아시스처럼 빛이 나는
사과나무.

빨간 사과가 대롱대롱
사과 안의 애벌레가 대롱대롱

나뭇잎은 초록색
사과는 빨간색
애벌레는 노란색

사과나무는 신호등.

　　삭막한 도시 한 가운데서 사과나무를 본다는 것은 큰 즐거움입니다. 사과나무가 없는데도 사과나무를 보는 것은 상상력이 선물하는 큰 즐거움이죠. 날마다 마주치는 신호등이 무언가를 닮았다고 생각하는 사람이 있습니다. 이 학생이 그렇게 생각합니다. 그 중에서도 사과나무를 닮았다고 여기는 중입니다. 사과 안에 애벌레가 있다는 것도 참 재미있는 발상입니다. 그러니 나뭇잎과 사과와 애벌레의 색깔이 저절로 결정된 것이고, 이런 구도에 따라 사과나무와 신호등의

닮은 점을 서로 연결시킨 것입니다. 단순히 비유만 해놓았을 뿐인데도 읽는 우리는 큰 즐거움을 얻습니다. 이것이 시의 힘입니다. 상상력만으로도 큰 즐거움을 얻고 위안을 얻습니다. 사과나무가 신호등이어서 어떻다고 더 말하지 않아도 이것만으로도 즐겁습니다.

　　신호등을 사과나무에 빗대어 표현한 시이므로 빗대기의 방법이 주를 이룹니다. 그런데 1연과 2연을 보면 단순히 풍경묘사입니다. 3연과 4연으로 가면서 앞서 묘사한 것이 왜 그런 것인가 하는 이유가 분명해집니다. 비유를 좀 더 실감나게 하려고 앞서서 묘사를 한 것입니다. 그래서 빗대기의 원리에 그리기의 방법이 추가되었다고 보는 것입니다.

종 이

이채린(충북예술고 3)

얇디얇고 하얀 화선지 같은 마음에
까맣고 어두운 먹이 떨어지면
눈 깜빡한 사이에
어느새 스며들어
종이의 일부분이 되어버린다.
시간이 지나
예쁘고 화려한 물감들로 종이를 채우다가
나도 모르게 까맣고 어두운 부분을 보게 되면
그 깊은 어둠에 빠져들어
한 동안은 헤어 나오지 못한다.
하지만 그 깊은 어두움에는

화려하고 예쁜 물감들과는 다른
배울 점과 두려움과 추억이 있기에
나의 넓지만 좁은 종이에는
예쁜 물감과 깊고 까만 먹이 조화를 이루어
아름다운 그림 남기고 떠날 수 있기를.

이 학생은 미술을 전공으로 한 학생입니다. 늘 그림을 그리죠. 이 시도 그런 그림 생활에서 저절로 나온 시입니다. 그림 그릴 때 가장 안타까운 것은 먹물을 떨어뜨릴 때입니다. 애써 그린 그림이 물거품이 되죠. 삶에도 그런 것들이 있죠. 그렇지만 그런 어두운 것에서도 삶은 배울 것이 있습니다. 그것을 검은 물감 때문에 그림을 버렸던 체험에서 얻어낸 것입니다. 그러니 비유와 상징이라고 할 수 있습니다. 빗대기의 방법입니다. 화자의 말하는 태도를 살펴보면 말하기의 방법을 쓰는 듯하지만, 태도를 보면 냉정하게 바라보고 묘사하는 쪽입니다. 그래서 빗대기의 방법에 그리기의 방법이 섞였다고 보는 것입니다.

❷ _ [1 + 3] 형

[1+3]형은 [1]의 빗대기 방법과 [2]의 말하기 방법이 결합된 모습입니다. 이런 시들은 많습니다. 비유의 방법인데, 그것을 말하기의 방법으로 풀어쓴 경우를 말합니다. 거두절미하고 한 편 보죠.

리 본

박예원(충북예술고 1)

신발 끈을 묶는 것은 쉬운데
왜 교복리본을 묶는 것은 어려울까.
너무 긴가?
너무 얇나?
뜻과 다르게 올라갈 때도 있고
양쪽 끝 서로 길이가 달라질 때도 있지만
친구와의 사이를 가깝게 해주는
우정의 끈.
서로 리본을 풀어서 장난칠 때도 있지만
또 다시 묶어주는 친구들.

    학교마다 다르기는 하지만 여학생들의 경우 교복에는 리본으로
목을 묶는 경우가 많습니다. 남학생들은 주로 간편 넥타이로 하죠.
리본으로 넥타이를 대신하면 좌우 끈의 길이를 맞추는 게 보통 성가
신 게 아닙니다. 이렇게 해보면 이쪽이 짧고 저렇게 해보면 저쪽이
짧죠. 몇 번 겪어보면 어디쯤을 어떻게 묶을 때 양쪽 끝이 비슷해진
다는 것을 알게 됩니다. 그렇게 조절할 수 있는 감각을 갖게 되죠.
    그런데 이런 감각이 리본을 묶는 데만 필요한 게 아니라는 것이
이 시의 결론입니다. 사람 사이의 관계에서도 그게 적용될 수 있다
는 것이죠. 너무 가까워도 안 되고 너무 멀어도 안 되는 아주 적당한
거리가 있습니다. 그 거리 역시 학교에서 다른 학생들과 부대끼면서

배우는 것입니다. 그래서 학교에서 학생의 신분으로 살 때는 실수를 많이 해봐야 합니다. 실수를 통해서 배우는 것이 가장 중요한 삶의 자산입니다. 실수를 두려워하면 안 됩니다. 나중에 어른이 되어 실수하면 큰 문제가 발생합니다.

이 시에서 말하는 것은 리본 묶는 것과 친구들 사이의 관계가 서로 닮았다는 것입니다. 빗대기의 방법임을 알 수 있습니다. 그런데 그것을 풀어가는 화자의 말투를 잘 살펴보십시오. 친한 친구에게 속삭이듯이 말하는 말투입니다. 그래서 빗대기에 말하기의 방법이 추가되었다고 보는 것입니다.

별

유정희 (충북예술고 3)

너와의 거리는 참 멀지만
상관없어.
넌 반짝여서 잘 보이거든.

햇살이 가득 할 땐 보이지 않아도
상관없어.
밤에 반짝여서 더 아름답거든.

나도 언젠가 너처럼
상관없이
반짝이는 날이 오길….

지금 이곳에서 인용되는 작품들은 대부분 국어수업 시간에 수행평가 과제로 낸 작품들입니다. 아이들이 수업을 하다 보면 4월이나 5월쯤 접어들면 굉장히 힘들어 합니다. 그럴 때 야외수업을 하자고 하면 함성이 터져 나옵니다. 그럴 때 옵션을 거는 거죠. 대신 나가서 시를 써야 한다. 아이들은 그 미끼를 덥석 뭅니다. 그렇게 몇 번 한 결과를 수행평가로 내는 것입니다.

처음엔 좋아하더니 서너 차례 하니까 점차 시큰둥해집니다. 그래서 야외수업 나갈래? 하고 물으면 적지 않은 학생이 그냥 교실에 있을래요! 하고 반응합니다. 그래서 요즘은 야외수업 얘기를 잘 꺼내지 않습니다.

별은 사랑을 전달하기 위한 소재로 수천 년 동안 쓰였습니다. 그런데도 계속해서 별을 소재로 한 시가 나타납니다. 시인이 처한 환경에 따라 그 별이 다양한 모습으로 비춰지기 때문에 당연한 것입니다. '너'라고 의인화시켰습니다. 사랑하는 사람은 사랑하는 그 누군가에게 별처럼 빛나기 마련입니다. 사랑하는 사람이 지구 반대편에 가 있다고 해서 변하지 않습니다. 늘 마음속에서 빛나죠. 마지막 연을 보면 이 화자가 별처럼 바라보는 사람에게 자신은 아직 별이 되지 못한 상황임을 알 수 있습니다. 그러니까 이 시인은 짝사랑을 하는 중이네요.

사랑을 별에 빗대고, 그것을 친근한 친구에게 말하듯이 풀어간 시에 해당합니다. 그래서 빗대기의 수법에 말하기의 방법이 추가되었다고 보는 것입니다.

개나리

송지영 (충북공고 2)

내가 촌스러운 노란 옷을 입었다고
무시하지 마.
나는 봄에만 나는 꽃이야.

내가 길거리에 널려있다고
무시하지 마.
날 보러오는 사람들이 너보다 많아.

내가 봄에만 핀다고
무시하지 마.
봄에는 너가 일 년에 꽃이 피는 것보다 더 많이 펴.

내가 흔하다고 초라하다고
무시하지 마.
나를 위한 노래도 있어.

이렇게 멋진 나는
개나리야.

이 시를 보면 개나리가 누군가에게 말하는 방식으로 이루어졌
습니다. 말하는 이가 곧 개나리입니다. 개나리는 봄을 대표하는 꽃이
죠. 그리고 아주 흔합니다. 강렬한 노란색 때문에 사람들이 좋아하기

도 하고, 또 키가 크지 않아서 울타리에도 많이 심는 꽃입니다. 봄을 아주 강렬하게 보여주기 때문에 사람들이 봄을 느끼기 위한 표준 꽃으로 여깁니다. 사람들의 그런 마음을 상대로 쓴 시입니다. 흔하면 자칫 소홀히 하기 쉬운 것이 사람의 심리죠. 그것을 꼬집으며 개나리가 말을 하는 것입니다.

개나리를 말하는 이로 삼은 것이 바로 의인화이니, 빗대기의 방법입니다. 그리고 개나리가 말하는 방법을 썼으니 말하기의 방법입니다. 빗대기와 말하기의 방법이 동시에 적용된 시입니다.

봄 여름 가을 겨울 그리고 사랑

김현민 (충북공고 2)

손가락처럼
계절도 처음부터 다섯 개였을지 모른다.

시작을 닮은 새싹의 봄과
햇볕을 닮은 따스한 여름
쓸쓸함마저 풍성한 가을
성숙한 하얀 눈의 겨울.

그리고 사랑!

그러나 사랑에는 이유가 없다.
그래서 잊혀졌는지 모른다.

여우별 마냥

훌쩍 떠나 갈 때

계절이없음을 기억할 뿐.

4계절 중에서 어느 철이 가장 중요할까요? 이렇게 물으면 바보라고 할 것입니다. 왜냐하면 계절이라는 게 1년을 구성하는 공평한 요소인데 그 중에 어느 하나를 고를 수 있다는 말입니까? 아이들에게 '엄마가 더 좋아? 아빠가 더 좋아?' 하고 묻는 것과 다를 바 없는 어리석은 질문이죠.

그렇지만 사랑에 실패한 사람에게 묻는다면 어떨까요? 그에게는 분명히 특별한 계절이 있을 것입니다. 자연의 질서나 대상도 이렇게 사람의 감정에 따라서 다르게 인식될 수 있고, 그런 상황을 가장 잘 반영하는 문학의 갈래가 바로 시입니다. 4계절에서 한 발 더 나아가 이 시인은 아예 계절이 5개였을지도 모른다는 주장을 합니다. 사랑이 절실하면 충분히 그럴 수 있는 일입니다. 이유가 없는 사랑이기에 잊혔을지도 모른다고 가정을 하죠. 그게 실제와 맞느냐 안 맞느냐가 중요한 것이 아니라 그렇게 생각하는 시인의 절실한 마음이 문제입니다.

4연과 5연의 상황으로 봐서는 이 시인의 사랑은 실패했을 것 같습니다. 사랑은 정말 뜨겁게 왔다가 훌쩍 떠나가죠. 사랑이 떠나간 계절이 선명하게 기억에 남습니다. 이런 것을 보면 나이가 어리다고 해서 사랑의 감정까지 어린 것은 아니라는 생각이 듭니다. 사랑은 나이를 초월하는 감정을 지니는 듯합니다. 고등학생의 강렬한 사랑이 이런 명작을 남겼습니다.

계절을 손가락에 비유했고, 그것을 중얼거리듯이 말하기의 방법으로 묘사했습니다. 빗대기와 말하기의 방법이 섞인 경우입니다.

껍데기

김성진(충북공고 2)

군것질하고 나온 것은
껍데기.

껍데기야,
너는 왜 껍데기니?

껍데기가 대답했다.
알맹이를 감싸 주려고.

마치 그렇게 대답한 것 같았다.

짧으면서도 아주 강렬한 시입니다. 어찌 보면 당연한 이야기이기도 합니다. 껍데기는 당연히 알맹이를 감싼 것이죠. 그런데 이 관계를 사람 사이로 옮겨놓으면 어떻게 될까요? 누구나 알맹이가 되려고 하지 않을까요? 그렇습니다. 껍데기가 되고 싶은 사람은 없을 것입니다. 그런데 이 시인은 누구에게 묻고 있나요? 바로 껍데기에게 물었습니다. 그것은 이 시인의 마음이 껍데기에 쏠렸음을 말하는 것입니다. 껍데기의 존재의미를 묻는 것은 아닐 것입니다. 그것의 의문이기는 하지만 그렇게 바라보는 자신의 위치를 이 껍데기는 저절로 드러내는 것입니다.

저는 이 시를 읽고 한 동안 가슴이 먹먹했습니다. 이 학생은 충북공고 학생이고 저는 공고 학생을 가르치는 교사이기 때문입니다. 이게 뭐가 문제냐고요? 공고에 온 학생들은 자신의 적성을 찾아온 것이 아닙니다. 인문계 갈 실력이 못 되어 밀려서 온 것입니다. 중학교 때 대부분 하위권에 머물던 학생들이죠. 그런 학생들이 공고에 와서 저와 인연을 맺고 제 교실에서 저의 수업을 받습니다. 그런 학생이 쓴 이 시가 평범하게 저의 눈에 비췄겠어요? 제 눈에는 이 학생의 마음속에 서린 상처가 보였던 것입니다. 가슴이 먹먹했습니다. 그런 상처를 감추지 않고 시를 통해 이렇게 솔직하게 표현한 성진이에게 고마운 마음이 절로 일었습니다. 물론 제가 성진이에게 이런 얘기를 하지는 않았습니다. 굳이 할 얘기도 아니죠. 그렇지만 자신의 상처를 들여다봄으로써 자신의 상처가 어딘지를 아는 것은 앞으로 전개될 삶에서 굉장히 중요합니다.

당연히 알맹이는 껍데기 속에 있습니다. 껍데기는 일정한 노릇을 합니다. 그것의 의미를 아는 것이 어쩌면 삶의 길인지도 모릅니다. 알맹이와 껍데기 어느 한쪽에 굴절된 마음을 투영하는 인간사회에서 그것이 노릇만 다를 뿐 세상을 구성하는 중요한 요소임을 자각하는 것은 이 세상을 구원하는 길이 될 수 있습니다.

이야기가 거창하게 나갔습니다만, 이 시에서 볼 것은 알맹이와 껍데기를 사람의 관계에 빗대어 볼 수 있게 했다는 것입니다. 빗대기의 방법이죠. 거기에다가 껍데기와 말을 하는 방법으로 시가 쓰였습니다. 말하기의 방법이 추가된 것입니다.

할머니의 손

권오민(충북공고 2)

표고버섯
느타리버섯
양송이버섯.

많은 버섯 중
내 눈에 눈물 지우는 것은
할머니 손의 검버섯.

몇 십 년 전
차가운 우물에서 물 길어
빨래하고,

지금도
부엌 녘에서 지글지글
찌개 끓이는.

마음이 편안해지는, 그러면서도 짧고 강렬한 한 장면이 떠오르게 하는 시입니다. 먹는 버섯과 할머니의 검버섯을 동일시하여 만들어진 시죠. 몇 십 년 전부터 지금까지 자신을 위해 애써주신 할머니를 생각하는 갸륵한 마음씨에서 저절로 우러난 시입니다. 비유가 기본이지만, 말하기의 방법이 추가된 시입니다.

이번에는 좀 재미있는 시를 보겠습니다.

애국자

김성환(충북공고 1)

난 애국자다.
난 국기 없인 못 산다.
내가 마음만 먹으면
일본은 내 밥이다.

나의 두 눈은 빨강 파랑이다.
그리고 내 팔과 다리는
건, 곤, 감, 리
로 이루어져있다.

내 마음은 독도에서 펄럭인다.

독도를 두고 일본에서 억지 부리는 것을 우리는 가끔 봅니다. 순진한 학생들의 눈에는 이렇게 분노가 표출됩니다. 독도에 대한 감정을 태극기 모양에 실어서 표현한 것입니다. 태극의 빨강 파랑을 눈으로 표현했고, 4괘를 팔다리로 표현했습니다. 참 적절하고 재미있는 발상입니다.

우 리 시 이 야 기

상식 하나. 독도를 한자로 '獨島'라고 쓴다고 해서 동해바다의 외로운 섬이라고 해석하는 것은 무지입니다. 이것은 우리말 '독섬'을 한자로 옮겨적은 것입니다. 독섬이란, '돍섬'으로, 돌로 된 섬이라는 뜻입니다. 경상도 사투리로 돍이 돌입니다. 돍을 獨으로, 섬을 島로 적은 것입니다. 일본말로는 다케시마(竹島)라고 하는데, '다케'는 우리말의 돍을 일본식으로 읽은 것이고, '시마'는 말 그대로 섬이라는 뜻입니다. 일본말의 어원을 봐도 다케시마는 우리말의 돍섬을 그대로 적은 것임을 알 수 있습니다. 다케시마라는 말 자체에 독도는 한국 땅이라는 뜻이 들어있습니다.

고슴도치

최원선(충북공고 1)

고슴도치
새 하얀 고슴도치
작고 귀엽다.
고슴도치를 볼 때마다
문학 선생님이 생각난다.
문학 선생님 머리가
하얗고 까칠까칠한 게 고슴도치 같다.
문학 선생님은 침을 놓을 줄 알아서
사람도 고슴도치로 만든다.
선생님은 고슴도치.

여기서 말하는 문학 선생님은 저입니다. 하하하. 수업을 하다가 시를 한 편 써보라고 수행평가 시간을 주었는데, 이렇게 써냈습니다.

공고 아이들은, 갖은 핑계를 대고서 조퇴를 합니다. 저에게도 하루에 서너 명씩 조퇴를 하겠다고 찾아옵니다. 대부분 아프다는 핑계를 댑니다. 처음엔 부모님의 허락을 받고 오라고 하다가 나중에는 제가 직접 나섰습니다. 아프다고 하면 어디 아프냐고 묻고서 손목을 잡고 맥을 짚습니다. 맥을 짚으면 어디가 아픈지 대충 나옵니다. 학생이 말한 증상과 제가 짚은 맥이 일치하지 않으면 조퇴는 안 됩니다. 그래도 아프다고 하면 제가 직접 침을 놓습니다. 발목 삔 거는 침을 두세 군데만 놓으면 30분만에 낫습니다. 두통도 침 한 두 방이면 끝납니다. 몇 차례 이렇게 하니 아프다고 찾아오는 아이들이 사라졌습니다. 대신에 다른 핑계거리가 수도 없이 늘어납니다. 하하하.

이 시는 이런 배경을 깔고 나타난 것입니다. 말하기의 요소가 약간 두드러져서 빗대기의 방법에 말하기의 방법이 추가된 것으로 본 것입니다.

가 연

윤현아 (충북공고 1)

나를 위하고 지켜주는 그들에게
나는 보여지고 싶지 않습니다.
나의 슬픔과 분노를 .

나의 슬픔을 바라보면
그들도 덩달아

마음에 눈물이 고일까 봐서
나는 씁니다. 웃음의 가면을.

나의 분노를 바라보면
그들도 덩달아
마음에 그을음이 생길까봐서
나는 씁니다. 행복의 가면을.

그러나 그들은 압니다.
나의 슬픔과 분노를.
그래서 난 행복할 수 있습니다.
가면 뒤에서.

누구나 가면을 쓰고 삽니다. 어려서는 가면을 쓸 일이 없지요. 배고프면 울고, 아프면 울고, 졸리면 웁니다. 그러면 부모님이 다 해 주죠. 그렇지만 그런 행복한 순간은 몇 년 못 갑니다. 그 다음부터는 주위 사람들로부터 핀잔을 듣지 않을 수 있는 핑계를 찾아야 합니다. 그게 인생이죠. 그래서 매 순간마다 탈을 씁니다. 그런 인생살이의 모습을 아주 잘 잡아낸 시입니다.

여기서 말하는 탈, 즉 가면은 상징이라는 것을 금방 알 수 있죠. 상징도 빗대기의 방법이라고 말했습니다. 창작되는 순간의 상황을 살펴보면 비유와 다를 바가 없죠. 그래서 빗대기의 방법인데, 여기서 말하는 이는 누군가에게 말하는 투로 말하는 중입니다. 그래서 말하기의 방법도 추가되었다고 보는 것입니다.

3_ 〔 2 + 1 〕형

[2+1]형은 그리기의 방법이 주가 되고, 빗대기의 방법이 추가된 방식의 시들을 말합니다. [1+2]형과 비슷하겠지요. 그렇지만 [1]과 [2] 중에서 어느 쪽이 그 시의 주된 방법으로 작용하느냐 하는 것을 보고서 판단합니다. 창작 방법, 즉 발상의 중요성을 기준으로 정하면 됩니다. 우선 간단한 것부터 보죠.

비

윤여산(충북공고 1)

비를 밟으면
철퍽철퍽
소리를 낸다.

나는 재밌어서
철퍽철퍽 밟는데,

비는 아프다고
철퍽철퍽
소리를 낸다.

이 시를 잘 보기 바랍니다. 아주 간단합니다. 비가 와서 흥건해진 바닥을 철벅철벅 밟는 상황을 그대로 옮긴 것입니다. 당연히 그리기의 방법도 있고, 3연에 보면 비가 아프다고 하는 것으로 보아 비유이니 빗대기의 방법도 있는 시입니다. [1]과 [2]가 동시에 나타납니다. 그런데, [1]과 [2] 중에서 어느 쪽이 더 중요한 원리일까요? 이걸 판단해야 합니다. 잘 보면 의인법은 시 전체의 일부분에 해당되는 것임을 알 수 있습니다. 전체의 분위기는 있는 그대로 상황을 묘사한 것이 주된 방법입니다. 그래서 [2]가 주가 되고 [1]이 그것을 보조하는 방식의 시로 보는 것입니다. 이런 식으로 판단하면 됩니다.

구 름

조영민 (회인중 3)

구름이 지나간다.
아파트 모양 구름
자동차 모양 구름

먹구름이 지나간다.
비행기 모양 구름
사람 모양 구름

구름과 먹구름이 만났다.
아파트 모양 구름
자동차 모양 구름
비행기 모양 구름
사람 모양 구름이 만나

하나의 큰 구름 마을을 만들었다.

이런 시는 어떻게 보아야 할까요? 우선 비유부터 살펴보겠습니다. 우리가 비유로 배운 것은 원관념과 보조관념을 연결시켜주는 매개어 '~처럼, ~인 양, ~같이' 같은 말들이 있어야 합니다. 있으면 직유, 없으면 은유라고 배웠죠. 그러면 여기서 '모양'은 매개어로 봐야 할까요? 매개어로 보지 말아야 할까요? 애매모호하죠? 애매모호로 끝나는 게 아니라 굳이 이걸 결정해야 하나 하는 회의감마저 듭니다. 이처럼 겉으로 드러난 모습으로만 보면 이런 혼란이 생깁니다. 형식논리라는 것은 이런 것을 말합니다.

그렇지만 우리가 배우는 시의 창작 원리, 즉 발상의 차원에서 보면 이런 형식논리는 아무런 문제가 되지 않습니다. 논리는 논리일 뿐입니다. 그것이 시를 감상하는 데는 아무런 도움이 안 되죠. 이 시는 당연히 구름이 원관념이고 그것을 끌어다 붙인 다양한 이미지들이 보조관념입니다. 하늘에 나타나는 수많은 모양의 구름들이 한 마을을 이루었다고 말합니다.

그러면 [1]과 [2]가 다 나타나는데, 어느 쪽이 더 중요하게 쓰인 걸까요? 전체의 주제는 구름 마을입니다. 이것을 구성하는 다양한 이미지들이 동원된 것입니다. 그러므로 구름 마을의 모양을 묘사하기 위해 여러 가지 이미지가 인용된 것입니다. 그래서 그리기(2)의 방법이 주가 되고, 빗대기(1)의 방법이 보조가 된다고 본 것입니다.

굳이 비유를 강조하려고 비유에 초점을 맞추면 [2+1]가 아니라 [1+2]라고 해도 됩니다. 그렇지만 전체의 흐름 속에서 파악하자면 [2]가 주가 된 시라고 보는 게 더 타당합니다. 같은 시라도 이렇게 보는 견해에 따라 다를 수 있습니다.

하늘에 떠가는 구름을 보고, 그 구름들이 만드는 마을을 연상할
수 있는 마음은 참 깨끗한 마음입니다. 순수하고 때 묻지 않은 사람
들의 마음에는 이렇게 평화로운 세상이 들어있습니다.

유츄푸라카치아

박성규(충북공고 1)

유츄푸라카치아, 까다로운 식물
누군가 건드리면 시름시름 앓다 죽는다.

유츄프라카치아, 화려한 식물
누군가가 지속적으로 만져주면 화려한 꽃봉오리로 보답한다.

유츄라카치아는 불쌍한 식물
누군가에게 지속적으로 애정과 관심을 바라는 식물.

누군가 건드리면 금방 시들고
그러나 한번 만진 사람이 애정을 갖고 계속 만져줘야만
살 수 있는 식물.

유츄카프라카치아.

유츄푸라카치아라는 식물 이름은 검색이 안 됩니다. 아마도 어
떤 외국 식물 이름을 부정확하게 기억했다가 올바른 것으로 생각하
고 떠올린 게 아닌가 짐작됩니다. 그렇다고 해서 이 작품의 감동이

줄어드는 것은 아닙니다. 식물을 키우는 사람이 식물에 대한 애정과 관심이 어떠냐에 따라 식물의 상태가 많이 달라진다는 것은, 식물을 키워본 사람이라면 아주 잘 아는 일입니다. 이렇게 읽다 보면 이 식물이 단순히 식물에만 해당되는 것이 아니라 모든 존재, 특히 사람에게도 해당되는 일임을 짐작할 수 있습니다. 그래서 이 작품이 독자의 마음을 잡아끄는 겁니다.

그런데 이 작품도 [2+1]로 봐야 할지 [1+2]로 봐야 할지 또렷이 드러나지 않는 시입니다. 어때요? 그렇죠? 그런데 이 작품에서 하는 얘기를 따라가 보면 유추프라카치아라는 식물이 어떤 것이라는 설명을 계속합니다. 결국 이 식물에 대한 특성을 그려내고 있음을 알 수 있습니다. '시름시름 죽는다.'느니, '보답한다.'느니 하면서 사람처럼 의인화되었지만, 의인화가 이 시의 주된 방법이 아니라 이 식물의 모습과 생태를 설명하는 것이 주가 되는 것임을 알 수 있습니다. 그래서 빗대기가 아니라 그리기의 방법이 주를 이룬다고 보는 것입니다. [1+2]보다는 [2+1]의 구조로 보는 것이 더 적절하다는 거죠.

순간의 순간

이예진 (충북예술고 3)

연습을 한다.
순간의 순간 그리고 그 순간의 더 작은 순간을 위해서
소리에 집중한다.

더 날카롭게

더 부드럽게

온 우주에 피아노와 나 둘뿐인 것처럼
집중에 또 집중을 더 한다.

그러다 문득 눈앞에 아른거리는 별들
별에 홀려 정신을 차렸을 땐 이미 곡이 끝나있다.

언젠간 별에 홀리지 않고
온전히 나를 위해 빛이 나는 것으로 쓸 수 있기를!

예진이는 피아노를 전공한 학생입니다. 예술고에서 피아노를 전공한 학생들의 연주를 들으면 정말 좋습니다. 물론 서툴 때도 있지만, 어느 때보다도 열정이 가득한 나이이기에 패기가 느껴지기도 합니다. 예술고에 근무하는 선생님들이 누리는 복은, 젊은 음악가들의 생음악을 직접 들을 수 있다는 것입니다.

피아노를 배울 때는 처음에 건반을 두드리는 것을 배우겠지만, 그런 초보단계를 지나면 피아노 치는 자신이 사라지는 단계에 이릅니다. 음악 속으로 완전히 빨려들어서 음악과 하나가 되는 것이죠. 이런 현상은 예술을 하는 사람들이 종종 느끼는 일입니다. 그리고 그래야만 음악이 완벽해집니다. 피아노를 치는데, 건반이 느껴지고, 발판이 느껴지면 그것은 벌써 음악의 부분에 매달려있다는 뜻입니다. 음악 속으로 집중해 들어가면 음악이 사라지는 지점이 나타납니다. 바로 그곳에서 이 학생은 별을 만났습니다. 그러니 이 별은 아주 특별한 의미가 부여된 별이겠지요. 이런 것을 상징이라고 한다고 했지요?

그렇지만 이 시는 그 상징을 말하려는 것이 아니라 피아노 치는 과정을 묘사하려는 것입니다. 그래서 빗대기의 방법보다 그리기의 방법이 주를 이룬다고 보는 것입니다. [2+1]형으로 보는 것이 좋다는 것이죠.

고등학생

장세림(충북예술고 1)

설렘으로 가득 찬 마음으로
학교로 발을 옮긴다.

근심으로 가득 찬 생각으로
그림을 그려본다.

1등급 2등급
하늘의 별을 바라본다.

5등급 6등급
내 현실을 맞이한다.

세림이는 미술을 전공한 학생입니다. 학교생활을 시로 옮긴 것입니다. 그러다가 하늘의 별을 보죠. 별은 밝기에 따라 여러 등급으로 나뉩니다. 그런데 학교에도 그런 등급이 있죠. 성적을 가르는 등급. 이것이 학생들을 불행하게 만듭니다. 성적과 관련된 고민이 학생들 최대의 고민입니다. 그것을 아주 잘 보여주는 시입니다.

이 작품도 학교생활을 묘사하다가 끝에서 비유로 반전을 이끌어내고 있습니다. 그래서 그리기의 방법이 주된 것으로 보고 거기에 빗대기의 방법이 보태진 것으로 보는 것입니다.

작은 약속

임영우(충북공고 2)

봄은 땅과 약속을 했다.
나무와도 약속을 했다.
그 약속을 지키기 위해
새싹을 틔웠다.
작은 열매를 위해
바람과 햇빛과도 손을 잡았다.
비오는 날은
빗방울과도 약속을 했다.
엄마가 내게 준 작은 약속처럼
뿌리까지 빗물이 스며들었다.

짧지만 참 아름다운 시죠? 봄날에 자연이 식물을 키우는 장면을 봄이 약속한 것으로 이해한 것입니다. 전체의 큰 틀은 비유에 기초

했지만, 그것을 풀어가는 과정은 묘사가 주를 이루고 있습니다. 그래서 그리기의 방법에 빗대기의 방법이 보태진 것으로 보는 것입니다.

스마트폰

김라현(충북공고 2)

내 손에서 떠나지 않는 스마트폰
내 분신 스마트폰.

내 머릿속에서 떠나지 않는
내 분신 스마트폰.

오늘도 어김없이 핫스팟을
켜달라고 한다.

오늘도 어김없이 마켓에
들어가 어플을 다운받는다.

쥐도 새도 모르게 빠져들게
만드는 스마트폰.

중독되면 벗어날 수 없는
마약 같은 스마트폰.

내 사랑
스마트폰.

여러분의 현실을 그대로 옮겨놨죠? 스마트폰과 달라붙은 한 학생의 삶을 있는 그대로 묘사한 시입니다. 그러지만 분신이니 켜달라느니 하면서 의인화가 이루어지고 있지요. 시 전체의 틀은 묘사에 중점이 주어졌습니다. 그래서 그리기의 방법에 빗대기의 방법이 보태진 작품으로 보는 것입니다.

대답 없는 바람

내가 바람에게 물어 보았다.
어디서 오는 길이냐고.
그러나 바람은 아무 말이 없었다.
굳어있는 바위처럼
또 내가 바람에게 물어 보았다.
어디로 가는 길이냐고.
그러나 바람은 역시 아무 말이 없었다.
나무로 만든 인형처럼
다시 또 내가 바람에게 물었다.
바다 건너 들을 질러 산을 넘는 동안
무엇을 얻었으며, 잃었느냐고
그리고 이 세상 다 휘돌고 난 끝에
무엇을 얻겠으며 잃겠느냐고.
그러나 바람은 이미 내게서
보이지 않을 만큼 들리지 않을 만큼
멀리 멀어져 가고 있었다.

여기서는 바람을 잘 살펴보시기 바랍니다. 이 시의 바람이 무엇일까요? 우선 삶에 대해서 궁금하게 여기고 있지요? 바람은 어디서 오는지 알 수도 없고 알려주는 사람도 없습니다. 어디로 가는지 또한 마찬가지입니다. 인생이 이와 같지요. 그래서 인생의 의미가 무엇이냐고 묻는 것입니다. 그러면 바람이 답을 할까요? 그렇지는 않을 겁니다. 그렇다면 이 시인은 누구에게 묻는 것일까요? 아마도 자신에게 묻는 것이 분명합니다.

시의 끝에서 바람이 멀어져 가는 것으로 봐서는 답을 얻었나요? 못 얻었지요. 원래 얻을 수 없는 답입니다. 그런데 답을 얻지 못해도 궁금한 것이 삶의 의미입니다. 자신에게 끝없이 되묻는 것이 그 질문이기도 합니다.

그렇다면 이 바람은 무엇일까요? 자신이 궁금해 하는 질문에 대해 답을 해줄 수 있는 어떤 가상의 존재일 것입니다. 신일 수도 있고, 자신의 내면에 깃든 본성일 수도 있으며, 아니면 질문하는 사람 자신일 수도 있습니다. 이와 같이 딱히 어떤 존재라고 한 가지로 규정할 수 없습니다. 이렇게 보면 이렇고 저렇게 보면 저렇습니다. 그렇지만 아무 것도 아닌 것은 아니죠. 분명히 무언가 있습니다. 이와 같은 것을 상징이라고 한다고 앞서 배웠습니다.

1989년의 일입니다. 한 후배가 찾아와서 부탁을 하나 합니다. 다름이 아니라, 자기네 동네에 어려서 소아마비를 심하게 앓은 사람이 있는데, 거동조차 불편하다는 겁니다. 그런데 그 사람은 혼자 있을 때 시를 쓰곤 한다는 거예요. 시가 뭔지도 모르면서 말이지요. 그래서 답답하다는 겁니다. 혹시 주변에 시를 쓸 줄 아는 사람이 있으면 소개해달라는 부탁을 받았고, 그 부탁을 받은 후배는 나한테 와서 그 사람에게 시 쓰는 법도 알려주고 실제로 시를 봐달라고 당부하는 겁니다.

그래서 나는 어려울 것 없으니, 그리 하겠다고 답했습니다. 그 사람이 움직이기 어렵기 때문에 만날 수가 없었습니다. 요즘이야 인터넷으로 대화도 하고 사진도 보내고 하지만 1989년에는 286컴퓨터가 막 나오는 시점이었고, 컴퓨터를 접하기가 쉽지 않은 시절이었습니다. 그러니 편지로 하는 수밖에 없었습니다. 저는 그 분의 주소를 받아서 시를 쓰는 데 필요한 몇 가지 마음가짐과 시 쓰는 방법을 알려주었습니다. 그 분한테서 답장이 오고, 그 때부터 편지로 하는 시 창작 강의가 시작되었습니다. 지금 여러분이 읽고 있는 이 책의 창작법이 대부분 그때 뼈대가 잡힌 것입니다.

열흘에 한 번 정도 편지를 보냈습니다. 그러면 그에게서 두세 번에 한 번씩 답장이 왔고, 그때 자신이 쓴 시를 한 두 편 보냈습니다. 그러면 저는 그 시를 평해서 고칠 점을 다시 써 보냈죠. 이렇게 한 1년 남짓 편지 강의를 했습니다. 그리고는 어느 시점부터인가 편지가 끊겼습니다. 아마도 제 쪽에서는 시 창작 강의의 중요한 부분을 거의 다 했기 때문에 저절로 편지를 중단한 것으로 기억납니다. 그리고는 세월이 흘렀습니다.

10년 가까운 세월이 흘렀을 즈음에 다시 그 후배를 만났습니다. 반갑게 만나서 이런 저런 얘기를 하다가 그 사람 소식을 물었습니다. 그랬더니 그 사람은 오래 전에 세상을 하직했다는 것이었습니다. 갑자기 머릿속이 텅 비면서 윙윙 소리가 들리더군요. 저와 편지를 나누기 시작한 1년쯤 뒤에 작고했다고 합니다. 그러니까 그는 저한테 답장을 할 수 없었던 것이지요. 저는 그것을 모르고 계속 편지를 썼던 것이고, 답장이 오질 않자 제 풀에 꺾여 그만두게 된 것입니다. 그러니 맨 막바지에 보낸 편지 몇 장은 그가 아니라 그의 영전으로 배달되었겠지요.

이 이야기를 할까 말까 많이 망설였습니다. 이미 이 세상 사람이 아닌 사람의 이름을 거명하여 혹시 그를 욕되게 하는 일이 아닐까 하는 의구심 때문입니다. 그러나 이 세상에 사람의 몸으로 와서 시 한 편이라도 남긴다면 그것은 그가 이 세상에 드리운 아름다운 인연의 자취일 것이고, 그런 인연을 저버린다면 또한 그를 영원 속으로 묻어버리는 것이라는 생각이 한편으로 들었습니다. 그래서 오랜 고민 끝에 이렇게 이야기를 꺼낸 것입니다. 이 책의 첫 출발은 그에게서 비롯됐기 때문입니다. 그가 이 세상에 남긴 시와 함께 그의 이름을 기억하는 것도 아름다운 인연의 마지막 결산이라고 믿고 28년이 지난 시점에서야 뒤늦은 명복을 빌면서 시인의 이름을 밝힙니다. 조수현 씨. 이승에서 못 다 이룬 시인의 꿈을 저승에서는 꼭 이루기를 빕니다.

❹ _ 〔 2 + 3 〕 형

[2+3]형은, 그리기의 방법이 주가 되고, 말하기의 방법이 추가된 방식으로 만들어진 시를 말합니다. 그리기의 방법으로 쓰였으되, 말하기의 특색이 두드러지게 나타나는 시의 형식이라고 보면 되겠

습니다. 먼저 짧은 시부터 보겠습니다.

보름달

윤예령 (충북예술고 1)

집에 들어가는 길
하늘을 봤다.

달이 너무 밝고 예뻐
휴대폰을 꺼냈다.

초점을 맞추고
찰칵!

넌
나에게 찍혔어.

몇 년 전에 슈퍼 문이었습니다. 몇 백 년 내 달이 지구 궤도에 가
장 가까이 붙어서 달도 그 만큼 커 보인다는 날이었죠. 그래서 방송
과 언론에서 하도 호들갑을 떨기에 그 다음날 학생들에게 슈퍼 문에
관한 시를 한 번 써보라고 했습니다. 그랬더니 즉석에서 이렇게 썼
습니다. 짧지만 순발력 있는 좋은 시죠?

3연까지는 눈에 보이는 그대로 썼습니다. 그리기의 방법이죠. 그
런데 마지막 연에서 말을 하죠. 달을 찍었다는 얘기지만, 달의 의인화

되어 있어서 단순히 하늘의 슈퍼 문만 해당되지 않는다는 것은 시를 읽어본 사람이면 누구나 알죠. 이 시인의 마음속에는 슈퍼 문과 같이 환히 빛나는 누군가 있었던 것입니다. 달을 찍는 척하면서 자신의 속에 있는 이야기를 슬그머니 꺼냈습니다. 말을 하는 수완이 보통 아닙니다. 시라는 갈래가 지닌 특성이 사람을 이렇게 순발력 있게 합니다.

올라갔다

최은영 (충북예술고 1)

추석이 끝난 뒤
체중계에 올라갔다.

무언가 이상해서
나는 체중계를 탕탕 치고 나서
체중계에 올라갔다.

분명 고장이 난 것 같아
건전지를 뺐다가 다시 넣고
체중계에 올라갔다.

젠장!
체중이 전보다 올라갔다.

한가위가 지나간 뒤에는 수업하기가 참 힘듭니다. 연휴 기간에 논 관성이 있어서 책 속으로 돌아오는 데 시간이 걸리기 때문입니다. 그래서 그럴 때는 슬그머니 시 쓰는 시간을 줍니다. 그러면 연휴 기간에 많은 사건들이 있었기 때문에 그것이 시의 소재로 자연스럽게 떠오릅니다. 이 작품도 그렇게 해서 나온 시입니다.

기대 밖의 숫자를 가리키는 저울 앞에서 당황스러워 하는 시인의 모습이 선명하게 떠오릅니다. 이것이 이미지의 힘입니다. 읽고 나서 덮어도 이 우스꽝스러운 장면은 오래도록 머릿속에 남아있습니다. 이렇게 이미지를 주로 활용한 시의 끝부분에 말하기가 살짝 나타나서 [2+3]의 유형으로 분류한 것입니다.

치킨을 시켰다

손민권(충북예술고 2)

방금, 치킨을 시켰다.
설레는 마음과 들뜬 마음으로
전화를 걸었다.

주소를 부르던 나의 목소리는
가히 여느 때보다도 침착했다.
잘못 부르면 큰일 나기에.

메뉴를 고르던 나의 눈은
빠르게 움직였다, 20분 동안이나.
잘못 고르면 큰 일 나기에.

방금, 치킨을 시켰다.

이 작품도 읽고 나면 절로 웃음이 나오는 시입니다. 치킨을 시키는 순간의 기대감과 기쁨 같은 게 아주 잘 나타났기 때문입니다. 자신이 치킨을 시킬 때 느껴지는 모습을 있는 그대로 글로 옮겨 적은 것입니다. 자신의 내면에서 벌어지는 갈등과 기대도 나타나기에 전체의 흐름은 그리기의 방법이지만, 말하기의 성격도 두드러져서 [2+3]의 유형으로 본 것입니다.

잠

신정희(충북공고 1)

아침에 학교를 와서
쿨쿨쿨.

1교시 수업시간에
쿨쿨쿨.

2교시 수업시간에
쿨쿨쿨.

3교시는 끝나고 점심시간이니깐
안 자야지.

4교시는 밥 먹구 졸려서
쿨쿨쿨.

애들은 내가 이렇게
자는 이유를 모르지.

내가 자는 이유는,
내가 학원을 다녀서 피곤해서 그렇지.

아이들의 꾸밈없는 마음씨를 만나면 저절로 흐뭇한 웃음이 흘러나옵니다. 맨날 자는 이유가 재미있죠. 저녁 때 학원 다녀서 피곤해서 잔다는 것입니다. 이게 오늘날 대한민국 학생들의 현실입니다. 공부하러 학교에 오는 게 아니라 학원 다니기 위해서 학교에 오는 것입니다. 학교에서 배우는 것을 시험 보는 것인데, 그것을 가르쳐주는 학원의 공부를 더 열심히 합니다. 주객이 전도되고 본말이 뒤집혔다는 것이 이런 경우입니다.

하지만 순수한 학생들의 눈에는 있는 그대로 비칩니다. 이런 것을 읽으면 학생들 탓을 할 게 아니라 학생들의 삶을 그 지경으로 만든 기성세대가 반성을 해야 한다는 생각이 듭니다.

방법상으로는, 하루 종일 잠자는 모습을 있는 그대로 묘사했습니다. 그리고 맨 뒤에 그 이유를 설명해주는 방식으로 쓰였죠. 그래서 그리기의 방법에 말하기의 방법이 보태진 형태로 볼 수 있습니다.

발 음

김민서 (충북예술고 2)

노트북은
넛북.

토마토는
틈메이러.

도와줘는
핼프미.

돌처럼 굳어버린
내 혀!

이것도 짧지만 강렬한 시죠. 영어 때문에 고생하는 심사를 이렇게 간단명료하게 표현할 수 있네요. 끝 부분에서 자신의 혀를 탓하는 것으로 마무리를 하는데 방법상 그리기의 방법에 말하기의 방법이 살짝 얹힌 시라는 것이죠.

시 계

김년기 (충북공고 1)

학교 갈 시간이면
항상 빨리 가는 시계.

정심 먹기 5분 전
항상 늦게 가는 시계.

쉬는 시간 끝나기 5분 전
항상 빨리 가는 시계.

종례시간 끝나기 5분 전
미친 듯이 시계만 본다.

하지만 절대로 쉬지 않는 시계.

아닌 걸 알지만 그런 시계를 보면
날 갖고 장난치는 거 같다.

    시간의 마법은 누구나 느끼죠. 시간은 공평한 것 같지만 사람이나 상황에 따라서 고무줄 같기도 합니다. 그런 것을 경험한다는 것은 쉬운 일이 아닌데 그런 상황을 아주 잘 잡아내어 시로 표현했습니다. 지루하면 느리게 가고 재미있으면 빨리 가는 시간의 속성을 아주 잘 표현했습니다. 방법상으로도 그리기의 방법이 주를 이루는데 끝부분에서 말하기의 방법이 조금 끼어들었죠. 그래서 [2+3]으로 보는 겁니다.

내 신발

조수연 (충북공고 1)

각각 종류가 다른 내 신발
뉴발990 회색인 내 운동화
색깔이 다양한 내 쪼리
검은 색 상선 내 슬리퍼.

운동화를 신을 땐 너무 편하고
쪼리를 신을 땐 발가락이 까져 아프고
슬리퍼를 신을 땐 잘 벗겨진다.

운동화를 신고 학교를 가고
쪼리를 신고 놀러 가고
슬리퍼를 신고 슈퍼를 간다.

신발장 속에서 신어주길 기다리는
각각 종류가 다른 내 신발.

요즘 세대가 우리 옛 세대와 다른 것이 이런 감각입니다. 우리가 클 때는 하얀 운동화였는데, 요즘은 전부 메이커 신발을 신으려고 하죠. 그 상표가 곧 그 사람인 시대가 되었습니다. 자본주의화를 탓하기 전에 그런 물질 풍요의 시대 속에서 학생들이 살아가는 모습이 이런 시를 통해 나타납니다. 참 재미있습니다. 신발장 속의 신발들을 보며 설레는 마음은 얼마나 순수합니까? 그런 신발들을 통해 이루어지는 일상의 모습을 있는 그대로 옮겨 적었습니다.

말

황진영(충북공고 2)

빨리! 더 빨리!
결국
날 버리고간 버스···

지각은 하면 안 되고
돈은 아깝고
결국 잡아버린 택시.

오오! 오! 빠르다 빨라!
미터기에 갇혀 사는
말···

말과 함께 열심히 달리는
미터기 안의
요금···

지금 이 순간
지각보다 중요한
요금.

이 시도 재미있죠? 미터기의 말이란, 택시 요금을 나타내는 미터기를 말합니다. 지금은 거의 다 없어진 것 같은데, 2010년 무렵에 택시에는 디지털식 숫자로 택시비가 뜨는데, 바로 그 위에 택시가 움직이는 것과 멈춘 것을 나타내려고 말이 뛰는 동작과 멈추는 동작이 되풀이돼서 나타나도록 표시한 게 있었습니다. 바로 그 표시에서 움직이는 말을 말하는 것입니다.

버스를 놓치고 택시를 타야 되는 상황도 우스운데, 그런 우스운 상황을 바라보는 학생의 심리도 재미있어 저절로 웃음이 나오는 시입니다. 읽고 나면 조급한 마음에 택시를 잡아타고 요금 걱정하는 학생의 순진한 마음이 머릿속에 아주 강렬하게 자국을 남깁니다.

⑤ _〔3 + 1〕형

이번에 알아볼 작품은 말하기의 방법이 주가 되고 여기에 빗대기의 방법이 추가된 경우입니다.

나무야

김성진 (충북공고 2)

나무야!
지금 뭐하니?
땅을 보금자리 삼아
웅크리고 있구나.

나무야!
배는 안고프니?
빗물을 영양제처럼
받아 마시고 있구나.

나무야!
외롭지는 않니?
세상을 보려고
드디어 싹을 틔웠구나.

나무야!
꿈은 가지고 있니?
"......"
나무야! 꿈을 가지렴.

나의 어떠한 질문에도
나무는 대답하지 않았다.

나무에게 말을 거는 상황이죠? 그러니 나무에게 직접 말을 하는 방식으로 쓴 것이고, 이것은 저절로 나무를 사람으로 여기는 시인의 태도를 엿볼 수 있습니다. 그래서 말하기의 방법에 빗대기의 방법이 추가된 것으로 보는 것입니다.

시인은 나무와 대화를 나누고 있습니다. 그런데 마지막 연을 보면 대화가 제대로 이루어지지 않는다는 사실을 알게 됩니다. 왜냐하면 나무가 대답을 하지 않기 때문이죠. 우리는 살아가면서 이런 상황을 많이 맞닥뜨립니다. 사람과 대화가 될 것 같지만, 사람끼리도 전혀 대화가 되지 않는 경우가 있다는 것을 깨닫게 되죠. 그럴 때는 차라리 돌이나 나무 같은 자연물과 대화하는 게 더 낫다는 생각도 듭니다. 이렇게 사람이 아닌 존재와 대화하는 사람의 마음에 도사린 정서는 '외로움'입니다 외로움은, 외롭다는 말의 명사형입니다. '외'는 짝이 없는 경우를 말하죠. 혼자 있다는 뜻입니다. 결국 자신에게 말을 하는 중임을 알 수 있습니다. 가장 가슴 아픈 것은 꿈에 대해 묻는 것입니다. 꿈을 가지라고 말하면서도 결국 그게 쉽지 않을 것임을 마지막 연이 받쳐주고 있습니다. 이 학생이 공고에 다니는 학생이라는 선입견 때문인지 저는 더욱 가슴 아픕니다.

꽃들아!

차서영 (충북공고 2)

너희 몸을 꺾는다고
너희 잎을 즈려밟는다고
사랑을 미워하지 마.

한 번 기억을 더듬어 봐.
밝게 웃는 얼굴에
햇살 따스히 내리 쬐는 화창한 날,

누군가 네 옆에 와서
행복한 미소 짓는 너희 얼굴을

사진기에 담아간 적 없었니?

   꽃들에게 말을 하는 방법으로 이루어진 시임을 담박에 알 수 있습니다. 앞서 본 시와 똑같은 발상이죠. 그래서 말하기의 방법에 빗대기의 방법이 추가된 것으로 보는 것입니다.

   우리는 아름다운 꽃밭을 보면 나도 모르게 달려가서 사진을 찍습니다. 그러다보면 꽃을 다치게 하죠. 한 두 사람이 그러면 괜찮은데 수많은 사람들이 와서 그러면 결국 꽃밭이 망가지고 맙니다. 더욱이 해바라기 같은 것은 기름으로도 쓰는 것인데, 그런 용도로 심은 밭에 가서 수많은 사람들이 이러면 밭주인에게 피해를 주게 되죠. 자신의 호기심과 관심이 다른 존재에게 피해를 줄 수 있습니다.

   이 시인은 꽃을 보고 이런 생각을 한 것입니다. 그래서 그 꽃을 위로하려고 이 시를 쓴 것이죠. 얼마나 고운 마음씨입니까? 꽃을 밟기는 했지만, 결국 영원히 기록되는 사진기에 담겨서 찍어간 사람들을 행복하게 하지 않았느냐는 것입니다. 어린 시인의 눈길이 참 매섭고 곱습니다.

전 주인의 똥

오태준 (충북공고 2)

전 주인 덕분에
월요일마다 세일 품목 메세지가 온다.

전 주인 덕분에

한 달에 5번 대출 받으라는
전화가 온다.

전 주인이 홈플러스
비밀번호를 바꿨는데
비밀번호가 내 문자로 왔다.

전 주인은 이 번호로
너무 똥을 많이 싸 놨다.

이런 시를 보면 세상에 시가 안 될 것은 없다는 생각이 듭니다. 정말 흔히 있는 일이고 재미있는 일입니다. 이런 경험을 그대로 옮겨놓았는데 시가 되었습니다. 요즘 학생들은 이것을 '똥'으로 표현하는 모양입니다. 황당하지만 자꾸 되풀이되면 짜증도 나죠. 이럴 땐 어떻게 해야 하나요?

이 시도 말하기가 주를 이루는 시입니다. 여기에 이런 상황의 메시지들을 '똥'으로 표현했죠. 똥은 빗대기의 방법이니, 말하기의 방법에 빗대기의 방법이 추가된 시로 보는 것입니다.

반반

손영진 (충북예술고 1)

곧 고등학교다.
걱정 반 설렘 반으로 학교 갈 준비하고

걱정 반 기대 반으로 선배 뵐 준비하고
걱정 반 설렘 반으로 알람을 맞추고
걱정 반 기대 반으로 선생님이 누굴까 기대하다 지쳐
설렘 반 기대 반으로 치킨을 시킨다.
오늘은 치킨도 양념 반 후라이드 반이네!

치렐루야~ 치맨!

고등학교에 입학한 소감을 한 번 시로 써보라고 과제를 냈더니, 이렇게 써냈습니다. 막 입학한 학생들의 설렘과 기대 같은 것이 아주 잘 나타났죠? 걱정과 설렘이 동시에 느껴지는 순간은 정말 흥분되는 순간들이고, 인생의 전환점이 되는 경우가 많습니다. 이런 상황에서 이 시인은 양념 반 후라이드 반으로 배달해주는 치킨을 떠올린 것입니다. 그리고 그것을 그대로 옮겨놓은 것이죠. 그런데 이렇게 멋진 시가 되었습니다. 걱정과 설렘이 겹치는 순간을 말하기로 표현해놓고 그것을 치킨의 상황으로 적용시킨 것입니다. 그래서 말하기의 방법에 빗대기의 방법이 추가된 시로 보는 것입니다.

이 학생은 음악을 전공한 학생인데, 이런 시를 남겨놓고 전학 갔습니다. 지금은 졸업해서 음악인으로 살아가겠지요? 학생이 전학을 가고 세월이 가도 시는 이렇게 남습니다. 예술의 힘입니다.

푸드파이터

윤예령(충북예술고 1)

내 별명은
푸드파이터.

먹어도 먹어도
끊임없이 먹는다고
푸드파이터란다.

쉴 새 없이 먹어대는
내 입 ,
얼마나 힘들까?

살찔 걱정하고
이제 먹지 말아야지 했던
내 다짐들은
음식 앞에만 서면
와르르 무너진다.

그래서 나는
푸드파이터.

충분이 공감되죠? 원래 음식 맛을 잘 모르는 저는 이런 사람들
의 심리를 잘 이해할 수 없습니다만, 주변에서 살펴보면 먹는 즐거

움으로 사는 사람도 많습니다. 그런 상황을 정확히 살펴보고 있는 그대로 묘사하여 깔끔한 시 1편을 얻었습니다.

먹고자 하는 자신과 먹지 말아야 하는 자신의 싸움을 있는 그대로 말한 시입니다. 그런데 그것을 푸드파이터라는 말로 표현했습니다. 그래서 말하기의 방법에 빗대기의 방법이 추가된 것이라고 보는 것입니다.

비 오는 날

김은지 (충북예술고 2)

빗소리가 나를 위해 놀러왔다고 노크를 한다.
나를 위해 이렇게 많은 빗방울을 데리고 왔다고.

열어주기 싫었다.
문을 열어주면 들이닥치는 비들이 내게 말을 걸 것 같아서.
왜 울고 있느냐고, 우리가 와서 기쁜 것이냐고?

열어주기 싫었다.
문을 열어주면 계속 노크하는 소리가 들리지 않을까 봐서.
내 속울음이 밖으로 들릴 것 같아서.
나만을 찾는 소리라고 그냥 생각하고 싶어서.

열어주기 싫었다.
해를 가리는 너희들이 미워서, 무서워서.
부끄러워 눈도 못 마주치는 나의 햇살을 못 보게 할까 봐.

내 어린 시절 웃음 같던 햇살의 밝은 미소를 영영 못보게 할까 봐.

그런데 있잖아, 비 오는 마지막 날에는 창문을 열어줄게.
곧 달아날 너희들이 언젠간 그리울 것 같아서.

　　이런 시들을 보면 시가 어떤 감수성을 담을 수 있는가 하는 것을 실감나게 느낍니다. 이 시인은 비가 오는 날 방안에서 자신만의 고민으로 울고 있음을 알 수 있습니다. 그런데 바깥에서 빗방울이 떨어지는 것입니다. 하늘이 울고 있다고 생각하는 것이죠. 그러니 반갑다고 해야 할까요? 그런데 막상 우는 것을 반갑다고 할 수는 없죠. 그래서 문을 열어줄 수도 열어주지 않을 수도 없는 묘한 상황이 발생한 겁니다.

　　이런 두려움은 사춘기 때의 여린 감수성에 아주 잘 표현되고는 합니다. 그래서 아무 때나 쓸 수 있는 시가 아닙니다. 마지막 날에는 문을 열어준다고 하는데 참, 이런 생각도 마음에 짠하게 여운을 남깁니다.

　　이 시는 빗방울에게 말을 하는 방식으로 그려졌습니다. 그래서 말하기의 방법이 바탕이 됩니다. 여기에다가 빗방울을 의인화해서 썼기 때문에 빗대기의 방법이 추가된 것이라고 보는 것입니다.

밤

우술람미 (충북예술고 1)

어둠이 내리면
짙게 나타나는 그대.

별처럼 하나씩 떠오르는 추억들.
그 가운데 자리 잡은 그대.

잊으려야 잊을 수 없이
밤만 되면 나타나는 그대 생각.

밤은 깊고,
너는 짙고.

밤에는 다들 잠자는 줄 알지만 야행성처럼 잠 못 드는 영혼들이 있습니다. 특히 생각이 많고 감수성이 여린 시기에 그렇습니다. 여기서도 잠 못 들고 밤을 맞는 여린 감성의 주인공이 나타납니다. 누군가를 그리워하면 밤이 더욱 깊어지죠. 그런 상황을 아주 잘 표현했습니다.

우술람미는 1학년 여학생인데 이 작품은 학생 공동시집에 실린 것입니다. 그랬더니 이 작품을 읽은 다른 학생들 특히 남학생들이 골린다는 것입니다. 그래서 이렇게 훌륭한 작품을 제대로 볼 줄모르는 놈들이나 흥보는 것이라고 말해주었습니다. 그랬더니 그렇죠? 하면서 반색을 합니다.

이 시를 흠모는 놈들의 얘기는 그겁니다. 너무 오글거린다나? 오글거리지 않는 사랑의 감정이 어디 있을까요? 사랑을 하면 부끄러움을 잊게 됩니다. 부끄러움을 잊는 용기가 사랑에서 솟아나오죠. 그런 용기가 없으면 사랑은 열매 맺을 수 없습니다.

내가 가는 이 길

양희연 (충북예술고 1)

내가 가는 이 길이
자갈길에서도 좌절하지 않겠습니다.
내겐 하늘과 같은
부모님이 있기 때문이죠.

내가 가는 이 길이
가시밭길이라도 삶을 포기하지 않겠습니다.
내겐 그림자 같은
친구가 있기 때문이죠.

내가 가는 이 길이
어두운 길이라도 울지 않겠습니다.
내겐 빛으로 밝혀주는
선생님이 있기 때문이죠.

내가 사랑하고 나를 사랑하는

사람들이 있기에
내가 가는 이 길은
꽃길이 될 것입니다.

17살 나이에 이런 깨달음에 이른다는 것이 참 쉬운 일이 아닙니다. 아니, 어쩌면 어리기 때문에 그 순수한 마음으로 어른들보다 더 정확히 세상을 볼 수도 있다는 생각이 듭니다. 어른이 되면 자신을 도와주는 존재들보다 자신이 잘 나서 그렇게 산다고 생각하기 쉽습니다. 그렇지만 아무리 잘 난 사람도 다른 사람들의 도움 위에서 성공한다는 것은 이 세상이 존재하는 원리이기도 합니다. 그런 마음이 순수한 어린 학생의 마음에 나타나서 자신의 인생을 꽃길로 안내합니다. 읽는 사람의 마음마저 따스해지는 시입니다.

6 _ 〔3 + 2〕형

이번에는 말하기의 방법이 주를 이루고 여기에 그리기의 방법이 추가된 시를 몇 편 보겠습니다.

성적표

오병헌(충북공고 2)

한 학기에 두 번,
일 년에 네 번,

시험 볼 때보다 더 긴장되는
성적표.

성적표를 보냈다는
선생님의 문자에
난 엄마의 휴대폰에
스팸으로 차단해놓는다.

성적표가 언제 오냐는
엄마의 말에
나는 오늘도 쿵쿵거리는
심장을 진정시킨다.

한 학기에 두 번,
일 년에 네 번,
시험 볼 때보다 더 긴장되는
성적표.

읽는 순간 공감이 되면서도 웃음이 절로 나는 시입니다. 오늘날 우리나라 학생들이 겪는 공통 관심사가 눈앞에 선히 떠오릅니다. 어쩌다 학생들에게 학교 공부만 시키게 되었나 하는 자괴감이 들면서도 그런 환경에 놓인 채로 살아가는 학생들의 심사가 고스란히 나타나 저절로 웃음 짓게 하는 시입니다. 엄마의 휴대폰에 스팸 처리 해놓는다는 상황에 이르러서는 웃지 않을 수가 없습니다.

이 시를 잘 보면 성적표와 관련된 자신의 고민을 털어놓는 것입니다. 말하기의 방법이죠. 그런데 앞서 알아본 시와 다르게 말하기의 투가 아니라 냉정하게 묘사하고 있음을 볼 수 있습니다. 그래서 말하기의 방법이기는 하지만 그리기의 방법이 추가되었다는 판단을 하게 되는 것입니다. [3+2]형은 이런 방식으로 쓰인 시를 말합니다.

24시간

최지수(충북공고 2)

자면서 흐르는 시간
8시간.

학교 갈 준비하는 시간
2시간

학교에서 보내는 시간
약 9시간.

밥 먹고 씻는 시간
1시간.

휴대폰 만지면서 보내는 시간
2시간.

TV 보는 시간
2시간.

따로 공부 할 시간이 없다.

　학생이 공부하기 힘든 평계를 만드는 것은 쉽습니다. 마음이 가지 않기 때문에 회피하는 것인데, 이렇게 써놓고 나니 웃지 않을 수가 없습니다. 내가 보내는 시간을 이렇게 정밀하게 분석해본다는 것도 참 특별한 경험이죠. 그것만으로도 이 시는 성공이라고 볼 수 있습니다.

　그런데 이렇다 저렇다 설명하지 않고 있는 그대로 묘사를 합니다. 그 묘사가 마지막 연에서 할 말로 바뀌게 되죠. 그래서 말하기의 방법에 빗대기의 방법이 추가되었다고 보는 것입니다. 사실은 거꾸로 얘기해도 됩니다. 보는 관점에 따라서 그리기의 방법이 주를 이루고 말하기의 방법이 추가되었다고 해도 되는 시입니다.

닫 다

김현우(충북예술고 1)

입학식
긴장된다.
입을 닫았다.

첫 수업

긴장된다.
입을 닫았다.

친구들
어색했다.
입을 닫았다.

학교
어색했다.
입 닫고 다녔다.

소심해서
아직 긴장돼서, 어색해서
입을 닫는다.

갓 입학한 신입생들에게 입학 소감을 시로 써보라고 했더니 이렇게 썼습니다. 충북예술고는 음악과, 무용과, 미술과가 있는데, 이학생은 미술과 학생입니다. 미술과에는 남학생보다 여학생이 훨씬 더 많습니다. 정원 35명에 어떤 해에는 남학생이 1명뿐인 때도 있었습니다. 다행히 이 학생이 학교 다닐 때는 남학생이 10명 가까이 되었습니다. 그런데도 여학생들에게 밀려서 영 힘을 못 씁니다. 그런 상황이 아주 잘 나타났습니다. 긴장되고 어색하면 저절로 말수가 줄어들죠. 그래서 점차 말을 안 하게 되는 상황을 잘 나타냈습니다. 그런데 이 학생은 입을 닫았다고 표현했지만, 원래 자기의 일만 묵묵히 행하는 과묵한 학생이었습니다.

시를 보면 분명히 말하기의 방법입니다. 그런데 표현을 잘 보면 자신의 상황을 냉정하게 묘사하는 태도가 느껴집니다. 그래서 말하기의 방법에 그리기의 방법이 추가되었다고 보는 것입니다.

가 을

임지영 (충북예술고 2)

아무 생각 없이
핸드폰을 하면서
걷다가

살랑
내 발 앞에 떨어진 낙엽 한 장.

문득
주변을 보니,
빨강 노랑 갈색 주황
벌써
가을이 왔다.

나만 빼고
모두 가을을 준비하고
있었다.

그럴 때가 있습니다. 어떤 일에 빠져서 생활하다 보면 계절이 바뀌는 건지 날씨가 어떻게 변하는 건지 전혀 느끼지 못하고 살게 되죠. 짧게 왔다가는 가을이 그렇습니다. 가을은 울긋불긋 요란하게 오는 법인데, 그런 것조차도 자각하지 못하고 살 때가 많습니다. 발 앞에 떨어진 낙엽에서 가을이 왔음을 갑자기 느끼는 순간의 놀라운 체험을 시로 잘 표현했습니다. 그런 상황을 말로 표현했는데 흥분하 거나 감정을 직접 드러내지 않고 냉정하게 묘사하는 방법을 썼습니 다. 그래서 말하기의 방법에 그리기의 방법이 추가된 것으로 보는 것입니다.

추 석

양희연 (충북예술고 2)

우리 할머니
야윈 손가락 꼽아
추석날 기다리며
눈 감고 손녀 얼굴 더듬고 있겠네.

손녀 입에 넣어 줄
마당 앞 햇방 햇대추
점점 더하는 붉은 색깔 바라보며
손녀 냠냠 대는 입 그리고 있겠네.

동네 어귀 단풍나무
빨간 비를 준비하고

뒷산 도토리 여우는 소리에
앞산 다람쥐 마중 나와 있겠네.

올 추석
별별 잔치에
보름달 두둥실 떠어
할머니와 긴 달그림자 만들고 있겠네.

　　자신을 기다리는 할머니의 모습을 아주 잘 나타냈습니다. '있겠
네.'로 마무리한 것이 더더욱 대화체라는 생각이 들게 하죠. 그게 바
로 말하기의 방법입니다. 그러면서도 각 연의 상황을 보면 묘사의
느낌이 물씬 납니다. 그래서 말하기의 방법에 그리기의 방법이 추가
되었다고 보는 것입니다. '동네 어귀 단풍나무'가 '빨간 비를 준비'한
다는 발상은 참 아름답습니다. 무심한 듯이 툭툭 던지는 말 속에 이
런 표현이 끼어들어서 읽는 이로 하여금 깜짝 놀라게 합니다.

언니 언니

김나영 (충북예술고 1)

아장아장 나를 따라오는
사촌동생 채은이
언니, 언니
병원 놀이 하자.

졸졸졸 나를 따라오는
사촌동생 서연이
언니, 언니
레슬링하자.

쿵쿵쿵 나를 따라오는
사촌동생 승환이
누나, 누나
바운스볼 하자.

너털너털 동생들을 쫓아가는
고등학생 나영이
동생들아, 동생들아.
좀만 쉬었다 놀자.

　상황이 쉽게 이해되죠? 아이들 보는 일이 세상에서 가장 어렵습니다. 아이를 키우다보면 아이와 놀아주기는 철인 3종 경기 종목에 넣어야 할 것 같다는 생각이 들 정도입니다. 여러 동생들이 있는 것으로 보아 명절 때 같죠? 아이들이 제 좋아하는 언니 누나를 따라서 놀아달라고 조르는 상황이 환히 눈에 들어옵니다. 그런 아이들과 놀아주는 것은 정말 힘든 일이죠.

　이 시는 그런 날 당한 일을 떠올려서 자연스럽게 말을 하고 있습니다. 그런데 아이들의 등장이 별다른 수식 없이 묘사되었죠. 그래서 말하기의 방법에 그리기의 방법이 추가되었다고 판단하는 것입니다.

02

3가지가 섞인 경우

지금까지는 2가지 방법이 함께 쓰인 경우를 봤습니다. 그렇지만 3가지 방법이 한꺼번에 쓰이는 경우도 생깁니다. 이제부터는 그것을 하나씩 살펴보겠습니다.

①_〔1 + 2 + 3〕형

이것은 빗대기의 방법에 그리기의 방법과 말하기의 방법이 추가된 경우입니다. 시 전체의 발상이나 상상력은 빗대기의 방법에 의존하고 있지만, 부분을 살펴보면 그리기의 방법도 조금 보이고 말하기의 방법도 조금 보이는 그런 시입니다. 작품을 한 번 보겠습니다.

못과 너

홍지영 (충북예술고 2)

벽에 박힌 못엔
액자를 걸 수 있다.
나는 너와의 추억을 건다.
못은 우리의 추억을 들어준다.

벽에 박힌 못엔
시계를 걸 수 있다.
나는 너와의 시간을 건다.
못은 우리의 시간을 들어준다.

내 마음에 박힌 못엔
네가 박은 못엔
난 아무것도 걸 수 없다.

난 너에게 말을 건다.
넌 내 말을 듣지 않는다.
들으려 하지 않는다.

　여기서 못은 상징임을 알 수 있습니다. 못이 뜻하는 바가 한 두 가지가 아니죠. 우선 '가슴에 못이 박혔다.'는 말을 많이 합니다. 보통 상처 받았을 때 하는 얘기죠. 그런 쓰임으로 보아 여기서 말하는 못도 그런 종류의 일종일 것이라고 짐작합니다. 너와 나의 얘기인 것으로 보아 사람간의 관계에서 생긴 못으로 보입니다. 마음속에 박힌 못과 보통 못을 비교하면서 그 차이점과 공통점을 바탕으로 '너'라는 사람에게 말하는 방식으로 되었습니다. 빗대기의 방법임을 알 수 있습니다.

그런데 자세히 보면 누군가에게 말하는 투가 느껴지고 또 그것을 흥분해서 말하는 것이 아니라 차분하게 실상을 묘사하는 힘이 느껴집니다. 그래서 그리기의 방법과 말하기의 방법이 함께 쓰였다고 보는 것입니다.

이런 시는 정말 놀라운 시입니다. 군더더기 하나 없이 잘 묘사된 상황 하며, 흥분하지 않고 자신의 할 말을 적절한 표현에 기대어 전하는 수법이 기성 시인의 작품보다 못할 것이 하나도 없습니다.

얼 룩

윤세영 (충북예술고 3)

너와 자전거를 타고 어디든 누비던 그때가
영원할 것 같던 날들

실은 언젠간 끝날 그날이 무서워서
그 시간을 온 마음 다해 즐겼다.

종막에 가까워지는 하나의 극,
행복한 척 연기하던 배우들은 떠나갔다.

추억은 두껍게 바른 수채물감덩어리처럼

건드리면 짙게 번지기만 할 뿐 쉽게 풀어지지 않는다.

내 사랑들과의
지워지지 않는 얼룩을 만든다.
평생 지워지지 않을
남들에겐 없는 그 얼룩이 좋다.

사람은 추억을 먹고 사는 사람입니다. 행복하다고 느끼면 그 순간을 붙잡으려고 하죠. 하지만 그 순간이 언젠가는 끝날 거라는 것도 압니다. 그래서 더욱 집착하게 됩니다. 그런 순간들을 얼룩이라고 표현했습니다. 당연히 빗대기의 방법입니다. 여기에다가 그 상황을 잘 묘사하였습니다. 그리고 그 상황을 말하는 이의 말투가 느껴집니다. 이렇게 해서 빗대기의 방법에 그리기와 말하기의 방법이 추가된 시로 보는 것입니다.

lol

강대원(충북공고 1)

롤에 로그인을 한다.
내 현실과는 로그아웃을 한다.

적 챔피언을 잡았다.
이번 기말고사는 잡쳤다.

시야와드를 깔았다.
주변시야가 밝아졌다.
내 인생은 어두워진다.

게임을 승리하였다.
내 인생은 패배하였다.

이것도 앞의 시와 아주 비슷한 방법입니다. 게임이 몰두할수록 현실에서는 어려워지는 상황을 서로 대비시켜서 표현했습니다. 현실을 냉정하게 베껴서 묘사하는 방법과 그것을 전하는 화자의 말투가 느껴지는 시입니다.

휴 지

류성현(충북공고 1)

요즘 나는 바빠진다.
겨울이 되면 나는 바빠진다.
평소에 날 쓰지 않는 사람들은
겨울이 되면 나를 자주 사용한다.

늘 탐험하던 구멍
똥구멍을 제쳐 두고
나는 다른 구멍을 들어간다.
콧구멍.

나는 구멍에서 나오는
이슬을 맞기 위해
마개로 변신한다.
내가 이렇게 유용한 곳에 쓰이다니!
겨울이 되면 바쁘지만
보람찬 생활을 한다.

이 시 속의 주인공은 휴지입니다. 벌써 휴지가 주인공이 되었
다는 것에 빗대기의 방법이 쓰였음을 알 수 있습니다. 상황을 있는
그대로 묘사하였고, 또 직접 말하는 부분도 있습니다. 그래서 세 가
지 방법이 섞였다고 보는 것입니다. 휴지가 똥구멍을 탐험한다는
것이 우습죠? 하하하. 똥은 더럽지만, 똥이라고 말하는 시는 아름답
습니다.

② _ 〔 1 + 3 + 2 〕형

이것은 앞서 살펴본 [1+2+3]형과 비슷합니다. 그렇지만 자세히
살펴보면 두 번째로 쓰인 방법이 약간 다릅니다. 빗대기의 방법이
주를 이루지만, 그리기의 방법보다는 말하기의 특색이 더 드러나는
시입니다.

작아진다

김효은(충북예술고 2)

동산 위에 올라서서 본 세상은
넓은 세상.

내가 지금까지 봐왔던 세상은
작은 세상.

그리고 그 속에서 그림을 그리는 사람들의
종이에는 조금 더 작은 세상.

종이 속 세상의 나는 점점 작아지는 나.

넓은 세상을 보고 싶어 자꾸 자꾸
올라가지만,

종이 위에 세상은
작게만 그려진다.

작아진다.

충북예술고에는 작은 동산이 있습니다. 거기에 올라가면 사방
이 다 보입니다. 그리고 넓은 공간에 등나무가 지붕을 이루고 그 밑
에 벤치가 돌아가며 놓였습니다. 한 두 반의 학생들이 넉넉히 앉을

만한 너비입니다. 햇볕 좋을 때 거기 가면 참 좋습니다. 제가 쉬려고 찾아낸 공간인데, 국어시간에 아이들이 지루해하면 야외수업을 나갑니다. 동산에 갈 때는 조건이 있습니다. 시를 써야 하는 것입니다. 시라야 아이들은 집중하면 5분이면 써옵니다. 그것을 저에게 보여주고는 자기들끼리 놉니다. 시 1편을 쓰고 1시간 노는 것이죠. 저는 그렇게 아이들과 흥정해서 1년에 서너 차례 야외 수업을 합니다. 물론 이때 쓰인 시는 수행평가에 포함됩니다.

효은이는 미술을 전공한 학생입니다. 그러다보니 색채 감각도 뛰어나고 사물을 바라보는 시각도 남다릅니다. 동산에 올라가면 세상이 내려다보이기 때문에 책상이나 교실 같은 닫힌 공간에서 바라볼 수 없는 세상이 보입니다. 바로 그 시각상의 충격이 이 시를 낳은 것이지요. 그리고 그런 신선한 충격을 도화지에 그리는 것이 미술을 전공한 효은이의 운명이죠. 세상은 이렇게 세 겹으로 어루러졌고, 크기의 측면에서 보면 큰 세상과 작은 세상으로 나뉩니다. 실제 세상을 종이로 옮겨오면 작게 그릴 수밖에 없죠. 그래서 작아진다고 한 것입니다.

그런데 이 작아진다는 말이 무언가 상징처럼 느껴지지 않나요? 그렇습니다. 고등학교 2학년이 감당하기에 세상은 너무 큽니다. 특히 대학 입학을 앞에 두고 오직 대학에 들어가기 위해서 공부하고 스케치하는 학생에게 세상은 너무나 크죠. 반면에 그런 입시 때문에 자신의 꿈은 하루가 다르게 작아집니다. 그래서 이 작아진다는 말은 단순한 말이 아니라 다른 뜻을 품고 있는 상징으로 느껴지는 것입니다.

상징은 빗대기의 일종이라고 말씀 드렸죠? [1]형이라고 할 수 있습니다. 시 전체의 구도는 [1]형 빗대기입니다. 그런데 잘 보시기 바랍니다. 말하기(3)와 그리기(2)가 모두 들었습니다. 어느 쪽이 더 우세할까요? 자신의 얘기이지만, 아주 냉정하게 그려졌다는 느낌이 옵니다. 묘사가 말하기보다 더 강조된 느낌입니다. 그래서 [1+3+2]형으로 본 것입니다.

❸ _ 〔 2 + 1 + 3 〕형

[2+1+3]형은 그리기의 방법이 주를 이룬 시를 말합니다. 여기에 빗대기의 방법과 말하기의 방법이 추가된 것입니다.

교 복

이관규(충북예술고 1)

허리 라인 골반 라인
S라인 핏 교복.
내가 입으면 일자 핏 교복.

볼륨 핏 개미허리
교복 조끼.
내가 입으면 절벽조끼.

모델 핏 세련 핏
긴 교복 치마.
내가 입으면 찌질이 치마.

8등신에게 교복은
화보 핏.
나에게 교복은 학교 핏.

    이상하게도 교복이나 제복은, 입고 보면 어딘가 어색하고 개인의 개성을 살리지 못합니다. 당연하죠. 한 가지 모양에 몸을 맞춰야하니 몸이 모두 다른 개인에게는 어딘가 안 맞을 수밖에 없습니다. 이것이 유니폼의 딜레마입니다. 그런데 광고에 나오는 교복을 보면 그럴 듯합니다. 그래서 더더욱 그 교복을 입은 학생은 광고 속의 모델과 다른 자신의 모습을 보고 절망하죠. 모델 속의 사진을 이상으로 여기고 현실을 비교하니 당연히 이르는 결과입니다. 누구나 그런 비참한 결과를 바라보며 살죠. 교복을 왜 입는지 모를 일입니다. 하하하.

    이 시에는 교복이 주는 그런 현실을 아주 정확하게 그렸습니다. 당연히 그리기(2)의 방법이 주를 이루는 시입니다. 그런데 잘 보면 화보 속의 모델과 자신을 비교합니다. 이 비교는 빗대기(1)의 방법이죠. [2+1]형이 한 눈에 드러납니다. 그런데 이 시를 조금 더 자세히 살펴보면 그런 상황을 말하는 시인의 불만스런 말투가 아주 잘 느껴집니다. 그렇죠? '절벽 조끼', '찌질이 치마' 같은 말에서 그런 것이 금방 느껴집니다. 말하기(3)의 방법이 뚜렷이 드러남을 보여줍니다. 그래서 3가지의 방법이 모두 섞여있다고 본 것입니다.

'핏'은 꼭 맞는다는 뜻의 영어입니다. 저는 국어를 가르치는 사람이라서 이런 무분별한 외국어 사용은 싫어하는 편인데, 이상하게 이 시에서는 꼭 필요한 말처럼 느껴집니다. 입에 짝짝 달라붙습니다. 아마도 이것은 학생들이 쓰는 말을 있는 그대로 새서 그런 게 아닌가 생각합니다. 생활 속에 살아있는 말이 시로 들어오면 대체불가가 됩니다. 이 말은 그런 입맛을 잘 보여줍니다.

겨 울

조철민 (회인중 2)

사계절의
마지막
겨울이다.

겨울이면
나무들이
옷을 벗는다.

춥지도 않은지
마지막 속옷까지
남기지 않고
다 벗는다.

겨울
눈이 내린다.

나무가 다시
하얀 옷을 입는다.

이렇게 겨울은
나무가 헌 옷을 버리고 새 옷을 사는
계절이다.

이 시는 한 눈에도 묘사의 방법이 주를 이루는 시임을 알 수 있습니다. 겨울의 모습을 묘사한 차분한 시각이 첫눈에 들어옵니다. 그런데 의인화되었죠. 나무가 옷을 입는다는 것이 그런 것입니다. 그렇지만 마지막 연으로 가면 시인의 말투가 확 느껴집니다. 그래서 말하기의 방법도 조금 섞였다고 보는 것입니다.

④ _ 〔 2 + 3 + 1 〕형

이것은 앞서 본 [2+1+3]형과 비슷하지만 분위기가 약간 다른 시입니다. 그리기가 주를 이루지만 말하기가 빗대기보다 약간 더 느껴지는 시입니다. 사실 구별하기도 쉽지 않죠.

볼 펜

이성은(충북예술고 1)

3년 동안 아껴 쓰던 볼펜
잉크가 다 떨어져 버렸다.

문구점에서 오랫동안 고민하다가
신중하게 고른 새 볼펜.

아직 어색하고 불편하지만
시간이 지나면 다시 익숙해지겠지.

아무 것도 말하지 않고 볼펜에 대해서만 말한 것 같습니다. 그런데 사람은 물건이든 사람이든 새로운 관계를 맺으면서 삶을 넓여갑니다. 새로운 대상을 만나면 거기에 맞추느라고 힘들죠. 그렇지만 그런 관계를 맺지 않으면 삶은 그 순간으로 멈춰버립니다. 바로 이런 관찰을 볼펜을 통해서 나타낸 것입니다. 볼펜에 대한 묘사가 주를 이루면서 다른 것을 암시해주는 상징이 느껴지도록 썼고, 말투에서도 말하는 느낌이 물씬 납니다. 그래서 세 가지 방법이 섞였다고 보는 것입니다.

⑤_〔3 + 1 + 2〕형

이번에는 말하기가 주를 이루면서 나머지 두 방법이 섞인 시를
살펴보겠습니다.

자꾸 바뀌는 나의 모습

조영민 (회인중 3)

나는 자꾸 바뀐다.
엄마, 아빠가 보았을 때는
아들의 모습.

친구들이 보았을 때는
친구의 모습.

선생님이 보았을 때는
제자의 모습.

지나가는 사람이 봤을 때는
그냥 지나가는 사람의 모습.

의사들이 보았을 때는
환자의 모습.

나는 새로운 사람을 만나면 또 새로운 사람으로 바뀐다.

시 전체의 큰 틀을 보면 자신의 모습에 대한 고백입니다. 일종의 말하기(3)라고 할 수 있죠. 그런데 그게 다른 사람의 모습에 비유되고 있습니다. 사람들의 눈에 비치는 대로 내가 달라진다는 것입니다. 그러니 끊임없이 다르게 규정되는 자신을 다른 존재에 빗대어 표현한 것입니다. 그리고 그것을 자세히 묘사합니다. 그렇기 때문에 이 시는 말하기의 틀 안에서 빗대기와 그리기의 방법이 섞인 것이라고 보는 것입니다.

이 시에서 말하는 것도 참 의미심장합니다. 나는 하나인데 내가 누구와 관계를 맺느냐에 따라서 나의 존재가 달라진다는 것이니, 참 철학에서 한 바탕 다루어도 될 주제입니다. 실제로 저는 이런 문제 때문에 『청소년을 위한 우리 철학 이야기』라는 철학서를 쓰기도 했습니다. 도대체 나란 무엇인가? 이 질문에 대한 답을 찾아가는 과정을 그린 것입니다. 사람이 살아가면서 피해갈 수 없는 질문이 몇 가지가 있는데, 이런 질문도 그런 것 중의 하나입니다. 여러분도 언젠가는 진지하게 자신에게 이 질문을 하게 될 겁니다. 이 학생은 벌써 그 답을 찾았죠?

침이 들어간다

이소혜 (회인중 1)

아~ 왜 이리 속이 매스껍지?
속이 아파도
속이 쓰려도
가장 먼저 찾아가는 곳은

바로 교무실.

교무실에 들어가면
눈 덮인 언덕처럼
하얀 머리를 가지고 계신
우리들의 국어 선생님.

"자~ 어디 보자!"
하시며 뾰족한 침을
내 눈앞에 보이시는
침꾼 우리 선생님.

아얏! 침이 들어간다.
뾰족한 침이 들어간다.
난 잠이 든다….

　　회인중학교는 충북 보은군의 면 단위에 있는 작은 학교입니다. 전교생이 50명이 채 안 됩니다. 몇 해 전에는 입학생이 딱 1명뿐이 적도 있어서 해마다 폐교가 거론되던 학교이기도 합니다. 그 작은 학교에서 근무하다보면 별의 별 일이 다 생깁니다. 특히 아프거나 할 때는 병원에 가려면 40분 이상을 차타고 나가야 합니다. 그래서 제가 응급처치 용으로 침술을 배운 적이 있습니다. 1주일이면 간단한 응급처치를 배울 수 있어서 4관을 놓을 줄 아는 정도가 되었습니다. 4관은, 옛날에 동네마다 침 할아버지들이 있었는데, 그 할아버지들이 동네의 환자들에게 놓던 가장 간단한 침술입니다. 이것을 배우고 나니 효과가 궁금하기도 하고, 시골에서 별다른 대책이 없기도 하여 아프다고 교실로 오는 놈들에게 침을 놔주었습니다. 그래서 제가 아이들에게 침꾼으로 기억되는 것입니다. 이렇게 하다가 나중에는『우리 침뜸 이야기』라는 책도 썼습니다.

이 시는 이런 침 맞는 상황을 대화와 묘사로 표현했습니다. 말하는 것이니 말하기(3)의 방법이고, 그런 상황을 묘사하였는데, 실제로는 비유도 들어있어서 [3+1+2]형으로 본 것입니다.

6 _〔3 + 2 + 1〕형

가 을

정민아(충북예술고 1)

가을이 되면 잠자리가 나온다.
잠자리는 눈이 참 크고 예쁘다.

가을이 되면 붉은 단풍잎이 떨어진다.
단풍잎은 손가락 모양처럼 생겼다.

또 가을은 독서의 계절이라 했는데
다른 계절과 별다른 게 없는 것 같다.

책을 펴놓으면 내가 보는 게 아니라,

오히려 잠자리들이랑 단풍잎들이 좋다고 책 위로 달려든다.

이 시를 읽으면 웃음이 절로 나죠? 생각이 엉뚱한 것도 있고, 상황이 우스꽝스러운 것도 있어서 그렇습니다. 책을 읽으려고 하는데, 잠자리와 단풍이 얼씬거리는 것이죠. 그것이 가을을 알려주는 편지 같은 것인데, 본래의 목적인 책 읽기에 방해가 되니까 잠시 인 머릿속의 혼돈 상황을 있는 그대로 옮긴 것입니다. 물론 이 상황은 아까 말한 국어시간 야외 수업 때 예술고의 동산에 올라가서 시 쓰다가 생긴 것입니다. 등나무를 비롯하여 굴참나무, 왜소나무까지 낙엽이 한창 떨어질 무렵이었습니다. 그 상황을 맞이하는 대로 그린 시인데, 어쩐지 말투에서 투덜거리는 느낌이 먼저 납니다. 그래서 말하기(3)의 방법이 주를 이룬 작품이라고 보는 것입니다. 게다가 그 상황을 순서대로 정밀하게 묘사하는 방법(2)이 두드러지고, '처럼'으로 연결된 비유도 있어서 [3+2+1]형이라고 본 것입니다.

풍선껌

정민아(충북예술고 3)

편의점에 막내 동생이 좋아하는 풍선껌이 항상 2+1이다.
나는 막내한테 작은 돈을 들여 항상 언니가 최고라는 생각을
심어준다.

막내는 조금 배우더니 풍선껌을 진짜 분다.
둘째는 나이가 16이나 먹었는데도 풍선껌을 못 분다.

남자라 그런가? 정말 화성인일 때가 많다.

가끔 보면 동생들끼리 싸운다.
지기 싫은 오빠와 이기고 싶은 동생,
막내는 으쓱대며 놀리고
둘째는 풍선껌 불량 타령하고
흘낏흘낏 정말 유치하다.

둘째동생
몰래 풍선껌 부는 연습을 한다.
풍선이 입 밖으로 튀어나가고
너무 안쓰러워서 방법을 알려줬는데
정말 그리 쉬운 걸 못 분다.
둘째는 부는 것은 다 안 되나 보다.
풍선껌. 리코더. 휘파람. 하모니카
전부 나머지 공부.

　

같은 학생의 작품입니다. 읽다 보면 저절로 웃음이 나오죠? 민아는 타악을 전공한 학생인데 키가 작달막하고 아주 활달합니다. 어떤 때는 생각이 없는 것 같기도 하고, 어떤 때는 순진무구한 것 같기도 합니다. 이런 사람들이 대부분 뒤끝이 없고 자기 생각을 굳이 숨기지 않습니다. 그래서 사람들과 대부분 친하게 잘 지냅니다. 선생님들에게도 붙임성이 있어서 사이가 좋습니다. 이 시를 보면 대충 어떤 학생인지 짐작이 가실 겁니다. 앞 작품이 1학년 때 쓴 것이고, 뒤

작품이 3학년 때 쓴 것인데, 둘 사이의 상상력과 입담이 변화가 별로 없습니다. 그 만큼 자기 성격이 뚜렷하다는 얘기입니다. 지금쯤 대학에서 신나게 장구를 치며 살아가고 있을 것입니다.

말풍선

서동욱(충북공고 2)

학교에 오면 너도 나도 말풍선을 푼다.
내가 가져온 말풍선 네가 가져온 말풍선.

너의 말로 내 풍선을 채우고
나의 말로 너의 풍선을 채우고

담은 말을 다시 친구에게 나눠주고
나도 친구에게 들은 말을 채워온다.

우리들의 말풍선은 점점 커진다.
아 물론 풍선은 터지지 않는다.
오래 되면 기억 밖으로 새어나가기 때문이다.

아쉽긴 하지만 우린 천재가 아닌 걸….

말풍선은, 만화에서 등장인물들이 하는 말을 그린 부분을 말합니다. 그러니까 사람들의 머리 위쪽으로 둥근 공간을 비워서 거기다가 대화를 써넣죠. 그 만화가 현실로 나타날 때 말풍선이라고 하는 겁니다. 입 밖으로 드러나는 말풍선은 실선으로 그리고 혼자 머릿속에서 맴도는 말풍선은 점선으로 그리죠. 무언가 끊임없이 친구들끼리 말을 하는 상황을 이렇게 말풍선으로 표현한 겁니다. 말이 말을 만들면서 소문으로 커져가는 상황까지 연상할 수 있습니다. 말풍선이 커진다는 것은 그런 것을 말합니다. 끼리끼리 모여서 쑥덕공론하는 상황이 연상됩니다.

이 시도 잘 보면 시인의 넋두리가 시 전체의 틀을 결정하는 것임을 볼 수 있습니다. 거기에 상황 묘사와 비유까지 가세하였기에 [3+2+1]형이라고 보는 것입니다.

단풍잎 이야기

김진범(충북공고 1)

단풍잎 이야기는 나 자신을 잃게 한다.
단풍잎 이야기는 내 지갑을 얇게 한다.

단풍잎 이야기는 가족의 화목함을 깨게 한다.
단풍잎 이야기는 공부의 길을 끊어버린다.

단풍잎 이야기는 친구의 사이를 갈라놓을 수 있다.
마약 같은 단풍잎 이야기,
단풍잎 이야기를 끊어야 한다.

하지만 나는 못 끊겠다.
Lv.69 때 99%의 긴장감

Lv.119 때 99%의 긴장감
장비강화의 긴장감
돋보기를 더블 클릭하고 장비에 갖다대는 그 긴장감!

한 번 모형에 컴퓨터를 부술 수 있는 힘이 생길 수 있는
재미있지만, 마약 같은 단풍잎 이야기.

지금은 시들해졌을 것 같은데 한때 메이플스토리라는 컴퓨터 게임이 유행한 적이 있습니다. 메이플스토리를 번역해서 '단풍잎 이야기'라고 한 것입니다. 충북공고에는 교정 한 모서리에 한 학급 정도가 쉴 수 있는 벤치가 있습니다. 물론 그 위에는 등나무가 덮여서 쉬기에 아주 좋죠. 충북공고에서는 그리로 야외수업을 나갔습니다. 거기서 시를 쓰면 한 시간이 후딱 가죠. 이 작품도 거기서 나온 것입니다.

메이플스토리에 대한 전체의 이야기를 노래한 것입니다. 그래서 [3]형이 기본이고, 거기에 나머지 두 방법이 가세한 것으로 보는 겁니다.

서랍 속

이충원(충북공고 1)

서랍 속은 잡동사니 주머니.
서랍 속에는 무엇이 있을까?
서랍 속을 뒤져보자.

서랍 속에서 책 나왔네.

서랍 속에서 볼펜 나왔네.

서랍 속에서 과자봉지 나왔네.

서랍 속에서 프린트 나왔네.

서랍 속엔 또 무엇이 들었을까?

서랍 속에서 몰래 씹다가 붙여 논 껌 나왔네.

서랍 속에서 옛날 그리운 친구들 사진 나왔네.

서랍 속에서 그리운 추억들 나오네.

서랍 속은 잡동사니 주머니.

서랍 속은 무엇이든 나오는 신기한 주머니.

이 작품도 생활 속에서 나왔죠? 우리가 매일 살아가는 순간순간
의 일들이 모두 시가 될 수 있음을 잘 보여주는 시입니다. 이 시도 마
찬가지 방법으로 쓰였습니다.

言 Poet 촉

시를, 그것을 창작한 사람의
그것은 창작의 비밀을 안다는

시인의 길

것은 무엇을 뜻할까요?
창작의 비밀을 안다는 것은 실제로 시를 창작할 수 있다는 뜻입니다.

시

시를 쓰는 모든 사람은 다 시인입니다.

지금까지 우리는 시를 이해하기 위한 특별한 방법을 공부했습니다. 중요한 것은, 시를 이해하려면 상상력이 점화된 부분을 알아야 한다는 것이었고, 실제로 시에서 그것을 어떻게 찾아볼 수 있는가 하는 것을 탐구해온 것입니다. 시를 제대로 이해하려면 시인의 마음으로 돌아가 시의 상상력이 시작된 지점을 파악해야 한다는 것이었고, 이렇게 되면 시인의 마음까지 이해할 수 있다는 얘기를 했습니다.

시를, 그것을 창작한 사람의 눈으로 본다는 것은 무엇을 뜻할까요? 그것은 창작의 비밀을 안다는 뜻입니다. 창작의 비밀을 안다는 것은 실제로 시를 창작할 수 있다는 뜻입니다. 그러므로 지금까지 우리가 배운 것은 시를 잘 이해하는 것에 그치는 것이 아니라, 시를 실제로 창작할 수 있는 방법을 파악하는 단계까지 나아간 것입니다.

지금까지 제가 알려준 이론을 제대로 이해하면 여러분은 누구나 시인이 될 수 있습니다. 시 이해를 위한 안내서가 아니라 시를 창작하기 위한 안내서 노릇도 한다는 얘기입니다. 그래서 이참에 여러분은 시인의 꿈을 꾸라고 권해봅니다. 위의 방법을 제대로 이해만

했다면 어려운 일이 결코 아닙니다. 용기를 내보시기 바랍니다. 마음에 할 말이 떠오르면 그것을 세 가지 방법으로 써보는 것입니다. 실제로 상상의 점화지점을 알면 시를 쓰는 일은 그리 어렵지 않습니다.

이 부분에서는 시인을 꿈꾸는 사람을 위해 시인이 되는 데 필요한 몇 가지 이야기를 들려드리려고 합니다.

01

시인이 되는 방법

우리가 시인, 시인, 하는데 그 시인이 무엇입니까? 이렇게 물으면 여러분은 이상한 눈으로 쳐다보거나, 아니면 단순하게, '시 쓰는 사람'이라고 답할 것입니다. 그렇습니다. 시인은 시를 쓰는 사람에게 붙이는 호칭입니다.

그렇다면 한 번 더 묻겠습니다. 시라고는 모르는 어떤 직장인이 술을 마시고 와서 저녁에 시를 썼습니다. 그 시는 일기장 속에 들어 있습니다. 그렇다면 그 사람은 시인인가요? 시인이 아닌가요?

어때요? 갑갑하지요? 앞의 말에 의하면 시인은 시를 쓰는 사람이니 시인이 분명하고, 그렇다고 시 한 편 썼다고 시인이라고 부를 수도 없고…. 이를 어쩌지요?

자, 우리가 보통 시인이라고 부르는 사람과 어쩌다 시를 한 편 쓴 직장인 사이에는 이상한 차이가 있습니다. 이제부터 그 이상한 차이에 대해서 설명하려고 장황하게 서두를 꺼낸 것입니다.

앞서 말한 대로 시를 쓰는 모든 사람은 다 시인입니다. 당연한 일이지요. 그러나 보통 앞서 시 한 편을 쓴 직장인에 대해서는 시인이라고 말하지 않습니다. 이렇게 된 것은 우리 사회의 관습 때문입니다.

　우리가 시인이라고 부르는 일군의 사람들은 시 쓰는 것을 자신의 삶에서 가장 중요한 일로 여깁니다. 그러나 생각만 그렇게 한다고 해서 시인이 되는 것이 아닙니다. 시인이 되는 데는 일정한 절차가 있습니다. 그 절차란 이른바 '등단'을 말합니다. 등단이란 무대에 오른다는 뜻입니다. 시인으로 등단한다는 말은 시인으로 활동하는 시인들의 무대에 오른다는 뜻입니다.

　그렇다면 우리나라에 시인이라는 무대에서 활동하도록 해주는 어떤 단체나 조직이 있다는 뜻이겠지요? 맞습니다. 우리가 시인이라고 부르는 사람들은 보통사람들과는 다릅니다. 일정한 절차를 거쳐서 시인이라는 인정을 누군가한테서 받은 사람들이고, 그들에게 그런 자격을 인정해주는 곳이 있습니다. 그렇다면 누가 그런 일을 할까요?

　보통은 문학 잡지사에서 그런 일을 합니다. 잡지사에서는 문학 작품을 싣는 잡지를 냅니다. 보통은 정기간행물로 내지요. 거기에는 문학 전반을 다루는 잡지도 있고, 시만을 다루는 시 전문지도 있습니다. 이런 잡지들이 출판되면 그런 잡지를 사서 읽는 사람이 생깁니다. 문학에, 또는 시에 관심이 있는 사람들이겠지요. 그들 가운데 시를 쓰려고 하는 사람들이 있습니다. 그런 사람들에게 잡지사에서는 추천해주겠다는 광고를 합니다. 그리고는 작품을 받아서 그 중에서 좋은 작품을 쓰는 사람이 발견되면 그 작품을 잡지에 발표해줍니다. 이런 것을 추천이라고 하지요. 이러한 관문을 통과하여 잡지에 계속 시를 발표하고, 그러한 시를 모아서 시집을 내면 그때부터 시인이라는 호칭이 따라붙는 것입니다.

그런데 이런 추천을 잡지사에서만 하는 것은 아닙니다. 엉뚱하게도 우리나라에서는 각 신문사에서 매년 초에 이런 행사를 합니다. 이름 하여 '신춘문예'라는 것이 그것입니다. 매년 말에 상금을 걸어놓고서 작품을 모은다고 광고한 다음에 응모작 중에서 가장 좋은 작품을 뽑아서 이듬해 첫날 신문에 발표하고는 수상자를 불러서 상금을 주지요. 여기에 당선되는 것을 우리나라 문학 지망생들은 가장 큰 영광으로 생각합니다. 좀 우스운 일이지요?

유럽에서는 우리나라 같은 추천제도가 없습니다. 그들은 그들 나름대로 문단을 형성하는 어떤 장치가 있겠지만, 그것은 살롱이라든지 아카데미라든지 하는 식의 운영방법이 있지, 마치 옛날에 과거 제도처럼 군림하는 우리나라 식의 추천제도는 없다는 얘깁니다. 그들은 시를 써서 시집을 내면 그것이 시인이 되는 길입니다. 아주 간단하지요.

우리나라에 이렇게 추천제도가 정착한 것은 일본의 제도를 본뜬 것입니다. 일본에서는 오래 전부터 그런 제도가 있었고, 일제가 우리나라를 식민통치하면서 그 제도가 그대로 들어와 정착한 것입니다.

그리고 이러한 관행을 뒷사람들이 아무렇지도 않게 따르는 것은 우리나라에 그런 전통이 수백 년 이어져왔기 때문이기도 합니다. 즉 과거제도를 말하는 것입니다. 과거제도는 지방에서 실력이 뛰어난 후보자들을 시험으로 뽑아서 중앙으로 올려 보내고 중앙에서 두 차례에 걸쳐서 시험을 치른 다음에 장원을 내는 방식으로 운영되었습니다. 그리고 벼슬길로 나아가는 유일한 길이었기도 합니다. 따라서 조선시대에는 공부를 해서 과거를 치른 다음 거기서 우수한 성적으로 합격하는 것만이 선비가 할 수 있는 유일한 길이었습니다. 무언가 뽑히지 않으면 자격을 주지 않는 어떤 관행이 생긴 것이지요. 이런 관행이 잡지사에서 신인을 뽑는 제도로 정착하고, 거기에 신문사까지 가세해서 오늘날의 문단이라는 세력이 형성된 것입니다.

물론 근대문학 초기에 신문사에서 문인들의 작품을 신문에 실어준 것은 당시에는 문인들이 작품을 써도 딱히 발표할 지면이 없었기 때문입니다. 그리고 재미있는 소설을 실어서 신문을 한 장이라도 더 팔아보겠다는 속셈도 깔려 있습니다. 그러나 시대는 변했고, 이제는 그렇게 하지 않아도 되는데, 지금도 그렇게 하는 것은 이해할 수 없는 일이지요.

뽑히는 자가 있으면 뽑는 자도 있는 법입니다. 신춘문예건 잡지 사건 어떤 추천을 통과하면 뽑힌 나와 나를 뽑은 사람의 관계가 저절로 생깁니다. 그렇게 되면 뽑는 사람의 시각에 맞는 작품이 뽑힌다는 결론이 나오지요? 무슨 얘기냐면 누구의 입맛에 맞는 작품들만 뽑힌다는 얘깁니다. 사과를 좋아하는 사람에게 사과와 배, 바나나를 주고서 고르라고 하면 당연히 사과를 고르지 않겠어요? 그렇다고 배나 바나나가 잘못 된 것은 아니거든요. 이처럼 입맛에 맞지 않는 것들은 저절로 묻히게 됩니다. 묻힌 그것이 아무런 것이 아닐 수도 있지만, 만약에 아무 것도 아닌 게 아니었다면 그것을 어떻게 할까요? 신춘문예 심사에서 초심을 맡은 사람이 버린 것을 본심을 맡은 사람이 주워서 당선시켰다는 얘기가 종종 들려오는 것을 보면 이런 우려는 그냥 우려로 그칠 일이 아닙니다.

게다가 추천해주는 잡지사가 잡지 경영에 도움을 받기 위해서 어떤 의도를 깔고 추천을 감행한다면 그건 더욱 큰 문제를 일으키지요. 그것은 장사꾼들이 하는 흥정과 같습니다. 자격이 안 되는 사람에게 자격증을 주는 것과 같은 일이 벌어질 테니까요. 추천제도 하에서 이런 일은 안 생기려야 안 생길 수가 없습니다.

결국 추천제라고 하는 것은 옛 시대 과거제도의 잔상이 남아서 전해오는 것입니다. 이런 일에 얽매이는 것은, 부끄러운 일까지는 아니더라도 자랑스러울 리 없는 일이지요.

이런 관행을 싫어하는 사람들은 또 다른 방법을 찾아 나섭니다. 그 방법은 대체로 두 가지로 나눠 볼 수 있습니다.

한 가지는 마음이 맞는 사람들끼리 모여서 동인지를 내는 것입니다. 즉 스스로 돈을 걷어서 시집을 내는데 여러 사람이 한꺼번에 참여하여 시집 한 권 안에 여러 사람의 시를 싣는 것입니다. 이런 것을 동인 활동이라고 합니다. 남의 눈치를 볼 필요도 없고, 자신들의 세계를 마음껏 드러낼 수 있다는 점에서 가장 좋은 방법이지요. 여러분도 주변에 시 쓰는 친구들이 있으면 한 번 모여서 해보기 바랍니다. 꼭 출판사에 의뢰하지 않아도 됩니다. 두 세 명이 모여서 복사기로 복사를 해서 10부만을 해도 좋고, 아니면 부모님들의 지원을 받아서 출판을 해도 좋습니다. 미숙하더라도 어릴 때 그런 일을 해본 것이 나중에 굉장한 추억이 됩니다. 사실 이런 방법으로 시를 즐기는 사람이 많아야 시가 진정으로 발전하는 것입니다.

또 한 가지 방법은 스스로 시집을 내는 것입니다. 남의 눈치 볼 것 없이 오래도록 시를 쓰다가 50편이 되고 100편이 되면 그것을 시집으로 묶는 것입니다. 실제로 시집을 평생에 한 권만 내고도 유명해지는 사람도 있고, 한 권도 내지 못한 채 죽고서 나중에 뒷사람들이 시집을 내줘서 유명해진 경우도 많습니다. 여러분이 저항시인으로 알고 있는 윤동주 같은 분도 생전에는 시집을 한 권도 못 냈는데, 해방 후에 친지들이 그가 남긴 유고를 모아서 낸 시집으로 유명해진 경우입니다.

중요한 것은 자기 스스로 시를 쓰는 일입니다. 그것을 남이 알아주든 알아주지 않든 내가 즐거워서 시를 쓰면 지금 당장은 시인이라는 이름을 듣지 못해도 나중에 언젠가는 시인이라는 이름을 얻게 된다는 사실입니다.

여러분의 마음속에는 시인이 들어있습니다. 그 시인을 불러내어 노래하게 하는 것이 이 책을 읽는 여러분의 할 일입니다. 지금 자신의 마음속을 들여다보고, 그 안에 숨어서 잠자고 있는 시인의 방문을 두드리십시오. 똑똑똑!

02

시의 관행과 전통을 이해하는 방법 :
남의 시집 읽기

이 정도 하면 우리나라에서 어떻게 시인이 되는가 하는 것을 대충 알게 되었을 것입니다. 그렇다고 이렇게 끝나는 것은 아닙니다. 더 중요한 일이 남아있습니다. 추천 같은 억지 제도가 해줄 수 없는 중요한 일 한 가지가 남아있습니다. 그것은 시라는 전통과 관습을 제대로 이해하는 일입니다. 이게 무슨 소리냐?

시는 이미 오랫동안 많은 사람들이 옛날부터 써서 그것이 우리 사회를 이끌어가는 전통의 한 분야로 굳었습니다. 사회를 구성하는 분야라고 하는 것은 그 분야에 오래도록 종사한 사람이 있었다는 얘기이고, 그러는 과정에서 다른 분야와는 다른 그 분야의 전통과 질서가 형성되었다는 얘기입니다.

시만을 놓고 보면 시라는 전통이 섰으면 시 아닌 것과 시인 것을 구별하는 방법이 확립되었다는 것입니다. 그렇다면 우리가 시인이 된다는 것은, 문단에서 추천을 해주든 말든, 이미 오랜 세월 동안 이어져온 시의 전통을 이해하는 것을 전제로 하는 것입니다. 이것이 아주 중요한 일입니다.

우리 시의 역사는 아주 오랩니다. 문헌으로 기록된 것을 보더라도 고구려 2대 유리왕이 지은 〈꾀꼬리의 노래〉라는 것이 있지요. 고구려는 기원전에 선 나라이니 벌써 2000년도 넘은 세월입니다. 그 후에도 계속 한자가 들어와서 기록으로 남기는 바람에 이루 헤아릴 길이 없을 만큼 많은 시들이 있습니다. 국어시간에 배운 것들만 해도 민요, 향가, 고려가요, 경기체가, 시조, 가사, 한시 같은 것들이 그렇습니다. 이와 같은 시의 전통을 이해하는 것이 진정으로 시인이 되는 길입니다.

그러면 이러한 시의 전통을 이해하려면 어떻게 해야 할까요? 답은 간단합니다. 선배 시인들이 써놓은 시를 읽으면 됩니다. 남의 시를 읽다 보면 시라는 것은 이렇게 쓰는 것이구나 하는 판단이 저절로 생겨납니다. 그리고 그런 방법을 익혀서 거기에 맞춰서 나의 감정을 노래하는 것입니다. 그리고 우리는 지금 그 방법을 이렇게 시 읽기가 아닌 설명으로 배우는 중이구요.

아까 앞서서 제가 시집 1,000권을 읽었다고 했습니다. 1,000권이나 되는 시집을 읽고 또 읽은 것은, 바로 이와 같은 점, 과연 정말 좋은 시가 되려면 어떤 속성을 갖추어야 하는가 하는 것을 직접 깨닫기 위한 것입니다. 이론으로 시를 배우지만 남의 시를 읽으면서 확인을 하고, 그렇게 해서 터득한 원리로 내가 직접 써보는 것이 가장 훌륭한 방법입니다.

그렇다고 해서 1,000권이라는 숫자에 기죽지는 말기 바랍니다.

많이 읽는다고 해서 반드시 좋은 것은 아닙니다. 더구나 여러분처럼 이제 막 시 쓰는 일을 시작하려고 하는 마음을 먹은 경우에는 많이 읽는 것이 오히려 혼란을 부를 수도 있습니다.

저는 시를 인생의 목표로 삼아서 이미 등단의 과정을 마친 사람입니다. 말하자면 프로인 것이지요. 그렇기 때문에 그렇게 무모한 짓을 한 것입니다. 프로는 프로다워야 합니다. 프로답다는 것은 자신이 택한 전문 분야의 일을 전부는 아니라도 큰 줄기를 알고 있어야 합니다. 그렇기 때문에 1,000권에 도전한 것입니다. 이 점을 잊지 마시기 바랍니다.

자, 앞서 시의 전통을 배우려면 남의 시를 읽어야 한다고 했습니다. 그렇다면 여러분이 그 많은 시집을 다 읽을 수는 없을 것이고, 설령 많이 읽는다고 하더라도 어떻게 좋은 작품을 골라낼 수 있느냐 하는 문제점이 생깁니다. 그렇다고 1,000권을 다 읽을 수는 없는 노릇 아닙니까? 이건 정말 고민될 일입니다. 어떡하면 좋을까요?

가장 좋은 방법은 좋은 시집만을 골라 읽는 것입니다. 그렇게 되면 많은 시간을 절약할 수 있겠지요. 문제는 좋은 시집을 골라놓은 사람이 없다는 것입니다. 여러분의 주변에서 좋은 시집 목록을 골라놓은 분 보셨나요? 아마 없을 것입니다. 물론 좋은 시 몇 편을 뽑아서 소개한 책들은 있겠지요. 궁여지책으로 그런 책들이라도 사서 읽는 것이 가장 좋은 일입니다.

남이 골라놓은 좋은 시를 읽는 것은 쉬운 일입니다. 그런데 실제로 시를 많이 읽다 보면 좋은 시를 만나기가 쉽지 않습니다. 정말 별볼 일 없는 시들도 많습니다. 그런 시들을 만나다 보면 결국 허접한 시들 가운데서 좋은 시를 골라내는 일이 시를 전공으로 하는 사람들의 피곤한 작업이라는 것을 알게 됩니다. 그렇고 그런 시 가운데서 좋은 시를 발견해내 보면, 가짜 가운데서 진짜를 골라내는 것이 인생 공부라는 생각을 떠올리게 됩니다.

03

일기 쓰기의 중요성

장래에 시인이 될 꿈을 꾸는 학생들을 위해서 한 가지 더 이야기하고 넘어가겠습니다. 그러니까 장래에 시인까지 될 필요가 없는 학생들은 읽지 않고 넘어가도 되는 부분이 되겠습니다. 단순히 남이 써놓은 시를 읽는 독자로만 남겠다고 생각하는 사람들은 그냥 넘어가도 좋습니다.

시인은 어느 날 갑자기 태어나지 않습니다. 어느 날 갑자기 유명해진 것 같아도 그렇게 되기까지는 굉장한 노력이 필요합니다. 따라서 시를 쓰기 위해서는 사전에 몇 가지 생활 습관을 바꿔야 합니다. 무슨 100미터 달리기를 하듯이 준비 땅! 하고서 해도 되는 일이라면 일상생활에서 버릇까지 들일 필요는 없겠지요. 그러나 시 쓰는 일은 시의 격식과 형식에 자신의 생각과 감정을 맞추는 일입니다. 그런 훈련이 되어있을 때 시로 표현할 느낌이 찾아오면 그 순간에 시로 나타나는 것입니다. 실로 시를 발상하는 순간은 몇 초에 불과하지만, 몇 초 안 되는 그 짧은 순간에 시를 만들 수 있는 능력과 기술은 그 전의 꾸준한 노력에 의해 결정됩니다.

이와 관련하여 시를 바라보는 사람들이 크게 오해한 것 한 가지가 있습니다. 시는 천재성에 의존한다는 것이 그것입니다. 즉, 굳이 시의 형식을 배우지 않아도 천재 시인은 태어나서 위대한 작품을 쓴다는 것입니다. 시의 천재는 어릴 때부터 재주를 드러내서 굳이 시 쓰는 법을 배우지 않아도 어른이 되기 전에 위대한 작품을 쓸 수 있다는 것이지요.

그러면서 어린 시절에 시를 몇 편 써보고서 뜻대로 안 되면 '아, 나는 재주가 없는가보다!' 하고는 등을 돌리고 맙니다.

그러나 이보다 더 큰 착각은 없습니다. 시에는 형식이 있습니다. 아무리 천재라고 하더라도 그 형식을 무시할 수는 없는 것이고, 그 형식을 배우는 데는 상당한 시일이 걸립니다. 물론 그런 형식을 전혀 모르고서도 쓸 수 있는 것이 시이기는 합니다만, 역사 이래 위대한 작품은 그런 형식에 대한 공부를 하지 않고서 이루어진 작품은 없습니다.

시인의 천재성이 발휘되는 것은, 등산에 비유할 때 9부 능선 언저리쯤입니다. 누구나 노력하고 시간을 들이면 8부 능선까지 올라갈 수 있습니다. 형식을 완전히 배워서 익힌 다음에 그 사람의 감수성이 절묘하게 작용하여 위대한 작품을 쓸 수 있는 것입니다. 많은 시인들이 위대한 작품을 남기지 못하고 고만고만한 작품을 쓰고 마는 것은 바로 이와 같은 부분이 작용하기 때문인데, 그렇다고 해서 그런 위대한 작품만을 위해서 시가 존재하는 것은 아닙니다. 시는 우리 일상생활의 즐거운 도구입니다. 감상하는 것도 이런 창작의 비밀을 알 때 정말 큰 즐거움을 얻을 수 있습니다. 위대한 작품의 위대성을 알아보는 것 역시 위대한 일이기 때문입니다.

그러면 시를 쓰기 위해서 평상시에 길들여야 할 버릇은 무엇일 까요? 그것은 일기입니다. 일기를 꾸준히 쓰면서 시의 감성을 닦아야 합니다. 감성이라는 것은 느낌입니다. 이 감수성은 세월이 흐르고 나이를 먹어가면서 점차 줄어듭니다. 그냥 두면 20대 후반에 메말라 버리는 경우가 허다합니다. 그러나 시인은 감수성으로 사는 사람입니다. 그래서 감수성을 갈고 닦아서 나이가 들어도 세상을 그런 감수성으로 바라볼 줄 아는 그런 자세를 길러야 합니다. 그 방법이 일기 쓰기입니다.

그렇다고 해서 일반인들이 쓰는 일기와 똑같이 쓰면 그건 부족합니다. 일반인들이 쓰는 일기는 보통 사건을 중심으로 씁니다. 오늘 누구를 만났고, 무엇을 했으며, 세상에 어떤 일이 일어났다, 하는 식이지요.

그러나 시인 지망생의 일기는 달라야 합니다. 일기의 초점을 사건이 아니라 자신의 느낌, 즉 감수성에 맞추어야 합니다. 예를 들어 아침에 일어나니 안개가 끼었는데, 그 모습이 어땠다든가, 그 하얀 안개를 보니 무슨 느낌이 들었다든가 하는 그런 방식으로 말입니다. 사건을 접하더라도 그 사건의 개요만이 아니라 그 사건을 보는 나의 느낌을 적어야 합니다. 이런 식으로 자신의 감성과 느낌을 중심으로 일기를 오랜 세월 쓰면 어떤 사물을 보고 어떤 사건을 접하는 순간 말해야 할 느낌을 금방 잡아내게 됩니다. 시는 사건을 전달하는 것이 아니라 느낌을 전하는 갈래이기 때문입니다. 그래서 저는 이런 일기를 '감성일기'라고 합니다.

시인이 되고자 하는 사람들은 감성일기를 꼭 써야 합니다. 이것은 정말 중요해서 백 번을 강조해도 좋습니다. 감성일기를 쓰지 않는 사람은 30 중반이 못 되어 시를 떠납니다. 감수성이 메말라서 세상을 봐도 아무런 느낌이 없기 때문입니다. 그런 사람이 시를 쓴다는 것이 오히려 이상한 일이겠지요.

약간 빗나갑니다만, 말이 나온 김에 소설가를 지망하는 학생들에게도 한 마디 하겠습니다. 역시 소설을 지망하는 학생들도 일기를 쓰는 것은 마찬가지입니다. 그러나 시인 지망생이 쓰는 감성일기와는 약간 다르게 써야 합니다.

소설은 사회의 인간관계를 바탕으로 하는 문학입니다. 그렇기 때문에 사회의 변화에 따라서 변하는 사람의 의식과 풍속에 초점을 맞추어야 합니다. 그래서 사람의 감수성이나 생각도 중요하지만, 소설 지망생은 현재 자신이 몸담고 있는 시대의 변화를 꼼꼼히 적을 필요가 있습니다.

예를 들어, '다모 폐인'이라는 말이 있습니다. 〈다모〉라는 드라마에 빠진 사람들을 가리키는 말입니다. 무슨 드라마와 관련하여 폐인이라는 말이 처음 등장한 것은 2003년도의 일입니다. 그런데 한 50년 세월이 흐른 뒤에 2002년도의 사건을 소설로 쓴다고 합시다. 그런데 2002년도에는 김두한의 일생을 다룬 〈야인시대〉라는 드라마가 유행했습니다. 소설에서 2002년도의 그 드라마에 반한 사람을 등장시키는데, 여기서 '폐인'이라는 말을 쓰면 될까요? 안 될까요? 당연히 안 됩니다. 시대 배경이 2002년인데 그 후에 생긴 말을 쓰면 안 되지요. 또 임진왜란 때 고추장을 담갔다고 하면 되겠습니까? 안 되지요. 왜냐? 고추는 임진왜란 때 들어온 것이거든요. 그러니 그 후에는 되지만 그 전에는 안 되는 겁니다.

바로 이 점입니다. 소설은 사회의 변화를 꼭 읽어야 합니다. 그러려면 현재 자신이 살고 있는 시대의 변화를 일기에 꼼꼼하게 적어두는 것이 필요합니다.

물론 인터넷이 발달하여 자료를 쉽게 찾을 수 있습니다만, 그것도 장담할 수 없는 것이, 인터넷에는 거짓 정보가 하도 많아서 그것을 걸러내기란 쉽지 않습니다. 그래서 자신의 자료가 가장 정확한 것입니다. 매일 반복되는 일상 속에서 일어나는 일들을 꼼꼼히 기록해놓으면 세월이 갈수록 자신에게 귀중한 소설의 자료가 됩니다. 꼭 기억하시기 바랍니다.

또 한 가지, 소설 지망생이 해야 할 일은 소설을 읽고 그것을 정리하는 공책을 만드는 일입니다. 소설을 읽으면 그에 대한 정리를 하는 버릇을 길러야 합니다. 즉 제목, 지은이, 출판사, 발행년도, 소설의 시점을 차례대로 적고 줄거리를 요약한 다음, 그에 대한 느낌과 문제점을 정리하는 버릇을 기르는 것입니다. 그렇게 해서 소설을 읽는 대로 정리해두면 나중에 그것이 좋은 자료가 되거니와, 그런 작업을 하면서 소설에 대한 깊은 이해로 나아가게 됩니다. 깊은 이해는 창작으로 가는 지름길입니다.

04

시평 하는 법

여러분들이 시에 관심을 갖고 살다보면 주변에서 그런 친구들을 만납니다. 시도 사람이 하는 일이라 혼자서 하는 것보다는 여러 사람과 함께 나누는 것이 훨씬 진도가 빠릅니다. 재미도 있구요. 그래서 혹시 주변에 그런 친구들이 있으면 머뭇거리지 말고 동아리를 만들라고 권하고 싶습니다. 그래서 매주 한 번씩 모여서 자기가 쓴 작품을 보여주고 그들의 견해를 들으면 혼자서 고민하고 쓸 때에는 볼 수 없었던 여러 가지를 보고 배울 수 있습니다.

그런데 시를 쓰는 사람들은 굉장히 콧대가 높습니다. 그래서 칭찬을 해주기를 바라지 단점을 지적 받는 것을 굉장히 싫어합니다. 그래서 시평을 하다가 크게 상처를 받고 싸워서 그예 시를 그만두고 마는 그런 경우도 있습니다. 그러면 누구 손핸가요? 그만 두는 사람 손해겠지요? 남의 지적을 받아들이지 못하면 발전할 수 없습니다.

그래서 여기서는 시평을 하는 방법에 대해서 간단히 알아보고

| 우 리 시 이 야 기

넘어가겠습니다. 저는 26살이 되던 1985년에 시를 처음 쓰기 시작했습니다. 그때 제가 몸담고 있던 '창문학(窓文學)'이라는 문학 동아리가 있었는데, 거기서 시평 하는 방법을 처음으로 배웠습니다.

그런데 그 후에 이곳저곳으로 돌아다니면서 시평 하는 방법을 유심히 살펴보았는데, 창문학에서 하던 그 방법보다 더 좋은 방법을 아직 발견하지 못했습니다. 그래서 그 방법을 소개하려고 하는데, 만약에 나중에 더 좋은 방법을 찾게 되면 그 새로운 방법을 소개하지요.

① 자리를 둥글게 배치한다.

먼저 자리를 둥글게 배치하는 게 좋습니다. 그래야만 모든 사람을 볼 수 있고, 어느 한쪽이 논의를 주도하는 일이 벌어지지 않습니다. 둥근 배치가 어려우면 네모난 배치를 해서 될수록 가운데를 향해 집중하도록 하는 것이 좋습니다. 물론 사회자는 사회 보기 편한 자리에서 합니다.

사회자는 보통 모임의 회장이 합니다. 회장이 없을 때는 연장자나 부회장이 맡게 되지요. 사회자는 특별히 할 것이 없고 회의 진행을 원만하게 하면 됩니다. 대개 논의가 시작되면 두 패로 나뉘어 격론을 벌이기 쉽습니다. 그러면 사회자는 눈치를 봐가면서 그 논쟁이 개인의 감정을 상하는 단계까지 나가지 않도록 적절히 조절하는 지혜가 필요합니다. 그러기 위해서는 진행을 위한 발언 이외에는 될수록 아끼는 것이 좋습니다.

② 시를 미리 복사해온다.

시는 모임이 시작되기 전에 미리 복사해옵니다. 사회자가 미리 확인을 해서 시를 쓴 사람에게 복사해오라고 하던가, 시를 미리 받아서 복사해둡니다.

지금은 복사하기가 편해서 좋지만, 옛날에는 칠판에 쓰고 그것을 노트에 옮겨 적었습니다. 그리고 어떻게 보면 복사해서 보는 것보다는 그렇게 하는 것이 더 좋은 방법이기도 합니다. 쓰여 있는 시를 맨눈으로 볼 때와 손으로 한 번 옮겨 적는 것은 굉장한 차이가 있습니다. 눈으로 읽을 때 눈에 띄지 않던 것들이 손으로 적으면 나타나기 때문입니다. 복사 얘기를 했지만, 가장 좋은 것은 시를 자신이 직접 손으로 적어보는 것입니다.

그리고 시집을 읽다가도 유난히 좋다고 느껴지는 시가 있으면 꼭 한 번 공책에 적어두기 바랍니다. 눈으로 대충 읽을 때와는 다른 모습이 많이 발견됩니다.

③ 시를 돌려주고서 5분가량 읽는 시간을 준다.

시를 돌리면 그것을 읽으라고 조용해집니다. 그 상태로 5분가량 둡니다. 그러면 시를 받아든 사람은 시를 읽으면서 자신이 말해줄 부분을 표시하고 내용을 정리해둡니다. 그리고 발표할 시간이 되면 발표합니다.

④ 사회자의 지시에 따라 지은이가 한 번 소리 내어 읽는다.

반드시 소리를 내어 읽어야 합니다. 옛날에 시는 노래였습니다.

그렇기 때문에 리듬이 잘 살아있습니다. 우리는 이런 사실을 대부분 잊고 삽니다. 시를 소리 내어 읽을 때하고 그냥 눈으로 읽고 말 때하고는 굉장한 차이가 있습니다. 그 차이를 느껴보는 시간이 되기도 하고, 또 시 낭송의 즐거움을 이런 때가 아니면 누리기 어렵습니다. 보통 때에 우리는 시집을 사서 눈으로 읽지 그것을 입으로 소리 내어 읽는 경우는 거의 없기 때문입니다.

지은이 자신이 읽는 것은 혹시 글로 적는 과정에서 잘 못 적은 것이 있는가 확인하는 차원입니다.

⑤ 지은이가 아닌 다른 사람이 한 번 더 낭송한다.

지은이가 아닌 다른 사람이 한 번 더 읽습니다. 아무나 읽고 싶은 사람이 읽도록 하고, 자원자가 없을 경우에는 사회자가 지정해 주는 것이 좋습니다.

⑥ 자유롭게 시에 대해서 견해를 발표한다.

두 번 낭송이 끝나면 이제 사회자는 시에 대해서 자신의 견해를 밝히라고 말합니다. 그러면 그때부터 그 시의 문제점을 발표하기 시작합니다. 순서는 굳이 정할 필요가 없습니다. 아무나 한 사람의 발표가 끝나면 다른 사람이 발표하면 됩니다. 종종 서로 발표하려는 수가 있는 그 때는 사회자가 교통정리를 해주면 됩니다. 또 반대로 모두 침묵을 지키는 수가 있는데, 그때도 사회자가 눈치를 봐서 시키면 됩니다.

중요한 건 이 부분입니다. 한 번 이야기가 시작되면 시의 단점을 지적하는 것이 보통입니다. 왜냐하면 습작기의 여러분이 완벽한 작품을 쓸 리 없기 때문이지요. 시의 초보자인 여러분이 쓰는 시에는 아무래도 미숙한 부분이 많이 있기 마련이고, 그런 부분은 시의 전문가가 아니라도 금세 눈에 띕니다. 그래서 그런 단점을 지적하는 소리가 나오는 것입니다.

이렇게 지적을 당하고 나면 시를 쓴 사람은 큰 충격을 받는 것이 보통입니다. 자신은 잘 썼다고 생각하는 경우에는 더더욱 그렇습니다. 이런 경험을 처음 하면 약이 얼마나 오르는지 그날 밤에 잠을 못 이루는 경우가 허다합니다. 자존심이 너무 강한 사람은 그날 당장 시를 때려치우지요. 실제로 그래서 시를 그만 둔 사람이 많습니다.

그러나 그것은 누구 손해인지 더 이상 말하지 않아도 알 것입니다. 처음부터 완벽한 사람은 없고, 완벽한 시는 더더욱 없습니다. 그래서 남이 지적하는 단점을 겸허히 받아들여 더 좋은 작품을 쓰는 계기로 삼아야 합니다. 그런 정도도 받아들일 수 없는 지경이면 그 사람은 시가 아니라 아무 것도 할 수 없습니다. 왜냐하면 그 사람이 미워서 비판하는 것이 아니라 잘못된 부분을 고치라고 지적하는 것이 시평의 의도이기 때문입니다.

시평을 해주는 사람도 주의해야 할 것이 있습니다. 시를 비평하는 것은 그것의 잘못 된 점을 지적하는 것입니다. 그렇기 때문에 그 사람의 인격과 관련하여 상처를 받을 듯한 발언은 절대로 하면 안 됩니다. 그리고 그 사람의 시에 잘못된 점이 발견되었을 때 그 점을 지적한 뒤에 반드시 자기의 체험을 말해주어야 합니다. 나 같은 경우에는 이런 문제점을 이렇게 해보니까 시 쓰기에 훨씬 좋더라, 하는 식으로요. 말하자면 그것을 고칠 수 있는 대안을 제시해주는 것이 좋습니다.

사회자는 논쟁이 격해지면 특히 조심해서 운영해야 합니다. 논쟁이 너무 뜨겁게 진행되면 식혀주어야 하고, 너무 진행이 안 되면 잘 되도록 해야 합니다. 그리고 논쟁과정에서 개인이 상처를 입을 듯한 상황이 오면 재빨리 제지를 해서 좋게 풀도록 해야 합니다. 시평이 개인의 인격에 대한 공격이 아니라 좀 더 성숙된 토론의 장으로 발전할 수 있도록 단점을 지적해주는, 그래서 오히려 격려해주는 것이라는 점을 계속 부각시켜주어야 합니다.

⑦ 더 이상 새로운 견해가 없으면 마친다.

모임이 진행되다 보면 잠잠해지는 순간이 옵니다. 할 이야기가 대부분 나왔기 때문이지요. 그러면 눈치를 봐서 시평을 마칩니다. 이때 사회자가 대충 총정리를 해주는 것이 좋습니다.

한 가지 꼭 기억해야 할 것은 작품 발표자입니다. 작품을 낸 사람은 발언권이 없습니다. 시평이 끝날 때까지 일체 한 마디도 하지 못합니다. 만약에 글 쓴 사람에게 발언권을 줘놓으면 이상하게도 변명을 하게 됩니다. 자기가 작품을 쓴 동기가 어떻고, 어떤 구절은 어떤 의미로 썼으며, 이런 말을 하려고 했다. 뭐, 이런 얘기를 하지 않겠어요? 그러니 그건 변명이 되지요. 작자가 그렇게 얘기를 해놓고 나면 다른 사람이 뭐라고 말하겠어요. 시평이 진행되지 않습니다. 만약에 반박을 하면 시인을 욕하는 것이 되고요. 이래서 작품을 낸 사람에게는 일체 발언권을 주지 않는 것입니다.

그리고 총무를 뽑아서 총무가 이 시평의 내용을 정리해두는 것이 좋습니다.

⑧ 뒤풀이를 한다.

시평을 마친 뒤에 반드시 뒤풀이를 합니다. 우리는 신분이 대학생이었기 때문에 주로 막걸리를 마셨습니다만, 중고생인 여러분들은 그러면 안 되겠지요? 빵집에 가서 빵을 사먹든가, 아니면 음료수와 간단한 먹을 것을 사다가 먹는 것도 좋습니다.

왜 이것을 해야 하나 하면, 시평을 하다 보면 감정이 상합니다. 아무리 상대의 인격을 존중하더라도 단점을 지적하는 것인데, 서로 기분이 좋을 리는 없지요. 그래서 말은 안 해도 속이 편해지는 않은 것입니다. 바로 그런 찜찜한 기분을 없애주는 것이 뒤풀이입니다. 음료수를 마시면서 시평에서 못 다한 이야기도 하고, 시평에서 마음이 상했으면 위로도 해주고, 생활하면서 겪는 고민도 털어놓고 또 고약한 성미를 지닌 선생님들 흉도 보고, 하면서 마음을 푸는 겁니다. 그러면서 한 층 더 친한 친구가 되는 것이지요.

자, 이상 장황하게 시평 하는 절차에 대해서 알아보았습니다. 이상의 논의를 간단히 다시 정리하면 다음과 같습니다.

① 자리를 둥글게 배치한다.
② 시를 미리 복사해온다.

③ 시를 돌려주고서 5분가량 읽는 시간을 준다.

④ 사회자의 지시에 따라 지은이가 한 번 소리 내어 읽는다.

⑤ 지은이가 아닌 다른 사람이 한 번 더 낭송한다.

⑥ 자유롭게 시에 대해서 견해를 발표한다.

⑦ 더 이상 새로운 견해가 없으면 마친다.

⑧ 뒤풀이를 한다.

05

시 쓸 때 주의할 점

그러면 이제부터 여러분들은 시를 직접 써보시기 바랍니다. 지금 당장 시작해서 매일 같이 한 편씩 메모 형식으로 시작하시기 바랍니다. 그러기 위해서 마지막으로 시를 쓰려는 사람들이 시 쓰기 전에 준비해야 할 일을 몇 가지만 정리하겠습니다.

반드시 대학노트 하나를 사서 거기에다가 쓰시기 바랍니다. 만약에 고치기로 했으면 그 다음 쪽에 옮겨 쓰십시오. 그러면 나중에라도 자신이 작품을 고쳐 쓴 과정이 그대로 남게 됩니다.

요즘은 컴퓨터 세대들이다 보니 그냥 모니터를 마주 앉아서 쓰는 경우가 있습니다. 이건 절대로 금물입니다. 컴퓨터에는 고친 것만 나타나지 지워진 것은 나타나지 않습니다. 그런데 시를 자꾸 고치다 보면 이번에 고친 것이 저번 것만 못한 경우가 많이 나타납니다. 다행히 머리가 좋아서 그 전의 것이 생각나면 좋지만, 대부분은 생각나지 않습니다. 그러면 애써 만들었던 구절을 잃고 맙니다. 그래서 컴퓨터로 옮기기 전에 공책에 손으로 직접 써야 합니다. 공책에 손으로 쓴 것을 컴퓨터로 옮기는 과정에서 저절로 한 번 더 퇴고를 하게 됩니다.

시를 쓰려고 마음먹었을 때 잘 써야겠다는 마음을 품으면 절대로 안 됩니다. 그건 욕심입니다. 욕심을 내면 마음이 긴장하고 마음이 긴장하면 생각이 굳어집니다. 생각이 굳어지면 상상력도 딱딱해집니다. 시는 한 생각에서 다른 생각으로 제 멋대로 번져가야 합니다. 그런데 욕심을 품으면 생각이 굳어져서 그게 안 됩니다. 잘 쓰겠다고 욕심을 내면 낼수록 더 안 됩니다.

그리고 초보자인 여러분들은 절대로 잘 쓸 수가 없습니다. 시집을 내는 기성 시인들은 최소한 몇 년에서 몇 십 년까지 시를 쓰는데 노력을 기울인 사람들입니다. 그런데 여러분은 어때요? 이제 막 시를 써보겠다고 욕심을 낸 사람들 아닌가요? 그러니 처음부터 잘 쓸리가 없지요. 나는 전문가가 아니니 굳이 잘 쓰지 않아도 돼, 하고 마음 편하게 먹고 시를 쓰면 정말 좋은 시가 나옵니다. 전문가들도 흉내 내지 못하는 좋은 시가 나옵니다. 그러니 전문가가 아닌 여러분은 절대로 욕심을 내지 말기 바랍니다. 여러분이 전문가들보다 시를 더 잘 쓰는 방법은 전문가 흉내를 내지 않는 것입니다. 실패하면 말지 뭐! 하는 태도로 마음 편하게 먹고서 자유롭게 생각나는 대로 써 나가면 정말 좋은 시가 나옵니다. 시 앞에서 절대로 욕심을 낼 일이 아닙니다.

그 다음에, 시 쓰는 일을 놀이하는 것이라고 생각하고 시를 쓰십시오. 그래야만 상상력이 자유로이 활개칩니다. 만약에 내가 다루는 주제가 통일이라든가 효도라든가 하는 식으로 좀 무거운 주제라고 하더라도 친한 사람이나 아는 사람들과 부담 없이 가볍게 읽을거리를 쓴다고 생각하고 써야 합니다. 무거운 주제일수록 생각은 가뿐하게 해야 합니다. 시는 즐겁게 읽고 즐겁게 써야 합니다.

그리고, 맞춤법을 생각하지 말아야 합니다. 시를 쓰다가, 가만있자 이 표기가 맞나? 하는 생각을 하는 순간 시상은 툭 끊어져버리고 맙니다. 한 번 끊어진 시상은 다시 되찾기 어렵습니다. 그렇기 때문에 시상이 잡혔으면 그것을 주욱 써나가야지 괜히 아무 것도 아닌 표기법이나 맞춤법 갖고 신경을 쓰다간 커다란 줄기를 놓치고 맙니다. 그물의 코가 몇 개인가 헤아리다가 토끼를 놓치는 것과 같습니다. 맞춤법은 나중에 고치면 됩니다. 그리고 틀려도 상관없습니다. 틀리면 틀린 대로 또 맛이 있는 것이 시입니다.

그리고 시의 발상이 떠오르면 그 즉시 메모를 해야 합니다. 다른 일 때문에 시간을 미루면 시상은 절대로 다시 떠오르지 않습니다. 자려고 누웠다가도 시상이 떠오르면 벌떡 일어나서 메모해 놓고서 자야 합니다. 다음 날 일어나면 아무리 떠올리려고 해도 생각이 나지를 않습니다. 길을 갈 때도, 오줌을 눌 때도, 남들과 대화를 할 때도 시상은 언제 어디서든 순서를 기다리지 않고 나타납니다. 그때그때 그것을 적어두는 것이 꼭 필요합니다. 시상을 적지 않는 것은 떠나간 버스가 돌아오기를 기다리는 것만큼이나 미련한 일입니다.

이상의 논의를 정리하면 다음과 같습니다. 시를 쓸 때의 마음가짐이라고 하면 될까요?

① 잘 쓰겠다는 욕심을 버린다.

② 부담 없이 재미있게 쓴다고 생각한다.

③ 맞춤법을 생각하지 않는다.

④ 먼저 시상을 재빨리 메모한 후에 퇴고한다.

⑤ 시상이 막히고 시가 잘 풀리지 않으면 옆 친구에게 속삭이듯이 쓴다고
생각하고 편지하듯이 편하게 쓴다.

자, 이렇게 해서 세 가지 창작 방법과 그것의 결합에 따라서 나
타나는 여러 가지 형태, 그리고 시 쓰기의 방법까지 알아보았습니
다. 이제부터는 여러분들이 이 책에서 배운 방법을 활용하여 직접
써보는 일만 남았습니다. 이제 시 창작과 관련하여 제가 여러분에게
해줄 말은 여기서 다 끝났습니다.

중요한 것은 열심히 쓰는 일입니다. 시에 타고난 천재는 없습니
다. 열심히, 그리고 많이 쓰다 보면 여러분은 누구나 천재가 됩니다.
가장 훌륭한 스승은 밖에 있는 것이 아니라 자신의 안에 있습니다.
열심보다 더 훌륭한 스승은 없는 법입니다. 이 말을 하면서 지루한
시 창작 강의를 마치고자 합니다. 여기까지 따라온 사람들에게 큰
복이 있을 것입니다.

여러분의 가슴 깊은 곳에는 천재 시인이 한 명 잠자고 있습니다.
이 책은 그 시인을 깨우는 방법을 알려드린 것입니다. 자, 이제부터
가슴속의 잠자는 시인을 깨우십시오.

06

퇴고하기

❶ _ 퇴 고 의 유 래

시에서 이미 써놓은 작품에 손을 대거나 고치는 것을 퇴고(推敲)
라고 합니다. 물론 한자말이죠. 이 말은 중국의 한 고사에서 유래한
말입니다. 아니! 이 어려운 말을 쉬운 말로 바꿔 쓸 생각을 안 하셨
나요? 더욱이 남의 것을 갖다 쓰는 것은 더 싫어하시면서. 이렇게 물
을 사람이 있을 법도 합니다만⋯.

사람이 하는 일이 전문화가 이루어지다 보면 불가피하게 어려
운 용어가 등장합니다. 저는 그런 것을 좋아하지 않는 편입니다. 누
구나 다 알 수 있는 말을 쓰지 않고 전문용어를 쓴다고 해서 내용이
달라지지는 않기 때문입니다. 그런데도 자꾸 그렇게 하는 사람들은
무언가 다른 의도가 있기 때문입니다. 예컨대, 일반인들이 할 수 없
는 어려운 일을 자기들이 하고 있다는 식의 권위를 세운다든지, 그
것을 바탕으로 일반인들을 접근하지 못하게 막아서 자신들의 영역
을 확보한다든지 하는 것 말입니다. 법률 용어나 의학 용어를 보면

이런 혐의를 지울 수 없습니다. 문학도 마찬가지입니다. 불가피한 경우도 없지 않겠지만 영어나 한문 같은 어려운 말을 써서 일반인들이 따라가기 참 어렵게 만드는 경우가 많습니다.

언뜻 보면 이 퇴고라는 말도 그렇게 보입니다. 어려운 말이지요. 그 말이 생겨난 사연까지 알아야 하는 경우니까요. 그런데 이 말에 작품을 고치는 어떤 아름답고 인간미 넘치는 사연이 들어있다면 어떨까요? 그런 사연으로 인해서 시 쓰는 사람들 사이에 관습으로 전해졌다면, 그 아름다운 사연을 기억하는 것도 아름다운 일이 아니겠어요? 그런 말들은 좀 어렵더라도 받아들이는 것이 마땅하다는 생각을 합니다. 그러면 그 사연을 좀 보겠습니다.

옛날 당나라 말기에 가도(賈島)라는 중이 있었습니다. 이 중이 나귀를 타고 가다가 기가 막힌 시 한 구절을 얻었습니다. 이런 내용입니다.

새는 연못가 나무에 깃들고(鳥宿池邊樹)
중은 달빛 아래 문을 두드린다(僧敲月下門)

어때요? 길을 가다가 저녁 때가 되면 시인으로서 이런 생각을 할 법하지 않은가요? 그런데 써놓고 나니 이 '敲'자가 문제였습니다. 중이 문 앞에 서서 인기척을 낼 때 두드린다고 하는 것이 더 좋을까, 민다고 하는 것이 더 좋을까 잘 판단이 서지를 않는 것입니다. 그래서 나귀 위에서 직접 동작을 해보았습니다. 미는 동작을 했다가 두드리는 동작을 했다가, 이렇게 혼자 움직이고 흥얼거리며 어떤 글자를 쓸까 골똘히 고민하는 사이 나귀는 등에 탄 사람이 방향을 가르쳐주지 않자 엉뚱한 곳으로 갔습니다. 그런데 나귀가 간 곳은 공교롭게도 경윤의 행렬이었습니다.

경윤(京尹)은 요즘으로 치면 서울시장쯤 됩니다. 당시 서울을 관리하는 최고 책임자가 호위군사를 대동하여 지나가는 행렬로 밀고 들어간 것입니다. 당연히 소란이 일었지요. 으리으리한 원님 행차가 지나가는데 그 위에 탄 사람은 어디에 온 줄도 모르고 밀고 두드리는 동작을 하면서 흥얼거리고 있으니 미친 사람으로 보이지 않았겠어요?

시위들이 당장 붙잡아서 경윤 앞으로 끌고 갔습니다. 그 경윤은 어찌 된 사연이냐고 물었고, 가도는 시 구절에 들어갈 말을 고르지 못해서 골똘히 생각을 하다가 그랬다고 사연을 말했습니다. 경윤은 어떤 구절이냐고 물었고, 가도는 앞의 두 구절을 말해주었습니다. 한참 생각하던 경윤은 '敲'가 더 좋다고 말했습니다.

그 경윤은 누구냐 하면 당시는 물론 지금까지도 유명한 한유라는 선비였습니다. 다행히도 나귀는 가도라는 이름 없는 한 중을 당시의 대학자이자 높은 벼슬아치에게 데려가 소개를 해준 셈입니다. 아주 묘한 인연이지요. 사정이 이쯤 되니 둘 사이의 관계는 어떻겠어요? 당연히 친해졌겠지요? 이 사연을 전해주는 이야기책의 끝 구절이 '드디어 함께 고삐를 나란히 하여 돌아갔다'(遂與並轡而歸)고 하는 것으로 봐서는 그 뒷이야기도 짐작해볼 수 있습니다. 한유의 권유로 이 중은 환속하여 나중에 벼슬생활을 합니다. 이 사건으로 한유의 명성 덕분에 단숨에 유명한 인물이 되었습니다.

그러나 이들의 시가 지닌 경향은 다소 달랐습니다. 한유는 당나라 말기의 시 풍조가 화려한 표현을 좋아하는 쪽으로 흘러가자, 그것을 비판하면서 꾸밈이 없는 옛 한나라 때의 순수한 분위기로 돌아가자는 쪽이었고, 가도는 당시 화려한 재주를 한껏 뽐내며 멋을 부리는 쪽이었기 때문입니다.

우리가 고친다는 뜻으로 쓰는 '퇴고'라는 말이 여기서 나온 것입니다. 가도가 '퇴'로 할 것이냐 '고'로 할 것이냐 고민하듯이 정성들여서 고친다는 뜻이 담긴 말이지요. 이 정도면 아름다운 일 아닌가요? 그래서 '고쳐쓰기'라는 말보다는 '퇴고'라는 말을 쓰는 것입니다. 이런 일을 기억하는 일이야말로 시를 생각하는 마음이기도 합니다.

퇴고를 하는 방법에 왕도가 있는 것은 아닙니다. 열심히, 그리고 많이 쓰다 보면 저절로 고치는 요령이 생기는 법입니다. 이런 일에 수학문제 풀 듯이 어떤 방법이 있다면 그것이 오히려 이상한 것이죠. 시는 이 세상에는 없는 마음속의 느낌을 언어에 담아서 질서화시키는 것이기 때문에 그렇습니다. 많이 쓰다 보면 저만의 어떤 원칙이 생기는 것이고, 그것을 창작법이라고 하는 것입니다.

그래도 무언가 기댈 언덕은 있어야겠죠? 먼저 시를 쓸 때는 발상을 메모한다고 말했습니다. 그렇게 해서 메모를 마친 다음에 그 시에서 무엇을 말할 것인가 하는 것을 찾아봅니다. 쉽게 말하면 주제를 찾는 것입니다. 처음 시상이 머릿속에 떠올랐을 때는 주제가 분명하게 잡히지 않는 경우가 많습니다. 그냥 상상만으로도 존재하는 경우가 많죠.

그런데 대부분의 시에서 가장 중요한 것은 주제입니다. 나머지 표현 방법들은 주제를 전달하기 위해서 동원되는 것들입니다. 그러니까 모든 표현은 시의 주제를 잘 전달하기 위해서 작용한다고 보면 되는 것입니다. 따라서 발상을 메모했으면 주제를 한 번 더 생각하고, 그 주제에 맞는 내용을 보충합니다. 이 때의 내용이란 주제를 보충해주는 할 말도 포함되고, 거기에 필요한 표현이나 장식도 포함됩니다.

이렇게 하고 나서는 다시 처음부터 읽어가면서 주제를 전달해주는데 잘 어울리는 이미지들은 놔두고 나머지는 과감하게 잘라버립니다. '과감하게'라고 하는 것은, 표현이 아깝다고 그대로 두지 말라는 얘깁니다. 시를 쓰는 사람들은 표현을 굉장히 중요시합니다. 그래서 평상시에도 이런저런 좋은 표현들을 머릿속에 담아두었다가 시에 필요할 때 쓰죠. 좋은 표현을 얻는 일은 굉장히 어렵습니다. 그래서 애써 얻은 구절들을 버리기 아까워하죠. 그렇다고 그대로 두면 바로 그 아까운 구절 때문에 시 전체의 초점이 흐려집니다. 그래서 과감하게 버리라고 하는 것입니다. 버린다고 해서 영원히 없어지지는 않습니다. 나중에라도 다시 쓰는 날이 생기니 염려 말고 지금 당장은 과감하게 버리기 바랍니다.

그리고 나서는 다시 읽어가면서 부족한 부분은 표현이든 주제든 추가시킵니다. 그리고 다시 읽어 가면서 다듬으면 됩니다. 그리고 반드시 소리 내어 읽어야 합니다. 몇 차례 소리 내어 읽다 보면 읽어가면서 가락도 생기고 눈으로 볼 때와는 또 다른 단점들이 눈에 띕니다.

이상을 정리하면 이렇습니다.

① 발상부터 재빨리 적는다.

② 초고를 보면서 시의 주제를 명확히 정한다.

③ 그 주제를 중심으로 이미지를 재배치한다.

④ 불필요하거나 조금 거리가 먼 이미지나 표현은 과감하게 잘라낸다.

⑤ 다시 읽으면서 부족한 주제나 표현을 보충한다.

⑥ 세밀한 부분을 다듬는다.

⑦ 몇 차례 소리 내어 읽는다.

❷ _ 퇴 고 의 실 제

그러면 퇴고의 과정을 한 번 살펴보겠습니다. 시인들이 퇴고의 과정을 공개하지 않아서 남의 것은 잘 모르겠으니, 제 것을 보여드리겠습니다. 한 번은 목이 뻐끗해서 정형외과에 가서 엑스레이 사진을 찍었는데, 내 몸 속의 뼈가 훤히 드러난 그 사진을 보면서 쓴 시입니다. 그 사진을 보는 순간, 어떤 할 말이 있다는 생각이 들었고, 그 것을 대충 이렇게 적었습니다.

나는 내가 여태까지 사람인 줄 알았는데
오늘 알고 보니 공룡이다.
흉측한 모든 뼈대를 살가죽으로 덮고

헝겊으로 잘 싸기까지 한
저 백악기나 쥐라기의 한 공룡이다.

정형외과에서 찍은 엑스레이 사진에
내 본 모습이 고스란히 드러난다.
등뒤로 살에 가려서 잘 보이지 않지만
목뼈부터 등뼈까지
날개처럼 돋친 스테고사우루스 뼈들의 나열.
엑스레이 앞에 고스란히 드러난다.

그러니까 이제야 풀린다.
옷으로 덮어도
종처럼 수그러들지 않던 탐욕과
주머니에 든 송곳처럼
밖으로 치솟던 공격성과 난폭함
이런 것들은 공룡한테 당연한 것이다.
어디서 말미암은 것인지 분명해진다.

수 억 년이 지났는데도 완전히 퇴화하지 못한 채
내 살과 가죽 속에서
으르렁거리며
한 마리 공룡이 깃들어있다.

먼저 형광 사진에서 본 뼈를 통해서 나를 공룡으로 규정을 하고,
그 모습의 실상을 제시한 다음에, 내 속의 난폭성이 공룡에서 왔음

을 말한 다음에, 그런 공룡이 내 몸 속에 들어있다고 제시하고자 한 방법입니다. 그 순서대로 정리됐죠.

그런데 좀 거칩니다. 이렇게 제시하면 뭐 시라고 못 할 것까지는 없지만 잘 썼다고 보기는 힘들겠죠. 이렇게 네 단계로 넘어가는 과정에서 독자가 아무런 불편도 느끼지 못하고 저절로 따라가게 하려면 이 비약과 비약 사이를 좀 더 매끈하게 연결시켜주어야 할 필요가 있습니다.

중요한 것은 주제입니다. 이 정도에서도 주제가 분명하기는 합니다. 육식공룡의 탐욕성이 내 안이 있다는 것이죠. 그 탐욕성에 대한 설명이 그냥 뼈대만 나와 있어요. 그래서 공룡과 인간의 탐욕성을 좀 더 자세하게 설명할 필요가 있습니다. 그러니까 그 부분에 대한 추가설명과, 상황을 좀 더 자세하게 표현하는 것이 이번 퇴고의 목적이 됩니다. 그래서 이렇게 고쳤습니다.

나는 내가 여태까지 사람인 줄 알았는데
오늘 알고 보니 공룡이다.
약육강식이 판을 치던 저 쥐라기나 백악기의
한 지층에서 살아온 한 마리 육식공룡잉을
정형외과에 와서 알았다.
엑스레이선이 통과한 뒤
형광불로 밝혀진 벽에 드러나는 나의 본모습.
비록 살가죽으로 뼈대를 싸고
그럴듯한 형겊으로 덮기는 했지만,
정형외과의 형광벽이 흑백으로 밝혀주는

나의 본모습이 드러난다.
살에 가려서 거울로는 볼 수 없었지만
목에서부터 등을 거쳐 꼬리까지
날개처럼 돋친 스테고사우루스의 화려한 뼈들이
엑스레이 필름에 고스란히 드러난다.
이제야 모든 의문이 스르르 풀린다.
내 마음속엣 종처럼 수그러들지 않던 탐욕과
옷으로 덮어도 송곳처럼 밖으로 치밀던 공격성,
약자한테 강하고 강자한테는 약한 비굴함까지
도대체 어디서 왔는지 불분명하던 것들이
질서정연한 뼈와 뼈 사이로 가지런하게
이제야 분명하게 드러난다.
가장 중요한 무기였던 꼬리의 뿔은 꼬리뼈 속으로 완전히
사라졌지만
수십 억 년이 지난 지금에도 내 살과 살갗 속에서 으르렁거리며
한 마리 공룡이 깃들어있다.

가장 중요한 변화는 연을 없앴다는 겁니다. 연은 의미와 이미지를 구성하는 한 매듭입니다. 대개는 연을 넘어갈 때 상상력의 비약이 일어납니다. 그런데 이 시에서는 상상력의 비약이라고는 두 단계에 지나지 않습니다. 내 몸의 뼈 배열이 공룡의 뼈와 같기 때문에 공룡의 탐욕성이 내게도 남아있다는 두 가지입니다. 그러니 이 두 상황을 설명하려면 시가 길어질 것이고, 시가 길어진 것에서 굳이 연을 나누어야 좋은 효과를 얻기 어렵다고 본 것이죠. 차라리 설명하듯이 끌고 나

가면서 두 가지를 서로 대비시키는 것이 좋겠다는 생각을 했습니다. 그래서 연을 없애고 좀 더 자세하게 설명을 한 것입니다.

그런데 이렇게 해놓고 나니까 좀 더 상황이 자세하게 설명되었고, 또 이 시를 통해서 전하고자 하는 주제도 명확히 잡혔습니다. 그런데 너무 길어졌고, 또 설명이 너무 많아졌습니다. 앞쪽의 '정형외과에 와서 알았다'든가 '약육강식이 판을 친다'든가, '형광불로 밝혀진'다든가, '질서정연한 뼈와 뼈 사이'라든가 하는 것이 거의 산문 수준입니다. 그래서 산문 투의 문장을 없애고 군더더기를 조금 덜어내는 작업이 남았습니다. 아래의 작품과 비교하면 그 차이가 드러날 것입니다.

공 룡

나는 내가 여태까지 사랑인 줄 알았는데
오늘 알고 보니 공룡이다.
살가죽으로 뼈대를 싸고
그럴 듯한 형겊으로 몸뚱이를 덮었지만
정형외과의 형광벽에 비친 나는
쥐라기나 백악기 어느 한 지층 속에 납작하게 박혀있어야 할
한 마리 공룡.
목에서부터 등마루를 거쳐 꼬리까지
날개처럼 돋친 스테고사우르스의 화려한 뼈들이
흑백의 필름에 고스란히 드러난다.
수억 년 내력의 탐욕과 난폭성을 적나라하게 보여주는

그 뼈들의 행렬을 물끄러미 들여다보니
이제서야 모든 의문이 스르르 풀린다.
이만하면 되었다 싶은데도 종처럼 수그러들지 않던 물욕과
옷 밖으로 송곳처럼 치밀던 공격성, 그리고
약자한테 강하고 강자한테 약한 비굴함까지
도대체 내 마음 어느 구석에서 말미암는지 알 수 없던 것들이
공룡의 뼈들 사이로 분명히 드러난다.
자칫 잘못 건드렸다간 큰 코 다칠 것임을 예고하며
등줄기 따라 톱날처럼 뻗어간 우람한 뼈들.
가장 중요한 무기였던 꼬리 끝의 뿔은
엉덩이 밑의 꼬리뼈 속으로 완전히 감추었지만
수십 억 년이 지난 지금에도 전혀 진화하지 못한 채
한 마리 공룡이 내 몸 안에서 으르렁거리고 있다.

    문장의 배열 구조가 바뀌고 위치가 바뀌면서 좀 더 단정해졌다는 느낌이 올 것입니다. 형광 벽에서 공룡의 뼈를 연상하고, 그것을 정신세계까지 연장하여 욕망과 탐욕에 시달리는 나, 나아가 인간의 속성을 고발하고자 한 작품이 된 것입니다. 큰 뼈대는 변하지 않았지만, 중간 중간의 말투나 문장은 많이 바뀌었습니다. 이 바뀐 과정을 면밀히 살펴보면 시를 고치는 방법에 대한 암시를 얻을 수 있습니다.

    무엇보다도 중요한 것은 스스로 많이 써나가는 과정에서 이런 점들을 터득하게 된다는 점입니다. 앞에서부터 시에 천재가 없다고 자꾸 강조하는 것도 바로 이 같은 과정 때문입니다. 발상은 천재성

으로 얻는 것일 수 있지만, 이런 것은 천재성으로 얻을 수 있는 것이 아닙니다. 성실하지 않으면 천재 역시 아무 것도 아닙니다.

충북 보은에 가면 장안이라는 마을이 있습니다. 인내천을 기치로 내건 동학의 출발점이 된 곳이죠. 원래 동학의 2대 교주 최시형은 경주사람이었습니다. 창시자 최제우의 후계자였죠. 그런데 동학을 혹세무민하는 종교로 규정한 관청의 탄압을 피해 깊은 산중으로 숨었습니다. 북으로 올라가서 소백산 기슭의 마을에 숨었다가, 다시 백두대간 줄기를 타고 내려오다가 보은의 깊은 산 속에서 오랜 세월 동안 숨어 지냅니다. 교세가 확장되자 신도들은 억울하게 죽은 그들의 초대교주 최제우의 죄를 풀어달라는 신원운동을 합니다. 초대교주 신원운동을 하려면 2대교주의 허락을 받아야 하고, 그러려면 그가 사는 곳으로 모여야 하지 않겠어요? 그래서 각 지역의 동학 지도자들은 최시형이 살던 보은으로 모여듭니다. 그리고는 앞으로 벌어질 일에 대해 논의를 하게 됩니다. 바로 그곳이 장안입니다.

이 신원운동을 시발점으로 하여 한국의 근대사는 벌집을 쑤셔 놓은 모양으로 요동을 치기 시작합니다. 이른바 동학농민전쟁이 그것입니다. 정부는 백성들의 요구를 무시하고 탐관오리들은 날뛰고 하니 참을 수 없는 백성들은 무기를 들고 일어납니다. 그리고 청나라와 일본군까지 가세한 정부군을 상대로 몇 년에 걸쳐 전쟁을 하지요. 그리고는 쫓기고 쫓긴 농민군이 다시 보은의 북실이라는 곳에 와서 마지막으로 궤멸 당하고 맙니다. 이 북실이라는 곳은 장안에서 차로 20분 거리에 있습니다. 동학농민전쟁의 시작과 끝이 충북 보은이라는 곳에 있는 셈입니다.

지금 북실에는 종곡초등학교가 있습니다. 종곡은 한자로 '鐘谷'이라고 쓰는데 북의 골짜기라는 뜻이죠. 당연히 '북실'을 한자로 번역한 것입니다. 동네 이름도 종곡리입니다. 이 학교에 볼 일이 있어 들렀다가 그곳이 바로 그 북실임을 알고는 머릿속이 텅 비면서 한 가지 시상이 문득 스쳤습니다. 북실, 북처럼 생긴 동네. 그런데 북은 소리를 내서 무언가를 알려주는 도구입니다. 그렇다면 그 북은 천지 개벽을 알리는 것으로 볼 수 있고, 그것은 우리가 역사에서 배운 동학의 의미와도 관련이 있습니다. 그렇다면 동학은 잠든 백성들의 마음속에 천지개벽의 기쁨을 알리는 종교였고, 그들이 마지막으로 죽은 곳이 북실이라면 그들의 행동과 사상을 북이라는 도구에 상징화시켜서 시로 쓴다면 아주 적절한 비유가 되지 않겠는가 하는 생각이 머리를 퍼뜩 스치는 것입니다. 그래서 그 자리에서 재빨리 그 발상을 메모지에 썼습니다.

천지개벽을 알리는 커다란 쇠북이
이 골짜기 어딘가에 묻혀있다네.
저 어두운 세상에 누군가 남아있을까 두려워
귀머거리도 들을 수 있도록 큰 소리를 내기 위하여
온 신명으로 소리를 내려다가 깨진 북.
여기까지 오는데 100년이 걸렸네.
100년 전의 자취 찾아볼 수 없어도
어디선가 쇠북소리 들리네.
지나가는 사람들의 마음속에서 들리고
여인의 소맷자락에서 들리고

소달구지, 뛰노는 아이들
골짜기 전체가 큰 북이 된다.

이렇게 썼습니다. 중요한 것은 골짜기 전체를 북으로 묘사하고, 그 북을 천지개벽을 알리는 어떤 상징물로 활용한다는 것입니다. 그 점을 요약한 것입니다. 그렇다면 북을 상징물로 사용하되 거기에 어떤 주제를 넣을 것인가, 하는 것입니다. 동학농민전쟁은 백성들 자신들의 나라를 만들기 위해 일어선 것이고, 그것은 곧 민주주의를 뜻할 것입니다. 그런데 100년이 지난 지금도 백성들은 관료들과 정치인들의 눈치를 보면서 삽니다. 완전한 민주주의가 이루어지지 않은 탓이죠. 입으로는 백성들의 심부름꾼으로 자처하면서도 국회의원이 되고 나면 언제 그랬냐는 듯이 뇌물 받아먹다가 검찰에 붙잡혀가고, 대통령이 되고 나면 공약은 기억도 하지 못합니다.

이런 일들이 소란스럽게 일어나는 꼴을 우리는 매일 안방의 텔레비전에서 봅니다. 그렇다면 이 시에서도 당시의 실패한 혁명을 얘기하면서 우리가 진정으로 이루어야 할 민주주의 내지는 백성들의 나라에 대해서 말해야 할 것입니다. 그래서 그런 방향으로 내용을 대폭 추가시켰습니다.

천지개벽을 알리는 커다란 쇠북이
이 골짜기 어딘가에 묻혀있다네.
새로운 시대가 성큼성큼 다가오는 소리를 듣지 못하고
저 어두운 세상에 누군가 남아있을까 두려워

귀머거리도 듣게 하기 위하여
온 신명으로 소리를 내려다가 깨진 북.
그 북소리 다시 들으려 만장의 물결 앞세우고
여기까지 오는데 100년이 걸렸네.
한 번 열린 세상은 다시 닫히지 않는 법이니
만장의 물결 따라 어디선가 북소리 들린다.
처음엔 두근두근 심장 박동소리 같다가
한 사람의 한 발자국 모으고
두 사람의 두 발자국 모아서
조금씩 커진다.
개벽을 알리기 위해 기꺼이 깨진
100년 전의 북이 공명을 일으키다가 마침내
하늘을 모신 마음속에서 둥 두둥 운다.
마음의 골짜기에서 큰 북이 울다가
골짜기 전체가 큰 북이 된다.

이 정도 되면 일단 주제는 확정됐고, 발상도 어느 정도 자리를 잡은 셈입니다. 2000년에 보은에서 작은 행사가 열렸습니다. 동학군들의 넋을 추모하는 행사였습니다. 그러니 거의 100년만에 보은에서 죽은 동학군들을 위로하는 행사가 열린 것이지요. '여기까지 오는데 100년이 걸렸다'는 것은 그것을 암시하기 위해 집어넣은 말입니다. 그렇지만 시에서는 꼭 그 사건이나 행사를 얘기하는 것만은 아니고, 이 시를 쓰거나 읽는 사람들의 현재와 연결시켜주는 구실을 하지요.

그런데 어딘가 좀 산만하지 않은가요? 할 말만 제시되어 그렇습니다. 이 산만함을 없애려면 상상해간 방향을 뚜렷이 드러내야 하고 그에 따라 주제를 아울러 더 드러내야 합니다. 제일 중요한 것은 시상의 전개 방법과 순서를 좀 더 뚜렷이 하는 것입니다.

북실에서 천지개벽을 알리는 북을 떠올렸습니다. 그 북소리를 사람들은 듣기도 하고 못 듣기도 합니다. 그러나 누구나 들어야 할 내면의 소리입니다. 그 소리를 들으러 북실에 왔고, 민주주의의 의미를 기억하는 현재의 시점으로 보면 100년만에 그들을 그런 의미로 기억하는 것입니다. 그러나 그것은 그렇게 생각하는 사람만이 그렇게 보겠죠. 현재 북실에는 그들의 흔적을 찾아볼 아무 것도 없습니다. 그런 상황도 아울러 말해야 합니다.

그리고 그들의 죽음이 아무 것도 아닌 것이 아니라 현재를 살아가는 사람들에게도 분명히 의미가 있다는 얘기도 해주어야 합니다. 그것을 설득하면 안 되고, 북이라는 상징물에 실어야 하지요. 그래서 그런 이야기를 하면서 마지막으로 북이라는 사물을 묘사해주면 됩니다. 앞의 글도 그런 방향이 어느 정도 잡혀있지만, 조금 불투명하지요. 그래서 시가 좀 산만한 겁니다. 그래서 이런 저런 생각을 좀 더 자세하게 정리하면서 이렇게 완성했습니다.

북 실

천지개벽을 알리는 커다란 쇠북이
이 골짜기 어딘가에 묻혀있다.
성큼성큼 다가오는 새 세상 밖에

누군가 남아있을까 두려워
귀머거리라도 들을 큰 소리를 내려고
온 신명으로 부딪다가 깨진 북.
그 북소리 다시 들으려
만장의 물결 앞세우고
여기까지 오는데 1백년이 걸렸다.
솔잎죽창이 삭풍과 싸울 뿐
백 년 전의 자취 찾아볼 길 없어도
한 번 열린 세상은
다시 닫히지 않는 법이니
눈을 감고 가만히 귀 기울이면
어디선가 북소리 들린다.
처음엔 두근두근 심장 소리 같다가
모여드는 발자국들 따라
공명을 일으키며 커지다가
마침내 세상을 삼켜버리는 큰 울림.
개벽을 알리기 위해 백 년 전에
깨어진 북이 묻힌 마음의 골짜기에서
북이 운다. 큰 북이 울리며
골짜기 전체가 큰 북이 된다.

한결 단정해졌음을 느낄 것입니다. 이런 뼈대를 만들어 가는 것
은 하루아침에 되지 않습니다. 오랜 훈련을 거치고 연습을 해야 합
니다. 처음부터 잘 할 수는 없는 일입니다. 자꾸 반복하다 보면 저절

로 요령이 생깁니다. 여러분은 갑자기 천재가 되려 하지 말고 꾸준히 연습해서 좋은 시를 쓰는 그런 사람이 되려고 해야 합니다.

송나라 때 〈적벽부〉라는 유명한 시를 쓴 소동파라는 선비가 있습니다. 이름은 식이고 동파는 호죠. 그런데 이 사람은 평소 자기가 시의 재주를 타고났다고 큰소리 쳤던 모양입니다. 하루는 친구들이 찾아갔는데, 시를 보여주더랍니다. 그게 저 유명한 〈적벽부〉라는 시입니다. 삼국지의 조조가 적벽대전에서 패한 그 적벽인데, 그곳을 유람하고 난 뒤의 소감을 시로 쓴 것입니다. 친구들이 명작이라고 모두 찬탄을 했습니다. 그런데 소동파는 그것을 단 한번의 가감도 없이 한 달음에 써 내려갔다고 했습니다. 자신의 천재성을 자랑하려고 했던 것이죠. 그 말을 들은 친구들은 더욱 감탄했습니다. 그러는 벗들을 바라보며 우쭐거리는 소동파의 모습에 눈앞에 선합니다. 잠시 이런 저런 얘기를 하다가 소동파가 다른 일로 잠깐 자리를 비웠습니다. 그 사이에 친구들이 혹시 다른 글이 없나 하고서 소동파가 앉았던 자리를 살펴보니 방석 밑으로 무슨 종이가 삐죽 나와있는 겁니다. 꺼내보니 거기에는 방금 보여준 〈적벽부〉를 고친 흔적이 역력한 글들이 수북이 쌓여있더랍니다. 〈적벽부〉를 고치다가 친구들이 오자 얼른 방석 밑으로 숨긴 것이죠. 소동파 역시 자기 재주를 한껏 자랑하고픈 마음을 지닌 평범한 사람임을 이런 데서 깨닫습니다. 아무리 천재라고 하더라도 고치는 것은 부끄러운 일이 아니라는 말로 이야기를 마칩니다.

참고로 아래의 글을 소개합니다. 아래의 글은 원래 제가 한 인터넷 문학 창작 사이트에 참고가 될까 하여 올린 글인데, 그 뒤로 인터넷의 창작 관련 사이트 곳곳에 인용되어 돌아다니기에 혹시 도움이 될까 하여 여기에도 소개합니다.

❸ 퇴고의 요령

아무리 고쳐도 시가 시답잖은 경우는 반드시 주제가 빈약한 것입니다. 이 점을 염두에 두고 퇴고를 하지 않으면 아무리 다듬어도 시가 좋아지지 않습니다. 시를 한창 쓸 무렵에는 비유나 이미지에 매달립니다. 그래서 가장 중요한 이 주제를 놓칩니다. 주제가 밥이라면 비유나 이미지는 반찬입니다. 사람을 배부르게 하는 것은 밥이지 반찬이 아닙니다. 그러니 반드시 퇴고할 때는 눈에 불을 켜고 주제를 찾아내야 합니다.

이미 써놓은 시를 놓고서 주제를 찾자면 주제 없는 시는 없겠지요. 그러나 그런 식의 막연한 주제의식 가지고는 시를 망칩니다. 시를 쓴 다음에는 반드시 주제가 무엇인가를 적어보십시오. 주제가 선명하게 잡혔으면 그 주제를 중심에 놓고 시를 다시 읽어보십시오. 그러면 불필요하거나 꼭 필요하지 않은 애매한 부분이 많이 나타납니다. 그것을 과감하게 잘라내야 합니다.

여기서 과감해지지 않으면 좋은 시 쓰기는 글른 겁니다. 잘라내고 나니 남은 것이 별로 없는 것은 멋으로 시를 쓴 것입니다. 과감하게 버려야 합니다. 그런 시를 발표했다간 자신의 이름만 더럽힙니다. 나중에야 그 사실을 알지요.

시인들이 쓰는 시는 대체로 두 가지로 압축됩니다. 할 말을 분명히 하는 시와 상상력의 무늬를 보여주는 시. 시를 처음 배우는 분들은 할 말을 하는 시를 써야 합니다. 그런 시를 쓰다 보면 저절로 상상력의 시로 넘어갑니다. 따라서 시를 올리시는 분들은 함부로 상상력의 흉내를 내지 않는 것이 좋을 듯합니다. 시간이 가면 저절로 그렇게 될 것이기 때문입니다. 대신에 주제를 분명히 해서 주제가 이미지를 따라 어지러이 떠다니는 것을 예방해야 합니다. 주제를 전하는 일을 우선으로 하고 거기에 이미지나 비유라는 반찬을 곁들이는 겁니다.

상상력의 무늬를 보여주고자 하는 시는 다소 기교가 필요합니다. 시는 일종의 형식입니다. 생각의 형식이죠. 그 생각의 질서가 나타나는 방식이라는 얘깁니다. 그래서 이런 방법으로 시를 쓰려면 내용도 내용이지만, 내가 가지고 있는 상상력의 틀과 상상 과정이 잘 드러나도록 해야 합니다.

어떻게 하면 잘 드러나게 할 것이냐 하는 것이 중요합니다. 우리 집에서 서울까지 가는 가장 빠른 길은 단 한 곳이겠지요. 그것이 철학이나 일반 글의 목적입니다. 그러나 시가 가는 길을 다릅니다. 가면서 어떤 구경을 하느냐가 시의 길입니다. 가면서 구경한 길의 모습을 드러내는 것입니다 서울까지 간 길의 아름다움을 드러내주는 것이죠. 그것이 상상으로 쓰는 시입니다. 따라서 이 경우에는 상상력의 무늬를 잘 드러내야 합니다. 내 시의 상상력이 어디서 시작되었으며 그 상상력이 무엇을 매개로 해서 어떻게 굴절되고 전대되었는가 하는 것을 꼼꼼하게 드러내는 겁니다.

두 번째의 경우는 고도의 훈련과 숙련이 필요합니다. 그래서 시를 훈련하는 분들에게는 권하고 싶지 않은 일입니다. 대부분 상상력의 허망함을 느낄 가능성이 많습니다. 시가 정말 감동을 주는 것은 인생을 깊이 있게 보는 것입니다. 그런 점에서 두 번째 방법은 외화내빈이라는 약점을 갖고 있습니다. 멋은 있지만, 읽을수록 허망함의 구멍이 커집니다. 우리 문단은 이 마술에 걸렸습니다. 나중에는 무슨 소리를 하는지도 모르고서 시를 쓰게 되죠.

시의 주제를 찾는 법은 중고등학교 때 아주 잘 배웠을 것입니다. 그 방법이 가장 확실합니다. 자신이 시를 써놓고서 고등학교 때의 학생으로 돌아가 주제를 찾은 다음, 그 주제와 상관이 없거나 조금이라도 틈을 보이면 과감하게 잘라내는 것, 그것만이 유일한 퇴고의 왕도입니다.

❹ _ 표기법은 약속이다

앞서 시를 쓸 때는 맞춤법에 신경 쓸 것이 없다고 말했습니다. 그런데 한 가지 꼭 잊지 말아야 할 것이 있습니다. 시를 쓸 때는 그렇다고 하더라도 시를 쓴 후에 발표할 때는 표기법을 꼭 지켜주어야 한다는 것입니다.

예컨대, 구두점이라든지 띄어쓰기라든지 하는 것은 될수록 약속된 표기법을 지켜주어야 합니다. 이것은 우리 사회의 약속이기 때문입니다. 이런 약속을 지키는 것이 시를 쓰는 일보다도 더 중요할 때가 있습니다. 우리나라처럼 시련을 많이 겪은 나라에서는 더더욱 그렇습니다.

우리 한글은 세종이 어렵게 만들어서 반포한 이래 글자로서 제대로 대접을 받지 못하고 천덕꾸러기 신세로 전락했습니다. 지배층은 한문이라는 문자가 있었기 때문에 굳이 새로운 글자의 필요성을 느끼지 못했고, 그런 까닭에 글자가 없던 부녀자와 일반 백성들 사이에서 널리 쓰였습니다. 한글이 반 쪼가리 문자라는 뜻의 언문이라고 불린 것이 그런 까닭입니다. 그런데 이마저도 나라가 망하면서 사라질 위기에 처했습니다. 일제 강점기의 조선어 탄압을 말하는 것입니다.

한글은 다른 그 어느 때보다 더 심각한 위기를 맞았습니다. 이때 아무런 지원도 없는 상황에서 한글학자들은 정말 마음만으로 위기와 맞섰습니다. 자신의 생계나 삶에 전혀 도움이 되지 않는 일에 발 벗고 나서서 한글의 과학성을 밝히고 그것이 세계에서 가장 뛰어난 문자일뿐더러 우리 민족에게 가장 좋은 글이라는 것을 밝혔습니다. 그리고 그러한 한글을 사람들 누구나 쓸 수 있게끔 원칙을 제정했습니다. 그것이 1933년에 제정된 조선어맞춤법입니다. 이것은 그 후 1988년에 수정을 거쳐서 지금까지 거의 그대로 사용되고 있는 원칙이 되었습니다.

그런데 한글학자들이 이런 작업을 하던 시기는 일제강점기 전 시기를 통틀어 가장 암울한 시기였습니다. 3.1운동을 주동했던 사람들 대부분은 친일로 돌아서고 독립운동을 주도하던 거의 모든 단체들이 지리멸렬하여 독립의 꿈은 영원히 사라졌다고 생각하던 절망의 시기였습니다. 바로 이 암울한 시기에 우리 독립운동사에서 가장 빛나는 일이 일어납니다. 그것은 한글 연구와 조선어사전의 편찬입니다.

일본경찰은 이것을 독립운동으로 간주하고 맞춤법 제정과 조선어 사전 편찬에 관여한 학자들을 잡아들여서 갖은 고문을 합니다. 그 결과 두 분이 옥중에서 사망하고 맙니다. 대부분의 회원들도 유죄판결을 받은 나머지 복역을 했습니다. 일본제국주의 경찰은 그들이 완성한 『조선말큰사전』 원고를 독립운동의 근거자료로 파악했고, 재판이 진행되던 도중에 해방이 되어 나중에 우체국 창고에서 발견되었습니다. 독립운동 단체들이 거의 다 지리멸렬하던 일제 말기에 우리 측의 승리로 끝난 거의 유일한 독립운동이 바로 이 조선어학회 사건이었습니다.

그러니 오늘날 우리가 쓰는 표기법은 이런 고난과 역경을 이기고 지켜낸 것입니다. 따라서 우리가 그때 제정된 표기법을 존중한다는 것은 단순히 글쓰기의 편리함을 넘어서 민족사의 정신을 제대로 계승하는 일이기도 합니다. 마침표 하나 찍고 쉼표 하나 정확히 찍는 일에 이런 깊은 의미가 담겨있는 것입니다.

또 한자의 문제도 그렇습니다. 조선어맞춤법에서는 한글 전용을 원칙으로 하고 있습니다. 그리고 우리가 시에서 굳이 한자를 쓸 이유가 없습니다. 한자는 구시대의 유물일 따름입니다. 어떤 사람은 한자가 이미지를 제시하는 데 유리하다는 이유를 들어서 한자 쓰기를 합리화하고 있습니다만, 그건 궤변에 지나지 않습니다. 한자만이 이미지에 유리하다는 것은 이미지의 개념을 몰라도 한참을 모르는 발상입니다. 허긴 여러분 세대에서는 한자를 쓰라고 해도 안 쓸 것이니, 한자 문제는 저절로 정리가 되겠네요. 여러분은 낡은 세대의 몸부림이 어떻게 저물어 가는가 하는 것을 구경만 하면 되겠습니다.

그런데 오늘날 시인들이 쓰는 시를 보면 실로 경악할 만한 지경에 이르렀습니다. 마침표를 찍지 않는 것은 예삿일이고 한자까지 뒤섞여서 앞서 말한 우리 선배들이 애써 이룬 업적을 스스로 까먹고 있는 형국입니다.

그런데 다른 분야, 즉 소설이나 희곡, 또는 수필 같은 영역에서는 이런 표기법을 어기는 사람이 단 한 명도 없습니다. 특별히 어떤 사연이 없는 한 소설가나 극작가, 수필가들은 이 표기법을 모범생처럼 잘 지킵니다. 그런데 유독 시인들만 이런 약속을 잘 지키지 않는 사람이 많습니다. 참 이해할 수 없는 일입니다.

그러나 장래는 여러분의 것입니다. 가망 없는 어른들에게 기대지 말고 여러분들이 스스로 아름다운 전통을 이어가기 바랍니다. 여러분들이 한국시의 희망이자 미래입니다.

07

이론과 창작의 관계

시를 한창 배울 무렵에 이런 고민을 한 적이 있습니다. 혹시 시의 이론을 잘 알면 시를 더 잘 쓸 수 있지 않을까 하는 거지요. 아마 시를 쓰면서 이런 유혹에 빠지지 않은 사람은 거의 없을 것입니다. 그것은 시를 쓰는 일이 너무 고통스럽기 때문입니다. 무엇을 써야 할지 분명하지도 않고, 또 애써 쓰고 싶은 이미지를 만나도 그것을 어떤 방향으로 전개시켜야 할지 마땅하지도 않으니, 이럴 때 이론을 환히 꿴다면 시상을 전개시키는데 큰 도움이 되지 않을까 하는, 달콤한 유혹 말입니다.

시를 쓰기 시작한 지 1년만에 이런 유혹이 찾아들었습니다. 그래서 주저할 것 없이 시의 이론을 공부했습니다. 그때 건드린 것이 신비평, 구조조의 비평, 신화비평, 수용이론 같은 것들이었습니다. 이런 이론을 원용해서 평론까지 몇 편 썼고, 그 중에서는 대학에서 주최하는 문학상에 당선된 것도 있습니다.

그런데 신기한 것은 이런 이론 공부가 시의 창작에는 전혀 도움이 되지 않는다는 것입니다. 시의 창작을 위해서라면 헛고생을 한

셈이지요.

창작과 이론의 관계는 땅과 지도의 관계와 비슷합니다. 지도는 한 눈에 지형을 살펴보게 하는 눈을 제공합니다. 그러나 각각의 작품은 그런 전체 구도에서 나오는 것이 아닙니다. 각각의 작품은 살아있는 현장 속에서 그 현장의 느낌을 그리는 것입니다. 지도에는 그 지형의 전체 모양은 나올지 몰라도 그 현장 속의 느낌은 나오지를 않습니다. 예컨대 겨울에 눈꽃이 하얗게 핀 산 속에서 그 아름다움에 감탄한 사람이 그 정경에 대해서 시로 쓴다고 해보십시오. 그 사람이 서있는 위치는 지도에서 찾을 수 있겠지요. 그러나 그 사람이 바라보고 있는 그 아름다운 눈꽃의 광경은 지도에 나타나지 않습니다.

시에서 필요한 것은 시인이 서있는 자리에 바람이 어떻게 불고, 그 바람에 따라서 나무나 풀들이 어떤 식으로 움직이며, 강물이 어떻게 출렁이며, 그런 광경을 시인이 어떻게 느끼고 있는가 하는 것입니다. 지도에는 그런 것이 나타날 리 없습니다.

이론을 공부한다고 해서 시를 쓰는 데 도움이 되지는 않습니다. 시를 쓰는 요령은 몸으로 직접 부딪혀서 깨닫는 수밖에 다른 방도가 없습니다. 이론을 공부하고 나서 시를 보니 시를 이해하는 데는 도움이 되더군요. 아, 이런 작품은 이렇게 설명하면 이해가 빠르겠구나 하는, 그런 것 말입니다. 그러나 아무 것도 없는 것에서 새로운 시를 만들어낸다는 것과 이미 누군가 써놓은 것을 본다는 것은 하늘과 땅의 차이만큼 크게 다른 것입니다.

시를 쓰는 일은 누군가 보지 못한 세계를 찾아서 거기에 시라는 형식을 부여하고 새로운 질서를 찾아내는 일입니다. 그렇기 때문에 스스로 몸부림치지 않으면 절대로 열리지 않는 것입니다. 좋은 시를 쓰기 위해서는 세상을 보는 눈을 길러야 합니다. 그런데 세상을 보는 눈은 시만으로 해결되지 않습니다. 일반 상식을 알아야 하고, 다른 학문 분야로 눈을 넓혀서 인간과 사회를 이해하는 데 도움이 되는 많은 책을 읽어야 합니다. 생각을 넓히면 세상을 보는 눈이 달라집니다. 달라진 눈은 시에 새로운 영역을 개척합니다.

가장 중요한 것은 직접 작품을 쓰면서 모든 문제를 해결하려고 해야 한다는 것입니다. 열심히 많이 쓰다 보면 저절로 하나씩 문제가 해결됩니다. 시를 쓰면서 부딪치는 문제는 아무도 해결책을 가르쳐주지 않습니다. 가르쳐줄 수도 없습니다. 각자가 해결해야 합니다. 다만 주변에 같은 길을 가는 동료나 선배가 있으면 그들의 조언을 통해서 한결 쉽게 해결할 수는 있습니다. 그러나 그렇다고 해도 그들조차도 해결해주지 못하는 부분이 있습니다. 결국 혼자서 해결해야 한다는 뜻입니다. 창작의 왕도는 모든 문제를 직접 몸으로 부딪히는 것입니다.

자신과 마주한 그 싸움에서 여러분은 꼭 승리자가 되기를 바랍니다. 그런 승리보다 더 값진 것이 이 세상에는 없습니다.

08

인용 시에 대하여

이 책에는 수많은 시가 인용되었습니다. 모두 제가 가르친 학생들이 쓴 시입니다. 청소년을 상대로 글을 쓰는 중이기도 해서 그렇지만, 어른들의 시는 지나치게 어렵습니다. 그래서 시의 정서를 갈고 닦는 데는 여러분 또래의 글이 부담이 없고 접하기도 쉬워서 학생들의 작품을 인용하였습니다.

학생들의 작품은 수준이 문제입니다. 아이들은 원래 시인으로 태어나는데, 어른들의 시에 맞추어 자신의 시를 고치고, 또 학교에서 지도하는 선생님들이 이렇게 저렇게 해보라고 자꾸 훈수를 두는 바람에 원래 잘 쓰던 시들이 점차 이상해집니다. 즉 어른을 닮고 시인을 닮는 것이죠. 이것이 어린 시인들이 점차 망가져가는 가장 중요한 이유입니다.

이곳에 인용된 시들을 보면 아시겠지만, 정말 자연스럽습니다. 완벽합니다. 그런데 정작 그런 작품을 쓰는 당사자들은 그것이 완벽한 줄을 잘 모릅니다. 시의 이론을 배운 적이 없으니 당연한 일이죠. 그래서 자꾸 선생님과 어른들의 눈치를 보곤 합니다. 제가 학생들에게 시를 쓰라고 할 때는 오직 칭찬만 합니다. 부족해도 칭찬합니다. 그리고 몇 편 시 중에서 이것이 가장 좋은 것이라고 지적해줍니다. 그러면 어린 시인은 그 시를 쓸 당시의 상황과 정서, 상상력을 스스로 알기 때문에 다음에 그와 비슷한 상황을 만들어서 시를 씁니다. 그러면 정말 걸작이 나옵니다. 학생들을 지도할 때는 절대로 여기를 이렇게 고쳐봐라, 저렇게 해봐라고 말해서는 안 됩니다. 써온 작품들 중에서 가장 좋은 작품을 가르쳐주면 됩니다. 그러면 학생들은 알아서 점차 더 좋은 작품을 써옵니다. 얼마나 잘 쓰는지 한 번 볼까요?

못과 너

홍지영 (충북예술고 2)

벽에 박힌 못엔
액자를 걸 수 있다.
나는 너와의 추억을 건다.
못은 우리의 추억을 들어준다.

벽에 박힌 못엔
시계를 걸 수 있다.
나는 너와의 시간을 건다.
못은 우리의 시간을 들어준다.

내 마음에 박힌 못엔
네가 박은 못엔
난 아무것도 걸 수 없다.

난 너에게 말을 건다.
넌 내 말을 듣지 않는다.
들으려 하지 않는다.

앞서 한 번 본 작품이지만, 정말 걸작입니다. 이미 등단한 프로 시인들도 이런 시를 평생에 한 편 써보고 싶어 합니다. 이 시를 보는 순간 저는 숨이 턱 막혔습니다. 정서의 간절함, 그것을 드러내는 적절한 상징, 단단한 시어 구성, 담담한 듯하면서도 매서운 말투, 어느 하나 흠 잡을 곳이 없습니다. 정말 빼어난 작품입니다.

바 다

이소린 (회인중 1)

바다는… 바다는…
참 즐겁겠다.
연인들이 찾아와 웃으며
사랑을 할 수 있으니까.

바다는… 바다는…
참 고민이 많겠다.
그 연인 중 한 명이 찾아와 걱정하며
고민을 털어놓고 가니까.

바다는… 바다는…
참 슬프겠다.

연인들이 헤어져 울여
슬픔을 다 버리고 가니까.

이게 중학교 1학년의 작품이라고 느껴지나요? 바다에 의탁해서
사랑의 아픔을 표현한 아름다운 시입니다. 이 시인은 15살에 시집을
냈는데, 그 시집을 받은 도교육감이 선생님들 교육 받는 공식석상에
서 축사를 대신하여 이 시를 읽었다고, 그 교육에 참석했던 한 선생
님으로부터 건네 들었습니다. 저는 이런 시인들을 날마다 마주치고
삽니다.

이렇게 생활하다 보니 정말 아까운 시들이 많았습니다. 그런데
학생들은 1년이 지나면 자기 공책을 대부분 버립니다. 그 속에 쓰인
명작들도 모두 사라지죠. 이를 안타까워하다가 작품들을 보관할 수
있는 방법이 없을까 고민했습니다. 그래서 만든 것이 인터넷 카페입
니다.(머털도사의 즐거운 교실, 시문관) 거기에다가 숙제를 올리라고 했
고, 학생들은 점수를 받기 위해서 부지런히 올렸습니다. 세월이 흘러
도 그 작품들은 사라지지 않고 저의 카페에서 영롱하게 빛나고 있습
니다. 몇 년 뒤에는 졸업생들이 카페를 찾아와서 자신의 작품을 찾
아가기도 합니다.

모든 작품은 활자화되면서 존재가 완성됩니다. 정말 아까운 작
품들이 있어서 활자화하고픈 욕심이 들었습니다. 그래서 그 동안
학생들의 시집을 엮어서 책으로 내기도 했습니다. 시 이야기를 몇
차례 한 것은 모두 그 책 속에 인용된 작품들입니다. 아래에 소개합
니다.

회인중학교, 『내 어깨로 날아든 파랑새』, 고두미, 2010

이소린 시집, 『열다섯 살의 사랑니』, 고두미, 2010

충북예술고, 『너는 지금도 충분히 아름답다』, 고두미, 2014

충북예술고, 『나는 아직 꽃이다』, 크리아트, 2015

　　자신들이 장난처럼 숙제로 낸 작품이 시집으로 나왔을 때의 느낌은 정말 남다릅니다. 학생들은 자신의 시가 실린 시집을 받아들고 꽃처럼 환히 웃습니다. 그 모습이 늘 제 머릿속에 남아서 시집을 생각할 때마다 즐겁습니다.

　　특히 회인중학교는 충북 보은군의 회인면에 있는 작은 학교인데 해마다 폐교설이 떠도는 곳입니다. 그런 학교에서 시집을 내자 온 세상의 관심을 받았습니다. 연일 언론에 보도되는 것은 물론, 출판기념회에 충청북도교육감을 비롯하여 회인군수, 여러 의원들까지 참석하였습니다. 시집이 나오면 몇몇 시인들에게 시집을 부쳐드립니다. 그런 가운데 『내 어깨로 날아든 파랑새』를 받아본 이성복 시인이 저에게 전화를 걸어서 "좋은 시집 낸 것을 축하하고 책 보내줘서 고맙다. 작품이 좋아서 내가 가르치는 학생들에게 보여주려고 한다."는 격려를 해주었을 때는 저도 마음이 흐뭇했지만, 이성복 시인의 팬이었던 우리 집사람이 더 좋아했습니다. 그만큼 어린 시인들의 영혼은 어른들을 감동시킵니다.

　　앞서 『시를 보는 새로운 눈 : 시의 3원소』를 쓸 때는 주로 회인중학교 학생들의 시를 많이 인용했습니다. 이번에는 그 뒤에 근무하며 가르친 충북공고와 충북예술고 학생들의 시를 많이 인용했습니다. 고등학생들은 중학생들보다 더 상처를 많이 받아 구김살이 많은 영혼들이지만 그래도 어른들보다는 훨씬 더 곱습니다. 그들의 고운 마음씨가 고민 많은 시대를 만나 아름답게 펼쳐지는 광경을 볼 수 있습니다. 그런 순수한 영혼과 함께 교감하는 지난 세월에 늘 고마워하며 오늘도 하루하루 어린 시인들을 만납니다.

맺으며

이제 이 긴 이야기를 마칠 때가 되었습니다.

사실, 제가 이런 방식의 시 이해법을 구상한 것은 지금으로부터 10년도 더 된 2007년 무렵의 일입니다. 그때 〈중고생을 위한 시 창작 강의〉라는 원고를 완성하여 출판사 몇 곳에 보내봤습니다. 그렇지만 어떤 출판사에서도 선뜻 책으로 내주겠다는 곳이 없더군요. 그렇다고 원고를 묵힐 수는 없어 인터넷 카페에 소개했습니다. 원래 교직에 몸담은 처지이기 때문에 학생들과 소통하기 위하여 숙제를 올리는 카페를 하나 만들었는데(머틸도사의 즐거운 교실, 시문관) 마침 학생들이 주로 들락거리는 곳이어서 거기에다가 글을 올렸습니다. 그리고 그 글은 지금도 그 자리에서 손님을 맞고 있습니다. 그런데 학생들이 읽기보다는 시인 지망생인 어른들이 더 많이 와서 보곤 합니다.

3년 뒤에 〈중부매일〉 신문사에서 청소년을 위한 문학 칼럼을 써 달라는 부탁이 들어와서 원래 창작 이론으로 썼던 위의 글을 감상용으로 완전히 바꾸어서 1년간 연재하기도 했습니다.

2017년에 그간 저의 책을 꾸준히 내준 학민사로부터 연락이 왔

습니다. 저의 책을 하나 내주고 싶다는 것이었습니다. 그때 제 머릿
속에 떠오른 것이 바로 이 시 이야기였습니다. 우리 시 이야기. 제목
이 이렇게 된 데는 사연이 있습니다. 저는 1987년에 시로 등단하여
얼떨결에 시인이 되었지만, 그 뒤로 다른 분야의 책을 몇 권 냈습니
다. 제일 먼저 낸 것이 『우리 활 이야기』였습니다. 그 뒤로 이와 비슷
한 제목을 지닌 책들을 연달아 냈습니다. 『우리 침뜸 이야기』, 『우리
철학 이야기』, 『한국의 붓 - 우리 붓 이야기』가 그것입니다. 뭐, 일부
러 내자고 낸 것이 아니고 이런저런 잡다한 얘기들을 제 나름대로
엮어놓고나니 다른 사람들에게 도움이 되겠다고 하여 학민사 사장
이 손해 볼 작정을 하고 내준 것입니다. 이렇게 학민사와는 질기고
오랜 인연을 맺어왔습니다. 그 인연 끝에 학민사 사장님이 저에게
교단 30년 기념작을 하나 내주고 싶다고 해서 저의 본래 영역인 시
이야기를 풀어쓴 것이고, 거기에다가 붙일 제목도 저절로 정해진 것
입니다. '우리 시 이야기'죠. 이로써 '우리 ○○ 이야기'로 나간 것이
5번째가 되는 것이어서 제 나름대로는 보람도 있습니다.

한 가지 아쉬움이 남습니다. 여기서 알아본 시의 이론을 적용하
여 다른 시를 분석한 선례가 없다는 것입니다. 기성 시인들의 작품
을 보면서 설명한 또 다른 책이 필요하다는 얘기입니다. 이론서가
나오면 그것을 감상할 방법을 안내하는 책도 뒤따라 나와야 하죠.
그래서 저는 그런 책을 2권으로 구상하고 작품을 썼습니다. 시기를
해방 전과 후로 나누어 해방 전의 시인들 작품과 해방 후의 시인들
작품을 각기 한 20~30편 골라서 이런 방식으로 분석해보는 것입니

다. 생각이 한 번 떠오르면 즉시 밀어붙이는 성격인 까닭에 실제로 1권을 썼습니다. 해방 전의 시인들 작품을 분석한 것이죠. 거기다가 '좋은 시의 비밀 1'이라는 제목을 붙여 오랫동안 그대로 보관 중이었는데, 학민사에서『우리 시 이야기』를 낸 후 '좋은 시의 비밀 1' 까지 낸다고 하니 기쁘기 그지 없습니다. 해방 후의 시인들 작품 분석은 진도를 못낸 채 세월이 흘러 지금에 이르렀습니다. 혹시 제가 제시한 방법으로 시를 이해한 여러분이 있다면 나중에『좋은 시의 비밀 2』를 써보시기 바랍니다.

이 책을 계기로 시가, 학창시절 시험 문제 맞추기 위해 쓴 약 먹듯이 배우는 것이 아닌, 내 삶을 좀 더 깊이 이해하고 내 생각을 아침 이슬처럼 빛나게 하는 길동무가 되기를 바라봅니다.

고맙습니다.

詩 _ 감상과 창작을 한 번에 깨우치는
우리 시 이야기

1판 1쇄 인쇄 | 2018년 4월 5일
1판 1쇄 발행 | 2018년 4월 10일

지은이 | 정진명
고 문 | 김학민
펴낸이 | 양기원
펴낸곳 | 학민사

등록번호 | 제10-142호
등록일자 | 1978년 3월 22일

주소 | 서울시 마포구 토정로 222 한국출판콘텐츠센터 314호(℡ 04091)
전화 | 02-3143-3326~7
팩스 | 02-3143-3328

홈페이지 | http://www.hakminsa.co.kr
이메일 | hakminsa@hakminsa.co.kr

ISBN 978-89-7193-250-6 (03810), Printed in Korea

이 도서의 국립중앙도서관 출판시도서목록(CIP)은 e-CIP홈페이지(http://www.no.go.kr/ecip)와
국가자료공동목록시스템(http://nl.go.kr/kolisnet)에서 이용하실 수 있습니다.
(CIP제어번호:CIP2018007772)